세컨드 라이프

세컨드 라이프

한정배 장편소설

도서출판 북인

차 례

세컨드 라이프

세컨드 라이프

안개가 가로수처럼 드리워진 길을 달리고 있다. 저 멀리 성이 보인다. 있는 힘을 다해 페달을 밟는다. 성이 가까워지는 것 같다. 안개는 점점 더 짙어진다. 성이 보이다 안 보이다 한다. 녹회색빛 안개가 짙은 청회색으로 변한다. 달릴수록 검은색에 가까워진다. 성이 안개에 가려 보이지 않는다. 빨리 이 암무暗霧에서 벗어나야 성에 닿을 거다. 액셀을 힘껏 밟는다. 언제부터인가 안개가 아닌 깜깜한 터널 속을 달린다. 헤드라이트 빛이 비춰지지 않는다. 사위가 적막하다. 왜 이렇게 어두운 거지. 두렵다. 어두움이 검은 장막처럼 눈을 뒤덮는다. 막 잠드는 순간도 이랬지. 불길한 예감이 전광석화처럼 뇌리를 스친다. 이러다 너무 오랫동안 잠자는 것은 아닐까. 깊은 블랙홀로 빨려드는 것 같다. 순간 세컨드 라이프 세계에 첫발을 디뎠던 순간이 떠오른다.

또 다른 세계

'세컨드 라이프 세계에 오신 것을 환영합니다.'

눈이 입구에 쓰인 글자에 머물렀다. 이 세계는 바깥세상과 담을 쌓듯, 높은 장벽으로 둘러싸여 있다. 입구는 대저택의 대문처럼 아치형으로 되어 있다. 문 옆에는 남녀 아바타 캐릭터들이 여럿 있다. 콧날은 대부분 뾰족하고 높다. 눈매의 모습은 여러 가지이다. 날카로운 무사의 눈매를 한 눈, 곧 어깻죽지에 날개가 솟아나올 듯한 천사 같은 눈, 금방 눈물을 뚝뚝 흘릴 것 같은 커다란 눈망울을 한 눈 등 다양했다. 입 모양도 눈 못지않게 가짓수가 많다. 작고 도톰한 입, 선만 그은 듯한 얇은 입, 두툼한 입술을 가진 커다랗고 섹시한 입 등 각양각색이다. 그동안 무심코 봐온 입술의 모양이 제각각 개성이 강한 줄 몰랐다. 머리카락의 길이는 단발과 장발이 있고 웨이브나 스트레이트 모양이 서로 조합되어 있다. 색깔은 흰색, 노란색, 갈색, 은색, 빨간색, 보라색 등이 있다. 그 중 하나를 선택하면 될 것 같다.

그녀는 빨간 단발머리 모양을 한 캐릭터를 클릭한다. 정식으로 가입하면 그때 다른 캐릭터를 선택하고 외모를 바꿀 수 있을 거다. 선택된 아바타는 그녀가 되어 아치 밑을 걸어서 지나간다. 좁은 입구와는 달리 드넓은 광장이 나온다. 광장 한가운데 높은 시계탑이 우뚝 서 있다. 시계탑에 압도되는 느낌이다. 쭈뼛쭈뼛 시계탑을 향하여 걸어들어간다. 시계탑을 올려다보았다. 1시 54분, 모니터 화면 오른쪽에 표시된 시각과 같다. 이 세계의 시간은 바깥세상과 똑같이 흘러가는가. 우연의 일치일 수도 있다. 이 세계와 바깥세상의 시간에 어떤 공식이 있을지 지켜보면 알 일이다. 천천히 관심을 갖고 지켜보자. 그녀는 호기심이 발동하여 시계탑 밑에 서서 광장을 한번 휘둘러본다.

광장 둘레를 건축물이 빼곡히 들어서 있다. 건물마다 간판이 걸려 있다. 미용실이나, 레스토랑, 무슨 치과 등의 이름이 나올 것만 같았다. 간판에 초점을 맞추어 쓰인 글자를 읽는 순간 그녀는 나오는 웃음을 참을 수가 없었다. 그럴듯한 원목 간판은 영어, 일본어와 한국어 중 하나의 언어를 선택하는 버튼이다. 그녀는 곧바로 '한국어로 말한다'를 클릭한다. 간판마다 한국어로 된 안내 멘트가 뜬다. 정면에 '이 세계에 출입할 수 있는 회원 가입은 무료이다'라고 쓰인 간판이 눈에 띈다. 가입이 무료인 것이 마음에 든다. 고개를 옆으로 돌리니 유료로 이용하여야 할 것이 나열되어 있는 가장 큰 간판이 걸려 있다. 다른 간판에는 의상, 소품, 자동차나 가구 등 물건을 소유하고 싶을 때 구매하는 방법이 쓰여 있다. 이 세계에서 땅이나 건축물을 살 경우 소유권이 인정된다는 글이 쓰여 있다. 물론 이 세계 안에서 한정되지만 말이다. 어딜 가나 그놈의 돈이 문제란 말이야, 중얼거리는데 세상의 돈과 이 세계 화폐의 환전 비율이 뜬다. 세상의 돈 천 원이면 이 세계에서는 천만 원이다. 그러고 보니 가지고 있는 돈을 전부 이 세계의 돈과 맞바꾼다면 분명 상류층 대열에 합류할 수 있을 것 같다. 상류층이라, 한번 되뇌는 데도 가슴이 쿵쾅거린다. 그녀는 '야호' 하고 쾌재를 부른다.

시계탑을 축으로 하여 두 겹의 빨간 동그라미가 있다. 두 동그라미 사이에 회색 발자국 모양이 있다. 발자국은 이 세계에 들어서는 진정한 출입구라는 것을 안내 간판을 보고 알았다. 시간여행을 할 때 타임터널 입구에 서듯이 발자국에 발을 포개어 선다. 선 채로 시작 버튼을 클릭하면 세컨드 라이프로 통한다. 그녀는 시작 버튼을 누르려다 주춤한다. 불현듯 〈매트릭스〉라는 영화가 떠올랐다. 은근히 두려워진다. 영화에서처럼 그 세계에 갇혀버린다면, 생각만 해도 끔찍하다. 누군가가 밖에서 꺼내주어야 세상으로 돌아올 수 있는 건 아닐까. '지금 이 옥탑방에는 나밖에 없다. 클릭을 하였다가 세컨드 라이프 세계에 갇히는 것은 아닐까.' 그녀는 겁이 나서 버튼을 누르지 못하고 망설였다. 이것도 일종의 컴퓨터 게임이라고, 자신이 들어가는 매트릭스와는 다르다. 아바타가 들어가는 것이니까. 일단 이 세계에 한번 들어가보는 거다. 안내 멘트에 게임을 끝내고 싶으면 언제라도 Esc 키를 눌러라. 그러면 그곳을 빠져나올 수 있다고 하지 않았던가. 그래 우선 회원 가입을 하고, 아니 가입을 안 하고도 잠시 구경 정도는 할 수 있을 거다. 회원 가입을 하기 전에 살짝 그 세계를 맛볼 수가 있다면 일단 그렇게 하고 싶었다. 그녀는 시작 버튼을 눌렀다. 버튼을 누르자 회원 가입 안내 글이 화면 가득 뜬다. 분명 잠깐 들어가볼 수 있는 무엇이 있을 거다. 안내 글을 꼼꼼히 살핀다. 안내 글

맨 아래에 방문자 클릭 난이 있다. 예상이 들어맞았다. 방문자 난에 커서를 놓고 클릭한다. 마음을 단단히 먹고 시작 버튼을 누른다.

베르사유 궁처럼 넓은 홀이 나타난다. 휘황찬란한 샹들리에, 벽의 대부분을 차지하는 어디서 본 듯한 명화들, 대리석 바닥, 천사를 형상화한 조각으로 장식한 기둥들이 화려하기 그지없다. 그곳에서는 무도회가 열리고 있었다. 모두 중세 귀족들의 복장을 한 남녀들이 춤을 추고 있다. 홀 한편에 여자가 투명 타임캡슐에서 나오듯이 갑자기 나타난다. 빨간 단발머리를 한 것을 보니 저 여자가 바로 자신의 분신이다. 짧은 미니스커트에 쫄티를 입고 있다. 분위기에 전혀 어울리지 않는다. 당연히 그들과 자연스레 어울리지 못할 건 뻔하다. 곧 모두가 자신을 이상한 눈으로 쳐다볼 것이다.

'나는 완전히 이방인이다.' 임시니까 개의치 말자고 마음을 다독이지만 진땀이 흐른다. 분위기를 망치지 말고 빨리 이 장소에서 벗어나야 한다. 홀 중앙에서 춤추는 이들은 아직 이방인을 못 본 것 같다. 상대방의 호흡에 맞추어 춤추느라 여념이 없다. 홀 가장자리는 비어 있다. 그녀는 그들에게 방해되지 않게 가장자리로 바짝 붙는다. 부지런히 마우스를 움직인다. 마우스의 움직임에 따라 그녀가 움직인다. 서둘러 움직이느라 더 이상 주변을 세세히 구경할 수 없다. 다행이 출입문 쪽에 가까이 왔다. 문 양쪽에 서 있던 시종들이 고개를 숙이며 인사하더니 문을 열어준다. 문 밖으로 나오니 온몸에 식은땀이 흘렀던 것처럼 느껴졌다. 시원한 바람이 불어오는 것 같다. 바람을 맞이하려는 그녀의 눈앞에 펼쳐진 풍경은 지금껏 한번도 본 적이 없는 곳이었다. 낙원이 있다면 이런 곳이라 여겨졌다.

그녀는 지금 회랑에 서 있다. 회랑 앞에 직사각형 모양의 풀이 있는데 세종로 광장정도의 폭에 세로는 더 길다. 풀 한가운데에는 오벨 리스크 모양의 탑이 있다. 탑 꼭대기에는 두 발을 높이 들고 하늘을 향해 포효하듯 입을 벌리고 있는 말 조각상이 있다. 히잉 한번 부르짖고 갈기를 휘날리며 초원을 내달릴 것 같다. 아니다. 말에 날개가 달려 있다. 뿔이 없는 것으로 보아 유니콘을 형상화한 것 같지 않다. 단지 하늘을 날 것 같은 기상을 표현한 것일 수도 있다. 풀 가장자리에서 가는 분수가 아치를 그리며 맞은편을 향하여 서로 쏘고 있다. 분수 사이사이에 일정한 간격을 두고 조각상들이 있다. 중학교인지 고등학교 때인지 모르지만 미술 교과서에서 보았던 바로 그 조각들을 닮았다. 알몸의 남녀가 각기 다른 포즈로 마주하거나 같은 곳을 바라보고 있다. 통통하고 매끄러운 여체와 근육이 도드라져 보이는 남자가 사랑스런 눈빛을 주고받는 모습이다. 조각과 조각 사이에는 요정으로 보이는 소녀소년들이 떠받들고 있는 거대한 향로에 향 대신 꽃들이 심어져 있다. 서울 거리에서 흔히 볼 수 있는 풍경이다. 화분이 플라스틱이기는 해도 거리 가로등에 매달려 있는 화분의 꽃들과 같다. 처음 도로에 꽃을 매단 것을 기획한 사람이 저것을 보고 따라했을 거라 생각이 들 만큼 똑같다.

풀 양쪽으로 정원이 잘 꾸며져 있다. 잔디에 꽃들로 어떤 무늬를 만들고 있다. 왕이나 귀족의 휘장을 새긴 것 같기도 하고 단순히 어떤 문양을 나타낸 것 같기도 하다. 색과 크기가 같은 팬지나 사루비아. 튤립으로 무늬를 만들었다. 그 화단을 울타리처럼 둘러싸고 있는 정원수들은 가지런히 정지되어 바람막이처럼 서 있다. 다른 정원에는 장미꽃들이, 백합들이, 이름도 알 수 없는 수많은 꽃들이 가득하다. 정원수 사이에 난

길에 마차가 지나간다. 잠시 중세 어느 왕족으로 서 있다는 착각에 빠졌다. 좀 더 길게 착각에 빠졌으면 좋았을 터인데 정장 차림의 남자가 성큼성큼 다가온다. 춤추다 쉬려고 나온 것인가보다. 바로 그 중세 복장을 하고 있다. 남자가 그녀를 향해 걸어온다. 그녀는 남자가 다가오는 만큼 뒷걸음질 친다. 남자는 곧바로 무언가 말을 걸 태세다. 이럴 때에는 어떻게 하는 것인가. 밖의 세상처럼 하면 되는 것인가. 어떻게 대처하여야 할지 난감했다. 그녀는 당황하여 자신도 모르게 Esc 버튼을 누르고 말았다. 안내대로 정말 곧바로 그곳을 빠져나와 있다. 아아, 언제라도 이렇게 하면 되는 거다. 마음 놓고 들어가도 되겠다. 망설임 없이 왼쪽 상단에 있는 즐겨찾기 목록에 '세컨드 라이프' 사이트를 추가했다. 즐겨찾기 목록에는 자주 들르는 인터넷 사이트, 봉급이 입금되는 은행, 즐겨하는 쥬키퍼, 금캐기 게임, 하트 금캐기 게임 사이트 등이 있다.

비번인 날, 그녀는 꼬박 점심 때까지 잤다. 처음 레스토랑에 취직했을 때에는 하루 종일 서서 서빙하는 일이 버거웠다. 밤 10시에 퇴근하면 곧장 집에 돌아와 아무것도 하지 않고 잠만 잤다. 그래도 피로가 쌓였다. 비번인 날만 되면 긴장이 풀려서인지 몸의 피로가 한꺼번에 몰려와 몸이 나른했다. 몇 시간이든 자고 싶은 만큼 자고 일주일씩 버텼다. 몸의 피로는 그럭저럭 풀리는 것 같은데 기분은 엉망이었다. 인사 연습을 시작으로 하는 일, 부지배인의 고압적 감시와 손님들의 사소한 말에 자존심이 구겨졌다. 일하면서 구겨진 자존심, 쌓인 피로와 스트레스를 한방에 날려주는 데에는 컴퓨터 게임만 한 게 없었다. 컴퓨터는 주인이 새것으로 교체하면서 버리기 아깝다고 준 거다. 모니터가 구형이라 배가 불룩하지만 그런대로 쓸 만하다. 인터넷도 주인아저씨가 가입한 것을 공용으로 쓰게 해주었다. 따로 인터넷을 끌면 한 달 요금이 3만 원은 넘게 나올 거라며 주인이 생색을 냈었다. 그 컴퓨터 덕분에 세상 돌아가는 뉴스며 아이돌의 노래도 들을 수 있다. 가끔 영화도 무료로 다운받아 본다. 영화를 보아도 이런저런 가십거리 기사를 보아도 스트레스는 사라지지 않았다.

무료하던 때 우연히 블로그를 기웃거리다 컴퓨터 게임을 하게 되었다. 게임 속에서지만 쌓이는 벽돌들을 격파하고 나면 마음에 들지 않는 부지배인을 후려친 것처럼 마음이 후련해졌다. 벽을 부수면 갑갑했던 마음이 뻥 뚫리는 것 같았다. 비번인 날은 자는 시간 외에는 온종일 컴퓨터 앞에 앉아 게임을 즐겼다. 마음껏 늘어져도 되는 날, 게임을 하면 시간가는 줄 모른다. 그간 벽돌 부수기, 테트리스, 쥬키퍼 등의 게임을 섭렵했다. 했던 게임들은 모두 인터넷에 재미있다는 댓글이 달린 게임이다. 댓글은 한번도 그녀를 실망시키지 않았다. 선택은 잘했고 한동안 재미있었다. 얼마간 한 가지 게임에 몰두하고 나면 점점 재미가 없어졌다. 지금까지 했던 게임은 석 달을 넘기지 못했다. 또 새 게임을 찾기 시작했다. 마땅한 게임을 찾지 못하고 이곳저곳 기웃거렸다. 그때 불현듯 아르바이트했던 남학생 말이 떠올랐다. 그는 홍조 띤 얼굴로 특이한 게임을 발견했다고 했다. 외국 게임사가 만든 것인데 무슨 가상공간 같은, 하나의 세계를 만날 수 있는 게임이라 덧붙였다. 주변에 있던 종업원들은 그의 말을 호기심 가득한 눈으로 귀 기울여 들었다. 그녀만 그의 말을 무심코 지나쳤던 것 같다. 한참 하트 금캐기 게임에 빠져 있을 때였기 때문이다. 그 게임 이름이 뭐였더라. 한참 이리저리 기억을 더듬기 시작했다. 가까스로 세컨드 라이프라고 했던 말을 기억해냈다. 인터넷 검색창에 세컨드 라이프를 쳤다. 게임 사이트 바로가기가 뜬다. 게임을 할수록 묘한 마력에 빠지게 된다는 게임, 시선을 사로잡는 게임이라고 누군가 올린 글들도 읽었다. 그렇게 그녀에게 온 바로 세컨드 라이프 게임이다.

세컨드 라이프 세상을 나온 지 한 시간이 지나갔다. 아침 겸 점심으로 먹었던 설거지 그릇이 싱크대 볼 안에 그대로다. 꿈적도 하지 않고 그녀는 모니터 앞을 떠나지 못하고 있다. 한 시간 동안 아무것도 하는 일 없이 빛이 죽어 있는 모니터만 보고 있다. 단지 어떤 세상인지 맛만 볼 참이었는데 한번만 더라는 생각이 자꾸 고개를 든다. 이제 한번 들어갔을 뿐인데 다시 하고 싶다는 생각이 끊이지 않고 솟구치는 게임은 처음이다. 이러다 게임에 푹 빠질까 두려워진다. 될 수 있으면 게임을 시작하지 말아야 한다고 시간을 끌어본다. 시간이 흐를수록 자꾸 세컨드 라이프 생각이 간절해진다. 10분이면 설거지를 할 수 있는데 그마저 하지 못하고 있다. 이렇게 아무것도 못하는 것보다 한번 더 빨리 들어갔다 나오는 거다. 그래야 방 청소도 하고 미루어놓았던 빨래도 할 수 있을 것 같다. 쉬는 날에 하려고 쌓아놓은 일이 하나둘이 아니다. 밑반찬도 만들어 놓으면 매일 아침밥 준비가 수월해진다. 한번만 더 들어갔다 나오는 거다. 딱 한번만이다. 마음을 다잡고 마우스를 더블클릭한다. 모니터가 빛을 내뿜기 시작한다. 마우스의 커서를 즐겨찾기에 놓고 클릭한다. 세컨드 라이프 세상이 열린다.

딱 한번만이라고 했던 마음이 금세 바뀌었다. 이번 한번이 아니고 하루에 한번으로. 그러자면 임시가 아니라 회원 가입을 해야 한다. 가입이 무료라니 들어갈까말까 망설일 이유가 없다. 정식으로 그 세계 일원이 되는 거다. '세컨드 라이프 세계에 오신 것을 환영합니다.' 입구에 쓰인 글자를 흘끗 본다. 한 시간 전과는 달리, 높은 장벽을 아무 거리낌 없이 훑고 입구로 향한다. 처음 방문했을 때의 어색함은 어느덧 사라졌다. 어느새 콧노래가 나오고 있었고 멈출 생각이 없다. 그녀의 태도가 사뭇 당당해졌다. 자기 집안으로 들어가듯이 아치 밑을 지나간다. 우뚝 선 시계탑을 보며 들었던 주눅은 온데간데없다. 시계탑을 향하여 힘차게 걸어 들어간다.

2시 50분, 모니터 시각과 같다. 아마도 이곳의 시간과 바깥세상의 시간은 같은 모양이다. 회색 발자국 위에 서서 시작 버튼을 눌렀다. 버튼을 누르자 조금 전처럼 회원 가입 안내 글이 화면 가득 뜬다. 아이디 쓰는 난이 맨 위칸에 있다. 아이디를 아직 정하지 못해 다른 칸부터 하나씩 메워나갔다. 주민등록번호를 썼다. 주민번호에 생년월일을 가리키는 숫자가 있지만 생년월일을 쓰는 칸은 항상 따로 마련되어 있다. 이메일 주소, 연락처 등은 곧바로 썼다. 제일 문제는 아이디를 정하는 일이었다. 어떤 이름을 지을까. 도무지 생각이 떠오르지 않는다. 아이디만이 문제가 아니었다. 아바타를 어떻게 만들까도 생각해둔 바가 없다. 임시로 방문했을 때처럼 불쑥 아무렇게나 나타날 수는 없는 일이 아닌가. 사람의 태어남처럼 한번 정해지면 바꾸지 못할 것은 아니지만 처음부터 제대로 만들고 싶었다. 섣불리 아무렇게나 태어나게 해서는 안 된다. 시작 버튼을 누르지 못한 채 곰곰이 생각했지만 한두 시간에 해결될 일이 아니다.

세컨드 라이프 게임은 지금까지 했던 게임과는 모든 게 판이하게 달라 보였다. 무엇을 부수거나 쌓거나 그런 단순한 것들은 어느 구석에도 없다. 이건 단순히 게임이 아니다. 하나의 세계다. 세컨드 라이프 세계에서 자신은 새로 태어날 수 있다. 지금의 자신과 전혀 다른 인물이 될 수 있다. 할 수 있는 한 최상의 인물을 창조해내야 한다. 새로운 세계에 들어가는 경이로움과 환희를 먼저 상상하자. 성스러움으로 가슴이 부풀어 오른다. 태어날 분신을 생각하니 벅차다. 자신이 태어났을 때, 어머니도 이처럼 아름찼을까. 어떻게 어머니에게로 와서 세상의 빛을 보게 되었을까. 누구에게서 선택된 것일까. 태어났을 때는 어떤 모습이었을까. 기억하지는 못해도 막연히 몸 심연 어느 바닥 한 모퉁이에 묻혀 있을 터였다. 자신이 태어날 때 하늘나라에서 내려다보고 부모나 나라를 선택한 것이 아니다. 자신도 모르게 태어났다. 누구에게는 선물이지만 어떤 이에게는 짐일 수도 있다. 하지만 이 세컨드 라이프 세상은 그녀가 지금껏 살아왔던 세상과는 태생부터 다르다. 모든 것이 자신의 선택으로 태어나는 것이다. 성장 과정도 없이 그저 우직하게 이 세계에 발을 디디면서 이 세계의 일원이 되는 것이다. 온전히 선물이고 축복받는 탄생이다. 신성하고 성스러운 마음가짐으로 분신을 만들어야 한다. 그녀는 이제 새로운 생명으로 태어나는 환희를 하나씩 음미할 참이었다. 가정환경, 사회적 지위, 경제력, 모든 스펙, 모두 원하는 만큼 선택하면 된다. 우선 남자, 여자 중에서 무엇으로 정할지 잠시 고민했다. 모든 것을 다 갖추게 할 것이어서 일까. 여자 쪽에 마음이 기울어졌다. 몸매를 완전하게 갖추어야겠다. 기본 아바타 모델들은 이미 쭉 뻗은 몸매를 가지고 있다. 달리 크게 다듬지 않고 쓸 수 있어 바로 선택하면 되었다. 문제는 얼굴 모습이다. 분신이긴 해도 자신과는 사뭇 다르다. 얼굴 형태가 작고 계란형인 것을 골랐다. 뛰어난 외모를 갖게 하려고 인터넷 사이트에서 유명한 초상화를 뒤졌다. 초상화마다 예쁜 이목구비가 따로 있다. 여러 초상화 중 보기에 가장 돋보이는 것들을 따왔다. 보티첼리 작 〈비너스〉의 턱, 퐁텐블로 파 작 〈다이아나〉의 눈, 구스타프 모로 작 〈유로파〉의 목, 장 레옹 제롬 작 〈푸시케〉의 코, 다빈치 작 〈모나리자〉의 입과 이마 등을 어울리게 조금씩 수정하여 얼굴을 합성했다. 그녀의 눈엔 완벽하다 할 정도의 미인이 된 것 같아 만족했다.

몸을 만들었으니 이름을 붙여주어야지. 어떤 이름이 걸맞을까. 이 이름 저 이름, 예쁘고 지적인 이름들을 불러보았다. 학교 다닐 때, 공부를 잘했던 친구들의 이름, 얼굴이 예뻤던 친구, 마음씨가 착했던 친구들, 그 중 두 가지가 겹치는 친구가 있다면 쉽게 고를 수 있을 터인데 예쁘고 공부도 잘했거나 착했던, 아님 공부 잘하고 착하거나, 그런 친구는 없었던 것 같다. 이름만 예뻤던 친구의 이름을 가져다 붙이긴 싫었다. 그녀는 한참 궁리하다가 예전에 읽었던 '소공녀'라는 이야기가 떠올렸다. 소공녀처럼 되고 싶은 소망을 담아 이름을 빌려왔다. 세라다. 그래 세라다. 이제 회원 가입할 모든 준비가 되었다고 생각한다. 더블클릭하니 모니터가 밝아졌다. 시간이 오래 지나서인지 아까 써놓았던 이름, 이메일 주소, 연락번호 등이 지워져 있다. 임시 저장이라도 해둘 걸. 다시 칸을 메워나간다. 아이디를 써야 한다. 아이디 란에 세라, 라고 쓴다. 혹시 다른 사람이 세라라는 이름을 벌써 사용하고 있으면 어쩌나 걱정되었다. 이름이 중복되었는지 중복검사 난을 클릭한다. 손가락이 떨렸다. '이 아이디를 사용할 수 있습니다.' 글은 두 번을 반짝이며 화면에 뜬다. 다행히 세라를 사용할 수 있다. 아직 세컨드 라이프 세계가 널리 알려지지 않아서인지도 모른다. 혹은 자신과 같은 생각을 갖고 있는 회원이 없는 모양이다. 그녀는 크게 여러 번 세라라는 이름을 되뇌어 불러보았다. 몇 번 불러도 역시 잘 지은 이름이다. 이제부터 세라로 다시 태어나는 거다. 눈가에 얇은 웃음이 번지고 입꼬리가 살짝 올라간다. 빈 칸을 모두 채웠다. 가입 확인 버튼을 누른다. '환영합니다. 세컨드 라이프의 시민이 되었습니다'라는 글이 화면에 뜨고 불꽃이 빵빵 터졌다.

2

쇼핑

세컨드 라이프 시민이 되었다. 어머니에게서 태어났을 때 대한민국 국민이 된 것과는 다르다. 자신이 선택한 나라와 다름없다. 새로운 나라의 일원이 된 것이다. 하기에 따라서 꿈꾸던 생활을 이루어 나갈 수 있다. 새로운 권리를 부여받은 것처럼 뿌듯했다. 우선 이 세계에서 지낼 때 당장 필요한 것들을 생각했다. 가장 먼저 갖춰야 할 것은 입을 옷과 백, 구두 등이다. 바깥세상과 살아가는 것이 같다면 앞으로 집과 그 밖의 많은 것들이 필요할지 모른다. 우선은 음식거리를 사지 않아도 된다는 것이 다행한 일인지 모른다. 3천 원을 휴대전화로 결제하여 환전했다. 3천만 원을 사용할 수 있다는 알림이 뜬다. 세상의 물건값과 이곳의 물건값은 거의 같다. 3천만 원이면 웬만한 것들은 쉽게 구입할 수 있다. 우선 옷을 샀다. 평소에 입어보고 싶던 양가죽 라이더 재킷과 팬츠를 사서 입었다. 무릎 아래까지 오는 롱부츠는 재킷과 같은 카멜 색깔로 맞춰 신었다. 모습은 아주 시크하게 변했다. 옷을 갖추니 그에 걸맞게 백도 골라야겠다. 가죽 재킷이니까 같은 색의 가죽 백으로 무엇이 좋을까. 아, 그러고 보니 얼마 전에 종영된 드라마에서 탤런트 김이 가죽 재킷을 입고 멀버리 백을 들었던 모습이 떠올랐다. 그 모습이 멋있다 여겼는데 옷을 고르는데 은연중에 작용했나보다. 카멜 색 가죽 숄더백을 사서 어깨에 멨다. 자신도 모르게 발걸음이 당당해졌다. 옷과 백을 갖추었을 뿐인데 자신감이 가득 채워진다. 무엇이든 해낼 수 있을 것 같다. 옷이나 백이라는 물건이 사람에게 자부심을 갖게 한다니. 평소에 갖추어 입어보지 못해서 상상조차도 못했다. 이밖에 어떤 의외 일들이 일어날 것인가. 궁금하고 기대가 된다.

세컨드 라이프로 통하는 다리를 건넌다. 두 팔을 휘저으며 걷는다. 레스토랑에 출근하려면 늘 시간이 빠듯하여 발을 동동거렸다. 거리의 광경을 여유롭게 쳐다보지 못했다. 회색 보도블록만 열심히 보고 걸었다. 바삐 걷다가 대로변에서 한바탕 넘어진 후 생긴 버릇이다. 블록 하나가 톡 튀어나와 있었다. 뾰족 올라온 블록을 발로 걷어차기는커녕 창피해서 그 자리에서 튕기듯 일어나서 무작정 뛰었다. 모두 자신을 쳐다보고 있을 것만 같았다. 그곳을 한참 벗어난 후에야 걸었다. 레스토랑에 도착하자마자 화장실에 들러 무릎을 살폈다. 살갗이 벗겨지고 피멍이 들었다. 아이들이 넘어지면 가만히 있다가도 피를 보고 우는 것처럼 상처를 보자 무릎이 아리고 쑤셨다. 시간에 쫓기지 않고 걸으니 넘어지는 일은 없을 것이다. 어떤 것에 얽매이지 않고 걸을 수 있다는 것, 이런 것이 자유로구나 하는 생각이 들었다. 행복하다. 걷는 것만으로도 행복할 수 있다. 거리는 걷는 사람들이 간간히 눈에 띌 뿐 한산했다. 그들은 여유롭게 주변을 천천히 둘러보며 걷는다. 아무도 급히 뛰어가는 사람은 없다. 이제 주변을 둘러보며 걸을 참이다. 이곳도 밖의 세상처럼 갖출 건 다 갖춰져 있다. 마치 유럽의 어느 도시를 그대로 옮겨놓은 것 같다. 도로변에 카페, 백화점과 극장 등이 자리하고 있다. 노상 카페에 앉아 담소를 즐기는 연인 같은 사람들이 있다. 누구와 함께라면 저런 낭만을 즐기고 싶다. 백화점 건물에 자꾸 눈길이 간다. 한번 들어가볼까. 늘 아이쇼핑만 했던 곳이다. 이곳의 백화점에도 온갖 상품들이 손님을 기다리고 있을까. 그녀는 어느덧 백화점 건물에 들어서고 있다.

백화점 1층에는 여느 백화점처럼 패션 잡화들이 진열되어 있다. 반대쪽 문에는 안내 데스크가 있다. 세라는 데스크로 향했다.

"이곳에서도 물건을 살 수 있나요?"

"물론이지요. 손님."

이럴 줄 알았으면 세컨드 라이프 입구에서 클릭하며 상품을 사지 않았을 거다. 백화점에서 쇼핑하는 즐거움을 만끽하며 살 걸. 다음부터는 필요한 것을 여기서 사야지. 아니 다음부터가 아니다. 겨우 옷 한 벌, 구두 한 켤레, 핸드백 하나밖에 없지 않은가. 지금 쇼핑을 하는 거다.

"명품 매장도 있나요?"

"네, 손님, 오른쪽 코너를 가시면 1층부터 3층까지 한 라인 모두 명품 매장입니다."

오른쪽 코너로 가면서 흘끗흘끗 전시된 상품들을 보았다. 실크 스카프, 선글라스, 화장품, 액세서리 등 상품 종류도 다양했다.

명품 매장은 언젠가 백화점에서 아이쇼핑했을 때 보았던 것과 흡사했다. 아이쇼핑할 때, 상품들은 그냥 명화를 감상하는 것과 같았다. 오르지 못할 높은 산을 멀리서 바라보는 것 같은 느낌도 있었다. 그냥 보면서 백을 든 자신의 모습을 상상하곤 했다. 하지만 명화를 본 후나 높은 산을 올려다본 후의 여운과 달리 명품을 보고 난 후에는 쓸쓸함으로 다가왔었다. 백 하나에 백만 원에서 수천만 원까지 하는 것을 산다는 것은 상상하는 것조차도 사치였다. 몇 천만 원이면 당장 살고 있는 옥탑방을 번듯한 원룸으로 바꿀 수 있는 돈이다. 그것도 월세가 아닌 전세로. 전세로 살면 생활비는 반으로 줄어든다. 한 달에 25만 원 월세와 전기, 수도, 난방비를 합하면 주거비용만 30만 원이 훌쩍 넘는다. 의식주 중에서 제일 많이 차지하는 비용이다. 전세를 얻을 수 있는 돈만 있으면 공과금 몇 만 원만 주거비용으로 들 것이고 적어도 20여만 원을 저축할 수 있다. 바깥세상에서 몇 천만 원이 있다면 얼마나 좋을까. 그녀는 고개를 세차게 흔든다. 이곳 세컨드 라이프 세상에 있는 동안은 바깥세상을 잊자. 지금 수중에 몇 천만 원을 가지고 있다. 마음만 먹으면 곧바로 웬만한 건 살 수 있다. 루이비통 매장 앞으로 씩씩하게 걸어간다. 매장 입구에는 다른 코너와 달리 사람들이 입구에 늘어서 있다. 그녀는 입구 안으로 들어서려 했다. 종업원이 정중하게 막는다. 순간 명품 매장에서는 고객을 차별하나, 하며 종업원을 쳐다보았다.

"손님, 앞의 고객 분들이 나오면 순서대로 입장하시겠습니다."

그녀는 매장 안을 훑어보았다. 몇몇은 물건들을 구경하고 있고 몇몇은 딜러의 설명을 들으며 구매 상담을 하고 있다. 모두 한가로워 보였다. 복작거리는 다른 매장과 차별화하려는 의도가 보였다. 품위 있게 쇼핑을 즐기라는, 명품 매장의 전략이라면 전략에 고개가 저절로 끄덕여진다. 얼마간의 시간이 흘렀고 몇몇 고객이 매장 안에서 나왔다. 흰 장갑을 낀 종업원이 들어가시라는 제스처를 취한다. 세라는 조금 전 매장 안에 있던 사람들의 태도를 흉내내며 들어간다. 평소 주변에서 자주 보아서인지 가장 친근감이 가는 명품이다. 살 수 있는 돈이 있고 사려는 마음을 가지고 물건을 보는 마음은 남달랐다. 꼭 하나는 살 작정으로 진열되어 있는 백들을 살폈다. 토트백이나 숄더백보다 대학생들이 많이 들고 다니는 쇼퍼백에 눈길이 간다. L과 V를 문양으로 넣은 백보다 바둑판 문양의 쇼퍼백을 보여달라고 했다. 바둑 무늬 사이에 루이비통이라는 필기체 글씨가 눈에 들어온다. 백면을 손바닥으로 문질러보았다. 특이한 감촉은 느껴지지 않는다. 시장에서 사서 들고 있는 합성피혁으로 만든 만 원짜리 백과 다르지 않다. 백의 내부에 보조 주머니가 더 달려 있지도 않다. 그런데도 꼭 사야겠다는 마음이 솟구쳤다. 망설이지도 않았다. 딜러가 마음에 드시냐고 묻는다. 세라는 고개를 끄덕이는 동시에 구매하겠다고 말했다. 세라는 백을 들려했던 손을 거두었다. 딜러가 전시된 백을 있던 자리에 놓는다. 카운터 데스크로 안내한다. 두 명이 계산을 기다리고 있다. 계산대 뒤쪽으로 딜러가 다가간다. 딜러가 포장을 담당한 종업원에게 무어라 속삭이듯 말한다. 앞에 있던 한 명이 계산을 마치자, 더스트백 속에 있던 백을 꺼내 보여주며 뭔가를 설명한다. 세라는 일반 매장에서 물건을 살 때를 순간 떠올렸다. 물건을 고르고 돈을 지불하고 물건을 받았었다. 지금과는 사는 과정이 뭔가 달랐다. 바로 앞 사람이 계산을 마쳤다. 세라는 계산대 앞으로 간다.

"손님 다미애 카바스 리빙턴 주문하셨지요?"

'무슨 제품명이 그렇게 길까. 맞겠지.' 세라는 가볍게 고개를 끄덕였다.

"계산을 도와드리겠습니다. 대금은 백구십삼만 원 되겠습니다."

세라가 지불하자 계산대의 여자는 기계적으로 더스트백에서 백을 꺼낸다. 물건을 살 사람이 흠이 있는지 찾아내려는 듯이 요리조리 꼼꼼히 살핀다. 흠결이 없는 제품을 넘긴다는 뜻도 있을 터이다. 아까 보았던 그 백이다. 잠시 주문한 것과 다를까 불안했다. 백 안에서 작은 카드를 꺼내어 보여준다. 카드에는 루이비통이라는 글자가 쓰여 있다. 아마도 라이선스 카드인 듯했다. 반품, AS 등 이런저런 설명을 한 것 같은데 그 짧은 시간, 그녀는 백을 들고 다니는 상상만 했다. 마음이 들썽이고 홍뚱항뚱하였다. 백을 받아들고 나오는데 발걸음은 마치 스티로폼 위를 걷는 듯했다.

샤넬 구찌 프라다 팬디 매장에도 들러 핸드백을 하나씩 샀다. 가격이 루이비통보다 몇 배 비싼 백을 샀다. 하지만 루이비통 백을 샀을 때처럼 들뜨는 기분은 아니었다. 무엇이든 첫 경험이 갖는 설렘은 다시는 똑같은 크기로 맛볼 수 없는 거다. 2층에는 명품 의류 매장이 있다. 아르마니에서 검은색 재킷과 팬츠를, 화려한 겐조에서 블라우스와 스카프를 샀다. 몇 가지 사지 않은 것 같았는데 환전한 3천만 원이 바닥이다. 순간 가슴이 철렁 내려앉았다. 현기증이 일어 어지럽다. 아참, 3천 원밖에 안 되지. 아아, 얼마나 다행한 일인가.

이번에는 7천 원을 환전했다. 백화점을 나와 걷는데 자동차 전시장이 연이여 몇 개 있다. 전면이 유리로 된 매장 안은 실내 체육관처럼 넓다. 다양한 디자인의 자동차들이 화려한 위용을 뽐내고 있다. 차도 한 대 있어야 해. 차를 구경해야 하는데 선뜻 매장 안으로 들어가지지 않는다. 백화점에는 물건을 사지 않아도 가끔 아이쇼핑을 마음껏 해서인지 거부감이 덜했다. 거부감이 적다 해도 끝내 콜롬보나 헤르메스 매장에 선뜻 들어가지 못했다. 바깥세상에서 움츠리던 버릇은 좀처럼 사그라지지 않는다. 이곳에서 자신은 상류층이라고 주문처럼 중얼거리지만 베엠베나 벤츠, 아우디 매장은 도저히 들어가지지 않는다. 푸조 매장이 그 중 가장 껄끄럽지가 않다. 문을 열고 안으로 들어갔다. 크기가 아담하고 노랑, 파랑, 빨강 색의 예쁜 차들이 즐비했다. 지붕이 오픈 되는 노란 차가 마음에 들었다. 가격을 물었다. 4천만 원이란다. 드라이브하는 게임은 해봤지만 운전면허도 없다. 과연 차를 몰 수 있을까. 물어볼 수도 없어 난감했다. 딜러가 시승을 해보겠냐고 묻는다. 운전석 옆에 타면 거리를 드라이브시켜줄 수 있단다. 운전하는 것을 볼 수 있는 기회다. 고개를 끄덕이자 매장 옆에 있는 주차장으로 안내한다. 그곳에는 노란 차와 같은 차종의 시승용 차가 있다. 그가 차 문을 열어준다.

딜러는 능숙하게 운전을 한다. 주차장에서 나와 오른쪽으로 차를 몬다. 왕복 10차선 도로가 시원스레 뚫려 있다. 딜러는 운전을 하면서 운전하는 방법을 알려준다. 이곳에서는 잘못 운전하여 차가 전복되거나 마주 오는 차와 충돌을 한다 해도 안전에 문제가 없다. 운전하는 방법은 지상에서의 차 운전법과 같다. 그러고 보니 차 안에 내비게이션이 내장되어 있다. 자동운전을 선택하고 내비게이션에 목적지를 입력하면 편안하게 도착지에 갈 수 있다고 덧붙였다. 딜러가 차를 도로 가장자리에 댄다. 차에서 나오더니 운전석에 앉아보란다. 잠시 머뭇거렸더니 걱정하지 말란다. 하긴 차가 뒤집힌대도 위험하지 않다고 했지. 세라는 딜러가 권하는 대로 운전석에 앉는다. 딜러는 세라가 앉았던 조수석에 올랐다. 그는 시범을 보이겠다며 자동운전을 선택하고 내비게이션에 매장을 입력한다. 차가 알아서 차선을 바꾸어 1차선으로 들어선다. 얼마큼 갔을까 유턴 지점에서 차의 방향을 돌린다. 왔던 길을 되돌아갈 모양이었다. 차는 정말로 정확하게 매장 옆 주차장에 와서 멈춘다. 얼마나 다행스런 일인가. 운전을 못해도 문제될 것이 전혀 없었다. 드라이브를 즐기려면 자동차를 산 다음 운전 요령을 조금 익히면 될 것이었다. 매장에 돌아와서 망설임 없이 평소 좋아하던 색깔인 노란 푸조를 구입했다.

'우 후후후. 자동차를 갖게 되었다. 그것도 수입차로.'

'정원이 딸린 집, 아니 빌딩도 살 거다.'

'이 세계에서 나는 상류층으로 살아갈 거다!'

시간이 많았으면 좋겠다. 몇 시쯤 되었을까. 곁눈으로 모니터 오른쪽 귀퉁이를 본다. 11시다. 벌써 밤, 곧 12시가 된다는 말이지. 저녁도 거른 채다. 배고픈 것도 느끼지 못했다. 시계를 보자마자 갑자기 배가 고파온다. 먹는 것은 꼭 챙겨야 하는 거다. 싱크대 서랍을 열어 먹을 것을 뒤진다. 컵라면밖에 없다. 이 시간에 밖에 나가 시장을 볼 수도 없는 일이다. 컵라면 껍데기를 벗기고 끓인 물을 부었다. 젓가락으로 뚜껑이 열리지 않게 열십자로 얹어놓았다. 평소에 자주 먹어서 지겹기도 했던 라면 냄새가 침을 고이게 한다. 2분이 길게 느껴진다. 이럴 때 화장실도 들러야 한다. 기다리는 동안 화장실에 다녀오면 시간을 버는 거다. 한번 사이트에 들어가면 화장실 가는 것도 번거로운 일이다. 화장실에 들어간다. 얼마나 오랜만에 일을 보는 것인지 소변 줄기가 가늘다. 고인 것을 다 빼내니 속이 뻥 뚫린 것같이 시원하다. 김치와 단무지를 냉장고에서 꺼낸다. 꿀꺽꿀꺽 뜨거운 라면이 목구멍으로 잘 넘어간다. 머릿속은 빨리 먹고 세컨드 라이프 세계에 다시 들어갈 생각밖에 없다. 채 10분도 안 되어 라면을 후딱 해치운다. 모니터 화면은 잠시 숨죽이고 있다. 10여 분 정도의 시간이면 마우스를 살짝 흔들어만 주어도 모니터는 깨어날 것이다. 내일 출근하려면 자두어야 한다는 생각이 틈새를 비집고 들어와 잠을 자라고 유혹한다. 한 시간만 더 게임을 즐기고 잔다면 5시간은 자는 것이다. 그 정도면 출근해서 일하는 데 지장이 없을 거다. 그녀는 마우스를 흔든다. 어두웠던 화면이 금세 밝아진다. 화면에 노란 푸조가 보인다.

세라가 차에 오른다. 드라이브를 즐기자. 딜러의 말을 되짚는다. 오른쪽 첫째 페달이 액셀, 차를 달리게 한다. 그 왼쪽 페달은 브레이크, 차를 멈추게 한다고 했다. 잘 달리고 잘 멈추기만 하면 운전을 잘하는 것이라고, 아주 간단하다고 했다. 기어는 자동 기어다. P에 걸려있는 기어를 D에 놓고 운전을 하면 된다. 액셀을 조심스럽게 밟는다. 차가 앞으로 움직인다. 초보운전이니까 저속으로 몰아야 한다. 계기판에 D1에서 D2까지 번갈아 나타난다. 문제는 핸들 조정이었다. 예전에 자동차 경기 게임을 잠시 한 적이 있다. 자동차 운전 게임을 할 때 브레이크를 사용한 기억이 없다. 무작정 앞으로 나가기만 했다. 핸들을 사용해 이리저리 구부러진 길을 달리는 게임이다. 시간 내에 목적지에 도착해야 한다. 가드레일이나 장애물과 충돌하면 그만큼 속도가 줄게 되어 있다. 그 당시에는 핸들 조정을 능숙하게 해냈다. 그때 솜씨가 되살아나서 핸들을 잘 조정할 줄 알았다. 게임을 해본 지 오래 되어서인지 마음대로 움직여주지 않는다. 조금만 핸들을 왼쪽으로 움직여도 차가 왼쪽으로 급히 꺾인다. 도로를 달린 시간보다 중앙 가드레일을 박는 일이 더 많았다. 그런데도 알 수 없는 자신감이 꿈틀거린다. 곧 예전 감각을 되살릴 수 있을 거다. 무엇이든 잘 할 수 있다. 연습하면 머지않아 운전을 잘 할 수 있을 거다. 도로가 왕복 10차선이고 지나가는 차도 드물어 연습하기에 안성맞춤이다. 도로를 종횡무진 지그재그로 움직였다. 가장 끝 차선은 도로를 벗어날 것 같았다. 두 번째 차선을 달렸지만 도로 가장자리를 수없이 벗어났다. 주변 경치를 볼 여유가 없어 차선만 보고 달렸다. 달리고 또 달렸다. 서울에서 부산을 왕복한 만큼 달린 기분이다. 차차 운전에 대해 감이 오기 시작했다. 핸들 감각도 되살아난다. 차로를 하나씩 중앙으로 옮겼다. 처음 1차선으로 갔을 때 자칫 중앙선을 넘을 뻔했다. 마주 오는 차와 부딪치는 순간을 맞은 것처럼 아찔했다. 이러다 죽을 수 있다는 생각을 했다. 잠시 비틀거렸는데 자동차는 천연덕스럽게 1차로를 달리고 있다. 시선을 온통 차선에 두고 달려서일까. 눈이 점점 뻑뻑하게 당겼다. 못하는 운전에 온 신경을 써서일까. 몸도 나른하다. 도로 가장자리에 차를 세우고 잠시 쉬고 드라이브를 해야겠다. 차를 세우고 잠시 눈을 감았다.

3

17번 테이블

출근 준비를 해야 한다고 알람이 소란을 피운다. '일어나, 일어나,'를 반복적으로 말하게 세팅했다. 귓전에 울리는 알람 소리가 어머니의 잔소리처럼 거슬린다. 사실은 어머니의 잔소리와 비슷하게 설정을 해놓으면 듣기 싫어서라도 일어날 것 같아 세팅한 것이다. 5분 후에 다시 깨운다는 말이 들린다. 5분 간격으로 다섯 번 알리게 장치를 해두었다. 다섯 번째는 꼭 일어나야 할 시간이다. 그때 일어나지 않으면 지각이다. 마지노선에 맞춰 다섯 번째 알람을 울리게 했다. 네 번째까지는 5분 후에 다시 울리겠다는 멘트가 나온다. 그 말이 없으면 다섯 번째 울리는 알람이다. 한번으로 끝내려면 종료 버튼을 누르면 된다. 누운 채로 종료 버튼을 누르지 않는다는 원칙을 정했다. 언젠가 처음 알람 소리를 듣자마자 종료 버튼을 눌렀다. 그리고 이내 깊이 잠드는 바람에 지각했다. 그 후로는 종료 버튼은 완전히 일어난 후에만 누른다. 잔소리를 듣기 싫은 것 못지않게 일어나기 싫다. 휴대폰 옆 버튼을 누르면 일단 울리던 잔소리는 끊긴다. 5분 후에 다시 들릴 거다. 엎드리려고 몸을 튼다. 몸이 책상에 부딪쳤다. 늘 그렇듯이 매트리스 위에서 잔 줄 알았다. 의자에 몸을 기대고 잠든 모양이다. 잠시 쉰다고 했었는데 잠이 들었던 거다. 모니터는 검게 죽어 있고 의자에 앉은 채다. 20분이라도 다리를 쭉 펴고 편히 누워 있자. 휴대폰을 들고 매트리스 위 이불 속으로 기어들어간다. 다리를 펴니 참 편하다. 몸을 돌려 엎드린다. 알람이 다 울릴 때까지 20분은 누울 수 있다. 5분, 5분을 길게 쓰자. 반수면 상태로 누워서 잠든 것처럼 최면을 건다. 그녀가 종종 쓰는 방법이다. 그렇게 시간을 보내고 나면 쑥 깊이 잠든 것처럼 피로가 풀리는 기분이다. 반수면 상태로 누워 있고 싶은데 어제의 일들이 틈새로 삐죽삐죽 나온다.

'세컨드 라이프' 세계 속으로 쭈뼛거리며 들어갔었다. 미지의 세계에 첫 발을 디딘 것처럼 극도로 얼올했다. 조마조마하고 혈압이 수직으로 오르는 것 같았다. 암스트롱이라는 우주인이 달에 맨 처음 발을 디뎠을 때 혈압이 200까지 올랐었다는 글을 읽은 것 같다. 그것엔 못미치더라도 암스트롱처럼 혈압이 확 오른 것은 분명했다. 잘못 발을 디디면 수렁에 빠져서 헤어나오지 못할 것 같기도 했다. 임시로 들어갔던 일이 떠오른다. 타임캡슐에서 나오듯이 다른 차원의 세계에 불쑥 나타났다. 중세 어느 무도회장으로. 주변을 돌아볼 겨를도 없이 그곳을 벗어났었다. 그때처럼 이마에 진땀이 흐른다. 손등으로 땀을 훔친다. 알람이 다시 울린다. 5분 후에 다시 울리겠습니다, 라는 멘트가 들린다. 휴대폰 옆 버튼을 누른다. 비번 전날도 아니다. 오늘부터 다시 일주일의 일이 기다리고 있다. 이런저런 생각은 말고 쉬어야 한다. 반 수면상태로 최면을 거는 거다. 지그시 눈을 감고 가장 편안한 마음을 가지려고 애쓴다. 애면글면해도 자꾸 지난 밤 세컨드 라이프에서 가졌던 시간들이 생각을 비집고 들어온다. 많은 일들이 주마등처럼 스친다. 세컨드 라이프라는 새로운 세계의 일원이 되었다. 한번도 상상해보지 못했던 세계다. 그 세계에서 세라라는 이름으로 태어났다. 늘씬한 몸에 어느 누구보다 뛰어난 외모를 가진 여자로. 백화점에서 처음 명품 백을 샀고, 명품 옷을 샀고 자동차도 구입했다. 드라이브를 즐겼고 차를 도로 갓길에 세우고 잠시 눈을 감은 사이 잠들었던 거다. 수많은 생각들 때문에 잠 언저리에도 못 갈 것 같다. 뭉그적거리지 말고 일어나자. 벌떡 일어난다. 다시 일어나라는 소리가 들리기 전에 종료 버튼을 누른다.

비번 다음날은 10시까지 출근하면 된다. 출근하는 날 중에 비번 다음날이 가장 가벼운 마음으로 출근한다. 매일 아침마다 하는 인사 연습이 없기 때문이다. 배꼽 아래에 두 손을 가지런히 모으고 90도 가까이 인사를 하란다. 학교 다닐 때 선생님에게도 그런 인사는 안 했다. 학교에서는 지나치게 숙이는 것은 바른 인사가 아니라고 배웠다. 인사를 하면서 어른을 공경하는 마음을 갖는 것이 가장 중요하다고도 했다. 이곳에서는 다르다. 마음은 중요하지가 않다. 겉에 드러나는 90도가 중요한 것이다. 형식을 갖추면 마음도 그렇게 된다고 부지배인은 말한다. 과연 그럴까. 그녀는 한번도 고객을 공경해서 허리를 굽혀 인사한 적이 없다. 그렇게 하라니까 하는 것이다. 레스토랑에 출근한 지 2년이 넘었다. 이젠 그런 연습이 없다 해도 저절로 허리가 굽혀질 거다. 종업원이 처음 들어왔다면 당연히 역할을 잘하게 훈련할 필요가 있을 것이다. 경력에 관계없이 부지배인은 종업원끼리 마주 보게 하고 연습을 시킨다. 차라리 가상 손님이라도 데려다놓고 연수를 시키면 덜 민망할 거다. 생각하지 말고 입력시키는 대로 움직이는 로봇이 되라는 듯 연습을 시킨다.

처음 취직을 하고 몇 달 간은 출근하는 전철 안에서 자신도 모르게 '안녕하세요, 감사합니다, 안녕히 가십시오. 또 오세요'라는 말이 자꾸 입안에 맴돌았다. 외워야 할 무슨 중요한 문장이 아니다. 레스토랑 밖에서만이라도 그래선 안 돼, 하며 입을 꾹 다물었다. 인사는 아무것도 아니다. 손님을 왕처럼 모시라나. 그래서 서빙하는 여자 종업원들은 중세 명문가 하녀들처럼 머리에 하얀 캡을 쓴다. 가슴에는 왕처럼 모시겠습니다. 라는 글 밑에 종업원 이름이 쓰인 명찰을 단다. 손님들은 그 명찰을 보며 무슨 생각을 할까. 자신이 왕이 된 기분에 사로잡힐까. 너희들, 왕인 손님에게 공손해야한다, 라며 회심의 미소를 지을까. 하인을 부리는 마음으로 뿌듯할까. 골이 지끈거린다. 손님을 맞기 위해 옷을 갈아입고 명찰을 달면서 '이제 나는 없다'라고 주문을 왼다. 복장만이 아니다. 주문을 받을 때에는 테이블 옆에서 거의 반 무릎을 꺾듯 굽히고 주문을 받는다. 이곳에서 나이는 중요하지 않다. 손님은 왕이니까. 같은 또래의 여대생에게 주문받을 때가 가장 싫다. 담당한 테이블에 여대생 또래의 손님이 오지 않기를 바란다. 의식을 해서인지 유난히 맡은 테이블에 여대생이 가장 많이 몰리는 것 같다. 오늘은 어떤 손님들이 올까. 비번 다음 날답지 않게 걸음이 무겁다.

출근해서도 시계만 자꾸 쳐다보았다. 시간은 참 더디 흐른다. 세컨드 라이프 세계에서는 시간이 너무 빨리 지나갔다. 빨리 퇴근 시간이 되었으면 좋겠다. 출근한 지 이제 두 시간이 지났다. 점심시간이다. 손님들이 몰릴 시간이다. 주방에서는 도마질 소리와 물 끓는 소리가 서로 경쟁하듯이 울려댄다. 부지배인은 카운터 근처를 서성인다. 눈이 매의 눈처럼 날카로워진다. 그녀는 언제부터인가 부지배인의 눈을 주기적으로 본다. 지금 또 부지배인을 쳐다보았다. 그가 어느 지점을 눈빛으로 가리킨다. 그러고 보니 테이블로 손님을 안내하라는 지시다. 그녀 담당인 17번 테이블이 비어 있다. 그녀는 손님보다 조금 앞서서 테이블로 안내한다. 여자 손님 둘은 쭉 뻗은 몸매에 키가 170센티미터는 훌쩍 넘어 보인다. 그녀는 메뉴판을 내민다. 그들은 가녀린 손가락으로 메뉴판을 넘긴다. 둘은 똑같이 끝에서 삼 분의 일 가량을 진보라색 매니큐어를 발랐다. 한 명은 매니큐어 위에 별을 다른 한 명은 꽃잎 스티커를 덧붙였다. 꽃과 별이 살아 움직이는 것 같다. 그들은 조금 전까지 네일아트에서 손톱을 꾸미느라 한두 시간을 보냈을 것이다. 이제 비어 있는 위를 채우러 온 거고.

"주문을 도와드릴까요?"

말이 거슬렸나. 그 말은 이런 종류의 레스토랑을 처음 찾았을 것처럼 보이는 손님에게나 하는 말이다. 그녀도 알고 있다. 자신의 짧고 뭉툭한 손톱을 보는 순간, 공연히 그들의 심기를 건드리고 싶었다. 둘은 풋내기 대학생쯤으로 보인다. 대학생에 어울리지 않게 비싼 옷을 입고 있다. 그 중 한 명은 온통 프라다로 몸을 두르고 프라다 가방을 메고 있다. 다른 한 명도 몸에 꽉 달라붙는 검은 재킷과 팬츠를 입고 있다. 그녀로서는 세컨드 라이프 세계에서나 살 수 있는 것들이다. 검은 슈트를 입은 그들은 감히 흉내도 내지 못할 만큼 세련되어 보였다. 조문이라도 갈 일이 있나라며 시샘 반 질투 반으로 악의를 내보일 뻔했다. 프라다 입은 여자가 한쪽 눈썹을 치켜올리고 그녀를 본다. 심기가 불편한 모양이다. 그녀도 질세라 다시 한번 자극적으로 말하려다 참는다. 그들이 다시 메뉴판을 뒤적인 지 일 분여가 지났다. 엉거주춤 쭈그리고 있자니 여간 불편한 게 아니다.

"주문하시겠어요?"

"조금 있다가요."

프라다 입은 여자의 목소리에 쇳소리가 섞였다. 그녀는 반사적으로 몸을 일으켜 세운다. 무얼 먹을지 생각해서 식당에 들어온 것이 아닌가. 그녀는 뜸 들이는 손님이 싫다. 각양각색인 손님에게 일일이 신경 쓰지 말자. 다짐과 달리 자꾸 거슬린다. 주문을 받을 때까지 촉수를 손님에게 뻗치고 있어야 한다. 부지배인 눈치보랴, 서빙하랴, 점심시간 한가운데는 눈코 뜰 새 없이 바쁘다. 뭉그적거리다가 언제 불쑥 호롱불을 반쯤 들어보이며 주문할지 모르는 일이다. 서빙하는 틈틈이 쳐다보는 일은 여간 성가신 일이 아니다. 서빙하다 부지배인 눈과 마주쳤다. 그가 17번 테이블 쪽을 가리킨다. 고개를 돌리니 프라다 입은 여자가 호롱불을 살짝 들어올렸다가 막 내리던 참이었나보다. 그녀는 부지런히 17번 테이블로 향한다.

"해산물 스파게티와 피자 각 하나씩요."

"소스는 어떤 것으로 해드릴까요?"

그녀는 토마토, 크림, 로지, 까르보나라, 아리비아타 소스가 있다고 말한다. 까르보나라 소스로 해달란다. 별이 있는 진보라색 매니큐어는 고르곤 졸라 피자를 주문한다. 카운터에 있는 매니저는 컴퓨터에 주문 내역을 입력한다. 그녀는 갑자기 그들이 원하는 소스를 바꾸어 주문을 넣고 싶어진다. 이러면 안 된다고 고개를 세차게 흔든다. 어차피 자신이 주문한 것과 다른 음식이 나온 대도 묵묵히 먹고 나갈 손님은 없다. 큰 소리치지 않고 너그럽게 기다려주는 손님도 드물다. 모두들 할 말은 똑 부러지게 한다. 지금 무슨 생각을 하는 거지. 왜 이렇게 엉뚱한 상황을 상상하는지 모르겠다. 지금껏 2년 넘게 이곳에서 일했지만 아무리 속을 뒤집는 고객을 만나도 배배 꼬인 생각을 한 적이 없다. 생활에서 달라진 건 아무것도 없다. 지난 밤 늦게까지 세컨드 라이프 세계에 들어간 것 말고는.

17번 테이블 음식이 나왔다. 그릇의 크기와 무게로 음식의 맛을 저울질하는 것처럼 하얀 도자기 접시는 크고 무겁다. 주방에서 테이블까지는 부담 없이 카트에 올려 나른다. 처음 서빙할 때는 그릇 드는 일도 버거웠다. 무거워서 손님 앞에는 접시를 놓을 때 실수라도 할까 두려웠다. 늘 하는 서빙이지만 역시 무겁다. 그녀는 두 접시를 들고 테이블 위에 놓는다. 음식을 내려놓자 음식이 주문한 대로 나오지 않았다며 프라다를 입은 여자가 접시를 그녀 앞으로 민다. 의아해하는 그녀 얼굴을 보며 스파게티 소스가 주문한 것과 다르단다. 그녀는 잰걸음으로 카운터에 가서 주문서를 보았다. 분명 까르보나라 소스가 맞다. 그녀는 주문서를 가져가 프라다를 입은 여자에게 보인다. 그들은 둘이 합세를 하여 까르보나라 소스라고 했다가 곧바로 아리비아타 소스로 바꿔 말했다고 한다. 그녀가 불온한 생각을 하는 동안에 그들이 바꾸어 말한 것일까. 거슬러 주문받았을 때를 생각한다. 주문은 정확하게 받았고 소스를 갖고 심술을 부리고 싶다는 생각은 주문서 넣으러 갈 때 했다. 주문을 받으면 꼭 손님에게 확인한다. 그녀는 그들에게 주문 확인을 하지 않았냐고 응수했다. 그녀가 주문을 받자마자 확인도 않고 카운터 쪽으로 갔다고 한다. 둘이 합창을 하듯 말한다. 습관적으로 늘 하는 일이라 또렷이 기억나지 않는다. 분명 확인했을 거다. 이들은 자신을 골탕 먹이려고 억지를 부리는 것이다. 그녀가 객기를 부린 것에 대한 응징인가. 그녀는 자신이 옳다고 증명할 수도 없어 속이 부글부글 끓었다. 이럴 경우 절대 약자는 종업원인 자신이다. 무조건 고개를 조아리며 죄송하다고 해야 한다. 죄송하다는 말이 입안에서 맴돈다. 물컵을 엎질렀거나 손님과 살짝 부딪쳤을 때 곧바로 튕겨나오던 단어다. 그녀는 끝내 죄송하다는 말을 못한다. 그들은 어떻게 할 거냐며 다그친다.

"다시 손님께서 주문하신 것으로 갖다드리겠습니다."

"한 명은 먹고 한 명은 먹는 걸 보며 기다리란 말이에요!"

피자는 같이 나누워 먹으려고 시킨 것 아닌가. 그녀의 마음이 더 꼬인다. 이상한 분위기를 눈치챈 부지배인이 어느새 다가와 있다. 그들은 부지배인에게 하소연하듯 정황을 말한다. 부지배인이 허리를 굽히며 정중하게 죄송하다고 말한다. 다시 요리해서 갖다주겠다고 덧붙인다. 그들은 그녀에게서 사과를 받아야겠다는 듯 그녀를 쏘아본다. 정말 이제는 사과 같은 건 할 생각이 싹 사라졌다. 그녀는 앞으로 어떤 일이 벌어지더라도 개의치 않기로 한다. 터벅터벅 카운터 옆으로 온다. 그녀 옆으로 다가온 부지배인의 표정이 얼음 같다. 음식은 다시 나왔고 부지배인이 가지고 간다. 곁눈질로 17번 테이블을 본다. 부지배인 손에 치킨샐러드가 한 접시 더 들려 있다. 저 샐러드로 그들을 구슬릴 모양이다. 샐러드 효과가 큰 것일까. 그들은 아무 일도 없었다는 듯 웃으며 먹었다. 그들이 식사를 마치고 자리에서 일어서는 것을 보고 그녀는 몸을 돌려 섰다. 등 뒤에 꽂히는 그들의 시선이 날카롭다. 퇴근 후 집에 가면 세컨드 라이프 세계에 들어가 드라이브나 실컷 해야겠다.

밤 늦게까지 시간가는 줄 모르고 드라이브를 즐겼다. 레스토랑에서 있었던 일이 남의 이야기 같다. 알람 소리에 눈을 떠보니 책상에서 엎드린 채다. 알람을 끄고 삼단 매트리스로 자리를 옮겼다. 잠시 누워 있을 요량이었는데 잠이 들었다. 부지배인이 두 손으로 목을 조르려고 한다. 부지배인을 밀어내려고 안간힘을 쓴다. 다시 잠들었다는 생각이 불현듯 들어 벌떡 일어난다. 지각은 아닐까. 세수만 하고 빨리 서두르면 늦지는 않겠다. 어차피 밥맛이 없다. 종업원들은 4시가 되면 교대로 점심 겸 저녁을 먹는다. 그때가 되어도 배가 고플 것 같지는 않다. 전철에서 내려 지하도 계단을 부지런히 오른다. 아귀찬 바람이 지하도 입구로 돌진한다. 아침을 걸러서인가. 찬바람이 몸을 파고든다. 목도리를 한번 더 목을 조이듯 두른다. 찬바람을 맞자 부지배인의 차가운 시선이 떠오르는 건 무엇인가. 어제 손님과의 불화에 대해 한마디도 없었다. 무슨 말이라도 했으면 덜 신경이 쓰일 터였다. 왠지 불안해진다. 레스토랑에 들어서니 종업원들은 근무복으로 갈아입고 줄을 서고 있다. 그녀는 우선 부지배인의 표정을 살핀다. 무표정한 시선이 따갑다. 부지런히 옷을 갈아입고 대열에 끼었다.

"어제 17번 테이블에서 벌어진 불미스러웠던 일을 아실 겁니다."

모두의 시선이 자신을 향한 것 같아 그녀는 고개를 꺾을 수밖에 없었다.

"17번 담당은 죄송하다는 말도 못하더군요. 실수가 문제가 아닙니다."

그 뒤로도 부지배인의 잔소리는 이어졌다. 그녀는 귀를 막고 싶었다.

다른 동료들은 어땠을까. 다리에 힘이 쭉 빠졌다. 금방이라도 주저앉을 것 같다. 부지배인은 한 술 더 뜬다. 안녕하세요. 감사합니다, 또 오세요, 대신 죄송합니다, 라는 말을 연습하겠다나. 거기다 선창을 하라고. 그녀는 자리를 박차고 뛰어나가야 했다. 우스운 것은 한마디 대꾸도 못하고 선창을 하고 있다.

"개미 목소리 같아요! 더 크게 말하세요!"

천장이 빙빙 도는 것 같다. 현기증이 일었다. 제정신이 아니었다. 어찌어찌하여 몇 번을 선창하였다. 연수가 끝나고 레스토랑 안을 정리정돈한다. 테이블마다. 냅킨과 스푼, 나이프를 세팅한다. 두 살 위인 언니가 슬그머니 다가와 위로한다.

"더러워도 참아, 지가 뭐 사장이라도 되는 줄 안다니까."

언니의 위로는 아무 도움이 되지 못했다. 하루 종일 이 일 말고는 할 일이 없을까, 라고 자문했다. 이곳을 벗어나고 싶다. 퇴근 시간만 기다려진다. 시간은 왜 느릿느릿 갈까. 잠을 적게 자서일까. 피로가 몰려온다. 비번인 날이 되려면 아직 나흘을 더 기다려야 한다. 어제 세컨드 라이프 세계에서 한 드라이브는 스릴 만점이었다. 겨우 이틀간 운전 연습을 했는데 중앙선 가드레일을 들이박는 불상사는 없었다. 점차 차선도 벗어나지 않는다. 몇 년 전에 했던 자동차 게임 실력이 슬슬 나오기 시작하는 것이다. 오늘 퇴근하고 드라이브를 한다면 주변 경치를 간간히 볼 수 있을지도 모른다. 세컨드 라이프 세계를 떠올리자 우울했던 마음이 온데간데없다. 그녀는 기분이 울적할 때나 속상한 일이 있을 때는 세컨드 라이프 세계에서 즐겼던 드라이브를 떠올리기로 했다. 드라이브뿐이 아니다. 쇼핑했던 기억도 있다. 백화점에서 처음 루이비통 가방을 샀을 때의 흥분이 되살아난다. 그녀의 구겨졌던 표정이 밝아진다. 생각이 세컨드 라이프 세계와 레스토랑을 오가다보니 어느새 퇴근 시간이다. 그녀는 가벼운 마음으로 퇴근한다. 아침에 불었던 겨울바람은 봄바람처럼 누그러져 있다.

언덕 위를 오른다. 드문드문 가로등이 있지만 사위가 어둡다. 2년여를 오르다보니 낮에 오르는 것처럼 길의 굴곡을 잘 안다. 그녀가 사는 집은 언덕 꼭대기 정점에 있다. 돈에 맞추어 방을 고르다가 꼭대기까지 왔다. 다시 3층을 오르고 건물 밖으로 난 계단을 오르면 그녀의 옥탑방이 나온다. 하늘에 가까워서일까. 여름에는 한증막처럼 덥다. 겨울에는 모든 바람이 옥탑방을 돌아 동네로 내려가는 것 같다. 잠잠한 것 같았던 바람이 옥탑으로 통하는 문을 사정없이 때린다. 그녀는 바람이 세차게 불어도 집에 도착했다는 사실에 안도한다. 시린 손으로 열쇠를 꽂아 돌린다. 방에 들어선다. 11시가 넘었다. 컴퓨터 시작 버튼을 누른다. 컴퓨터가 켜지고 화면이 자리를 잡는 사이 손발을 씻었다. 컴퓨터 잠금을 풀고 메일을 열어본다. 세컨드 라이프 회원이 보낸 메일이 와 있다. 메일을 읽는다. 수신자 란에는 세라, 라고 쓰여 있다. 세라, 라는 이름만 보았는데도 가슴이 부푼다. 제목은 클럽 안내이다. 클럽 이름이 오버클래스다. 클럽에 대한 안내도 곁들여 있다. 상위 1퍼센트의 상류사회 모임이란다. 현실에서는 다가갈 수 없는 모임이다. 현실을 바탕으로 꿈도 꿀 것이니 꿈에도 다가가지 못할 클럽이다. 세컨드 라이프 회원이면 누구나 가입할 수 있다. 회원이 준수해야 할 규칙이 뜬다. 그 중에서 세 가지 규칙을 위반하면 영구 탈퇴시킬 수 있다고 쓰여 있다.

● 상대방을 모독하거나 비방해서는 안 된다.

● 상대방의 사생활을 침해하지 마라.

● 상대방을 추적하지 마라.

그녀는 규칙을 읽으며 얼마나 대단한 클럽이기에 영구 퇴출, 어쩌고 하며 엄포를 놓나 했다. 상위 1퍼센트 상류사회 모임이라니 구미가 당겼다. 규칙을 끝까지 읽었지만 마음대로 탈퇴를 못한다는 구절은 없다. 언제라도 흡족하지 않으면 그때 나오면 된다. 모임은 정기모임과 임시모임이 있다. 정기모임은 일주일에 한번인데 매주 목요일이란다. 임시모임에는 결석해도 되지만 정기모임을 여러 번 빠지면 그것도 강제로 퇴출시키는 조항에 들어 있다. 물론 강제로 회원 자격을 박탈할 때는 회원 전체 회의를 거쳐서 결정한다고 했다. 그녀의 비번 일은 수요일이다. 매주 목요일 정기모임에 가려면 비번 날짜를 바꿔야 한다. 목요일에 비번인 사람이 누구였더라. 낮에 위로해주던 바로 그 언니의 비번 일이 목요일이었던 것 같다. 잘하면 비번 날짜를 바꿀 수 있을 거다. 날짜를 바꾸면 바로 가입해야겠다. 세컨드 라이프 세계에서 가장 먼저 가입한 클럽은 '오버클래스'가 되는 거다. 기대된다. 그 외에도 그녀를 들뜨게 하는 수많은 클럽이 도사리고 있을지도 모르는 일이었다.

4

오버클래스 클럽

클럽 모임에 가는 날이다. 클럽 회원들은 한결같이 완벽에 가까운 미남미녀들이다. 개성만 조금씩 다르다고나 할까. 모임에 입고 갈 의상과 소품을 고르다보면 시간이 꽤 걸린다. 그런데도 긴 시간 동안 전혀 지루하지 않다. 오히려 의상을 고르는 데 몰두하다보면 쌓였던 스트레스가 조금씩 가신다. 갈수록 그 시간을 즐기고 있는지도 몰랐다. 모임에 오는 회원은 모두 같아 보인다. 모임 이름 '오버클래스'는 상위 5퍼센트의 상류사회보다 한 단계 더 위의 1퍼센트에 해당하는 사람들의 그룹이란 뜻이라고 회장이 말했다. 매주 목요일에 모임을 갖는다. 나이트클럽에서 만나 댄스파티를 열기도 하고 수영장에서 수영을 하기도 한다. 이번에는 레스토랑에서 모임을 갖기로 했다. 저녁 식사를 겸한 모임이다. 모임이 끝날 즈음 다음 모임에 대한 의견을 나눈다. 몇몇 모임에 불참했던 회원들을 위해 총무가 메일을 띄운다. 모이는 장소와 시간을 메일을 통해 다시 확인시켜준다. 늦어도 수요일 밤까지 메일이 도착한다. 모임 장소나 시간을 잊은 적이 없다. 그래도 메일은 열어본다. 아주 드물게 약속 장소가 바뀔 때가 있다고 총무가 말했었다. 목요일 오후부터 금요일 오전까지 비번이다. 주말에는 레스토랑이 붐비기 때문에 전 종업원이 일하고 주중에 두 명씩 교대로 쉰다. 원래는 수요일이 비번이었다. 모임을 검색하다가 이 모임이 있다는 것을 알게 되었다. 회장과 접촉해보니 품격을 높이는 데 역할을 할 것 같은 예감이 들었다. 모임에 가입하기 위해 친절을 베풀어준 언니에게 특별한 일이 있는 것처럼 거짓말을 했다. 인정 많은 언니가 기꺼이 비번 날짜를 바꿔주었다. 게임을 하려고 바꾼 걸 알면 아무리 착한 언니지만 노발대발할 기다. 그녀는 시침 떼고 일하려 하지만 잘 안 된다. 모임이 있는 날은 하루 종일 마음이 들뜬다. 자신도 모르게 입에서 허밍이 끊이지 않고 나오려 한다. 일하면서 흥얼거릴 수도 없는 일이라 입을 앙다물곤 한다.

얼마 전 실랑이를 벌였던, 온통 프라다로 몸을 두르고 프라다 가방을 멘 새내기 대학생이 떠오른다. 때려주고 싶었었는데 이율배반 되게도 그들을 모델로 삼다니. 그녀는 지금 프라다 가방을 메고 가기로 한다. 가방을 꺼낸다. 역삼각형 안에 프라다 로고가 선명하다. 손가락으로 로고가 새겨진 곳을 문지른다. 피, 알, 에이, 디, 에이, 알파벳이 하나하나 손가락에 느껴지는 것 같다. 지난 번에는 옷을 고르고 난 다음 가방과 신발을 선택했었다. 초겨울이지만 찬바람이 제법 살 속 깊이 스며든다. 실크 블라우스 위에 1온스 패딩이 들어간 프라다 재킷을 골라 입었다. 바지도 프라다를 고르려다 아르마니 진을 입기로 했다. 상표는 아르마니지만 색상은 재킷과 가방 색에 맞춰 검은 색으로 골랐다. 갑자기 〈악마는 프라다를 입는다〉는 영화의 주인공이 떠올랐다. 영화 주인공은 나이가 들 만큼 들었고 그녀는 아직 이십대다. 잠시 마음에 걸리긴 했다. 영화 속 주인공이 프라다를 즐겨 입지만 주로 정장차림이다. 개의치 말자고 중얼거린다. 레스토랑에서 보았던 온통 프라다로 몸을 두른 여대생의 얼굴은 앙증맞았다. 170센티미터쯤 되어 보이는 키에 몸매가 미끈했다. 그녀는 그 둘의 주문을 받으면서 주눅이 들고 속이 뒤틀렸었다. 어떻든 프라다를 선택하게 된 것은 순진히 그 잔상이 남아서일 것이었다. 좋지 않은 감정은 다 씻어내고 늘씬한 새내기 대학생 모습만 생각하기로 하자.

회원들은 오늘 어떤 콘셉트로 몸을 치장하고 나타날까. 처음 그 모임에 가입한 날 한껏 멋을 부리고 루이비통 가방을 들었다. 명품 중 가장 먼저 들어보고 싶었던 가방이라 망설이지 않고 골랐다. 모임에 가니 아무도 루이비통 가방을 든 사람이 없었다. 역시 탁월한 선택이었어, 라며 흐뭇해하고 있는데 얄미운 마돈나가 한마디 했다.

"세라, 루이비통 가방이 5분 명품인 것 모르세요."

그녀는 그 뜻이 무엇인지 모임이 끝날 때까지도 몰랐다. 정작 그 뜻을 알게 된 것은 다음날 레스토랑에서 언니의 답을 듣고서였다.

"정류장에 서서 여자들 백을 쳐다봐 5분마다 루이비통 가방을 메거나 든 여자를 볼 수 있다고. 이제는 5초일지도. 물론 짝퉁이 더 많겠지만,"

그 후로 다시는 루이비통 가방을 들 생각을 안 했다. 회원 중 한 사람이라도 프라다로 치장하지 않기를 바란다.

아치 밑을 걸어서 지나간다. 광장이 나온다. 건물 간판에 변함없이 영어, 일본어와 한국어로 된 언어 선택이 나온다. 이젠 자동적으로 '한국어로 말한다'를 클릭한다. 광장 가운데 두 겹의 빨간 동그라미로 간다. 동그라미 위에 발자국이 있고 세라는 세컨드 라이프 세계의 입구인 발자국 위에 선다. 오른쪽 상단 회원 로그인 난이 있다. 들어올 때마다 타자하기 싫어서 아이디는 저장을 해두었다. 아이디가 떠 있다. 비밀번호를 누르고 로그인을 클릭한다. 곧바로 세컨드 라이프로 통하는 다리가 나타난다. 다리를 건너면 도로와 만난다. 길가에는 얼마 전에 구매했던 노란 푸조가 항상 대기해 있다. 태어나 처음 4천만 원을 주고 산 차다. 푸조에 올라 핸들을 잡는다. 세라는 이제 능숙하게 운전을 한다. 길은 넓고 곧게 뻗어 있다. 차도는 왕복 10차선 길이다. 도로 왼편에는 공원이 길을 따라 나란히 있다. 공원에는 잔디와 보도블록이 엇갈려 깔려 있다. 보도블록에 있는 인공폭포에서는 물이 끊임없이 흐르고 가장자리에 무지개도 언뜻 보인다. 하늘 높이 치솟는 분수가 있는 보도블록도 있다. 잔디 위에는 군데군데 파라솔과 휴식을 즐길 수 있는 의자가 놓여 있다. 적당한 간격을 두고 정자도 있다. 길 오른쪽에 로마 콜로세움을 형상화한 건물이 보인다. 1층을 모두 콜로세움 입구 모양으로 피룻을 두고 그 위로 빌딩을 올렸다. 옆에는 원기둥 모양의 빌딩. 원추 모양의 빌딩, 피라미드 모양 등 초현대적 건물이 이어져 있다. 건물 외벽은 대부분 유리로 되어 있는데 건물 안은 들여다보이지 않는다. 거울처럼 거리의 풍경들을 반사시키고 있다. 세라는 차 지붕을 열고 달리고 싶어진다. 순간 바깥 날씨가 겨울이라는 것이 떠올랐다. 이 세계는 바깥과는 무관한데도 바깥세상 날씨에 맞추어 옷과 신발을 고르고 행동하게 된다. 운전석 앞에 있는 내비게이션에 '아우어 플레이스'를 입력한다. 오늘 만나기로 한 레스토랑이다. 지도가 뜬다. 음성 안내 메뉴를 선택한다. 굵고 매력적인 음성을 가지고 있는 영화배우 장의 목소리로 세팅되어 있다. 자동 운전을 선택하면 편하게 목적지에 도착할 수 있지만 장의 목소리를 듣고 싶어서 운전을 한다. 장의 목소리를 들으며 운전을 하면 둘이 데이트하는 기분이 든다. 언젠가는 장에게 데이트 신청을 해봐야겠다.

레스토랑 입구에 장과 그밖에 연예인들의 사진과 사인을 담은 액자가 명화처럼 걸려 있다. 그들이 즐겨 찾는 곳을 홍보하기 위한 것인지 알 길이 없다. 그녀가 근무하는 레스토랑은 텔레비전에 자주 등장하는 여자 탤런트가 운영하는 곳이다. 동료 연예인들이 개업하는 날 몰려와서 사인을 남기고 갔다고 한다. 처음 레스토랑에 들어오는 고객들 대부분은 연예인들의 사진과 사인을 번갈아 흘끗흘끗 보며 관심을 가진다. 확실히 광고 효과를 보는 것 같다. 그만한 레스토랑에 취직하게 된 건 행운이다. 그녀는 키가 155센티미터밖에 안 된다. 고졸 학력이 전부인데 대단한 직장을 구한다는 것은 꿈도 꾸지 못했다. 자신의 분수에 맞는 일자리를 구하려고 이리저리 뛰어다녔지만 취직을 못했다. 레스토랑에서 서빙하는 직원은 키가 작은 사람을 주로 고용한다는 말을 들었다. 길을 가면서 레스토랑들을 기웃거렸다. 성처럼 꾸며놓은 레스토랑 입구에 직원 모집 광고가 붙어 있었다. 키가 작다는 조건 하나만으로 응모를 했고 다행히 취직이 되었다. 나중에 안 사실인데 손님에게 낮은 자세로 대할 수 있어서 평균치 키보다 작은 사람들을 고용한단다. 그러고 보니 대부분의 손님들은 그녀보다 키가 컸다. 그녀는 목이 짧은 편이고 얼굴이 동글 탱탱하다. 그런대로 사람들이 귀엽게 생겼다고는 한다. 귀엽게 생긴 것도 취직이 되는데 한몫을 했는지도 모르는 일이었다.

종업원이 다가온다. 종업원은 바깥세상에서의 그녀처럼 자그마하다. 종업원을 보는 순간, 같이 허리를 굽혀 인사할 뻔했다. 그녀가 일하는 레스토랑에서는 아침마다 연수를 한다. 처음 취직했을 때, 연수 시간에 늦지 말라는 말을 들었다. 연수라고 해서 그녀는 필기도구를 준비했었다. 지금 생각하면 웃음이 절로 나올 일이었다. 연수하러 갔는데 부지배인이 서 있는 종업원들 틈에 그녀를 세웠다. 종업원들은 두 줄로 마주보고 서 있었다. 맞은편에 있는 종업원을 손님으로 가정하고 인사하는 연습을 한다. 그게 부지배인이 말한 연수였다. 두 손을 배꼽이 있는 부분에 가지런히 대고 허리를 90도 각도로 꺾어 인사한다.

"어서 오십시오."

"감사합니다."

"안녕히 가십시오."

부지배인이 선창하면 종업원들은 큰소리로 복창한다.

처음 출근하던 며칠간 왜 그렇게 허리가 굽혀지지 않던지. 말소리는 왜 그렇게 나오지 않던지. 길들여진다는 것은 끔찍하다. 이제는 레스토랑 밖에서 아는 사람을 만나면 손이 배꼽 위로 가려해서 당혹스러울 때가 많다. 지금 손님으로 이곳에 온 것이다, 라고 숙이려던 머리를 꼿꼿이 세운다. 종업원이 정중하게 인사를 하며 반긴다. 손님이 되어 대접을 받으니 하루 종일 고개 숙이며 쌓인 우울한 기분이 싹 가신다. 이럴 때마다 열 번이라도 다시 레스토랑에 들어오고 싶다. 예약을 하셨나요. 오버클래스 클럽으로 예약되어 있다고 말한다. 종업원이 약간 비켜 앞서서 안내한다. 장미 한 송이 그림과 로즈라고 쓰인 명패가 문에 붙어 있다. 안으로 들어가니 분위기가 전체적으로 고풍스럽다. 영화에 나오는 중세 어느 귀족의 식당을 옮겨놓은 것 같다. 천정에는 튤립 모양의 샹들리에가 황금빛을 머금고 있다. 벽 귀퉁이마다 조개 모양의 등이 진주처럼 은은한 빛을 뿜어낸다. 식탁은 대리석으로 되어 있고 식탁 위 촛대에는 촛불이 미미하게 흔들리고 있다. 재킷을 벗자 종업원이 얼른 받아 옷걸이에 건다. 식탁 앞으로 댓 걸음 떼는 사이 종업원이 어느새 다가와서는 의자를 살짝 빼내준다. 가슴이 부풀어올라 날아갈 듯이 몸이 가벼워진다. 의자는 흑장미 빛깔이다.

"세라, 장밋빛 실크 블라우스가 분위기에 너무 잘 어울린다."

맞은편에 앉아 있던 마돈나가 덕담을 하며 반긴다. 여전히 마돈나 하면 떠오르는 금발머리를 하고 있다. 가끔 언죽번죽 떠들어대기도 하지만 상냥한 것은 회원 중에서 당연 으뜸이다. 마돈나 옆에 낯선 인물이 보인다. 마돈나가 새로 가입한 회원이라고 소개한다. 시선을 팽팽하게 당길 만한 여자다. 또렷한 이목구비를 갖춘 바비 인형 같은 얼굴을 보자 세라의 눈도 바비 인형 눈이 된다. 보라색으로 물들인 굵은 웨이브 머리카락은 길어서 어깨선에 닿아 있다. 이제 겨우 추위가 시작되는데 그것도 실내에서 밍크코트를 입고 있다. 밍크코트는 은회색 빛으로 반짝인다. 보라색 머릿결과 조화를 이루어 서로를 더 빛나게 한다. 시선을 여자가 입고 있는 밍크코트에 계속 두게 되었다. 마돈나가 여자를 살짝 건드린다. 마돈나가 시선에 신경이 쓰였나보다. 타조 털이 겉을 싸고 있는 핸드백을 식탁 위에 놓고 여자가 일어나더니 코트를 벗어 옷걸이에 건다. 여자의 이름이 비너스라고 마돈나가 말한다. 바비라면 모를까 비너스라니. 미의 여신을 모독해도 분수껏 해야지. 목구멍까지 올라오는 말을 참느라 헛기침을 한다. 식탁까지 몇 걸음 되지 않지만 상체를 뒤로 젖히고 걷는 모양새가 발레리나 같기도 하고 모델 같기도 하다. 약속 시간이 가까워지자 회원들이 하나둘씩 오기 시작했다. 마돈나는 들어오는 회원마다 그 회원의 장점을 들먹이며 일일이 맞는다. 회원 맞이하는 것은 마돈나의 몫인 양 두고 비너스만 쳐다보게 되었다. 비너스는 낯설어서인지 무표정한 얼굴에 말이 없다. 꼭 다문 입술이 너무 도톰해서 톡 건드리면 터질 것만 같다. 저런 입술을 섹시하다고 하던가. 예스럽기는 해도 앵두 같은 입술이라는 말이 딱 어울려 보인다. 그러고 보니 입이 어딘지 모르게 눈에 익다. 누구였더라. 그렇지 바로 허수진의 입이다. 여자는 시선을 둘 곳이 마뜩치 않아서인지 창만 바라본다. 저런 모습은 수진과 너무나 흡사하다.

허수진은 중학교 2학년 때 그녀의 짝이다. 시험은 대부분 만점이었고 선생님의 질문에 막힌 적이 없이 한 음절씩 똑똑 말을 끊어서 분명하게 대답했다. 그 애가 공부를 잘하는 것보다 정말 예뻤기 때문에 그 애에게 관심이 많았다. 눈은 맑아 유리알처럼 늘 빛났다. 4B 연필로 도화지에 그린다고 해도 그 애의 짙고 선명한 눈썹보다 자연스런 선을 그릴 수는 없었다. 우윳빛이 도는 하얀 피부에 입술은 항상 발갰다. 쉬는 시간이면 그 애 주변엔 아이들이 몰려들었다. 그 앤 타고난 이야기꾼 같았다. 이야기가 마른 적이 없다. 그래서 입술이 마찰 때문에 늘 발갰는지도 모른다. 어느 때엔 읽었던 소설 이야기도 해주었고 아니면 집이나 동네에서 일어났던 일을 아주 실감나게 전달했다. 아이들은 화장실에 가는 것도 잊고 그 애의 말을 듣다가 시작 종이 울리면 우르르 화장실을 다녀오곤 했다. 선생님이 몇 번을 당부해도 소용이 없었다. 그 애가 한 말을 가족들에게 전하려고 하면 그리 특별히 재미있는 이야기도 아니었다. 하지만 그 애의 발간 입을 통해 나온 이야기를 들을 때엔 분명 재미있었다. 그 마력은 어디에서 흘러나오는 것일까. 그 애에겐 사람을 끌어당기는 그 무엇이 있었다.

허수진과 짝이 되던 첫날 창가 자리를 배정받았다. 처음 일주일간 수진은 말이 없이 쉬는 시간이면 창밖만 바라보았다. 수진의 목소리를 듣는 건 공부시간에 발표할 때뿐이었다. 또렷하게 발표하는 것으로 수진이가 공부는 분명 잘할 것이라 확신했고 실제도 그랬다. 그러나 말없이 늘 쉬는 시간이면 그림처럼 창밖을 보고 있는 수진이를 그 애가 눈치채지 않게 바라보곤 했다. 수진이는 그때 분홍 스웨터를 입고 있었는데 교실 창가에 놓인 꽃과 잘 어울렸다. 다시 일주일이 지나고 반장 선거가 있었다. 수진이가 반장 후보로 나올지 예측을 못했는데 후보가 되겠다고 손을 번쩍 들었다. 나란히 앉은 그녀와 수진이는 반장 후보로 나갔다. 선생님이 반장이 되면 할 것들을 공약으로 내걸라고 했다. 그녀는 공식처럼 되어 있는, 반장이 되면 학급을 위해 열심히 일하겠다고 했던 것 같다. 그러나 수진이는 자기가 반장이 되면 걸레처럼 더러운 곳을 닦겠으며 걸레가 몸을 닳아가며 깨끗이 하듯이 학급을 위해 헌신하겠다나. 어쨌든 남다른 말 덕분인지, 그 애가 도드라지게 예쁜 덕에 남자아이들 표가 몰려서인지 그 애에게 반장 자리를 내주어야 했다. 그 후론 질투 반 시샘 반으로 그 애에게 관심 이상의 관심을 가졌다. 그 애의 모든 행동들을 빼놓지 않고 보았다. 그 애가 어떤 학용품을 쓰는지, 어떤 책을 읽는지, 누구와 어울리는지 등이다. 선생님들은 서로 약속이나 한 것처럼 매일 그 애를 칭찬했다. 그녀의 눈으로 보아도 그 앤 칭찬을 받을 만

했다. 못하는 것이 없었으니까. 게다가 반장이 된 후론 그 발간 입으로 말을 맛있게 요리해서 친구들 앞에 내놓았다. 꿈을 가득 품는 듯한 눈으로 친구들과 눈을 맞추면서.

그러던 어느 날 그 애가 학교 대표로 글짓기 대회에 나가게 되었다. 등교하자마자 그 앤 책가방을 내려놓고 대회에 참여하기 위해 교실 밖으로 나갔다. 그 애가 자리에 없자 아이들은 그녀의 책상 주변에 한 명도 오지 않았다. 그녀는 그 애의 생활이 궁금했다. 그 애의 가방을 열어보았다. 겉표지가 분홍색인 일기장이 눈에 띄었다. 그녀는 친구들이 보고 있는지 살피며 그 애 일기장을 손에 넣었다. 일기장을 티셔츠 안에 품고 화장실로 갔나. 작은 공간 속에서 일기를 떨리는 마음으로 읽어보있다. 인사라는 제목이 눈에 들어왔다. 자기 집 정원의 모습에 대해서 사진을 보듯이 상세히 기록하고 있다. 대문을 들어서서 꽃사과나무가 에워싸는 좁은 통로를 지나면 교실 두 배가 넘는 정원이 나온다. 정원 양 옆에는 쌍둥이처럼 닮은 소나무 두 그루가 늘 반갑게 맞이한다. 꽃사과나무들과 소나무에게 먼저 눈인사를 나눈다. 정원에서 집 현관으로 가는 길은 황토 흙이라 항상 흙을 밟고 지나가는데 그 흙냄새가 좋다. 길 양쪽 정원엔 잔디가 푸르게 자라고 있고 한쪽에는 벤치가 있다. 꼭 그곳에 잠시 앉는 것이 벤치에게 하는 인사라고 적혀 있다. 거실에 들어가서 어머니에게 학교에서 있었던 일을 하나도 빠짐없이 이야기하면 어머니가 무척 즐거워하신다. 그건 어머니에게 하는 인사이고 흔들의자에 앉아 한번 앞뒤로 흔들고 일어나는 것은 흔들의자에게 하는 인사이다. 자기가 좋아하는 것들은 꼭 어루만지며 인사를 한다. 계단을 올라 자기 방에 들어가면 책가방을 내려놓고 자신이 가장 좋아하는 책들과 인사를 나눈다.

그리고 책과 친해지기 위해 책의 세계로 들어간다. 책 속의 세계로 들어가는 시간이 하루 중 가장 즐거운 시간이라고 쓰여 있었다.

아버지와 단 둘이 자전거 하이킹을 갔었던 이야기도 있었다. 아버지는 앞에서 달리고 힘을 다해 아버지를 쫓아갔다. 그러다 둘은 시골 밭두렁을 자전거를 끌며 걸었다. 주변엔 인가가 없었다. 운동을 한 탓인지 유난히 배가 고팠다. 마땅히 먹을 곳이 없어 찾다가 산기슭에 있는 외딴집을 발견했다. 그곳에는 허리가 굽은 할머니와 할아버지가 살고 있었는데 먹을 것을 청하자 손수 점심상을 차려왔다. 상 위에 있던 것은 생전 처음 보는 새까만 밥과 간장 종지가 전부였다. 그런데도 그 밥이 훌륭한 레스토랑에서 먹었던 양식 요리보다 맛있었다. 밥을 먹고 그 집을 나올 때 제비처럼 큰 나비를 보았다. 그 나비는 자신의 꿈속에 등장하는 많은 나비 중 하나일 것이라고 쓰여 있었다. 수진이는 상상력이 풍부해서인지 나비 꿈도 많이 꾸는 모양이었다. 나비가 자주 등장했다. 일기에는 꿈꾸었던 이야기가 반은 되었다. 그 일기는 너무나 특이해서 무슨 꿈속 나라를 여행하는 기분이었다. 그녀는 공부 시작 벨이 울리는 것도 모르고 한참을 화장실 특유의 냄새도 느끼지 못하며 읽었다. 판화처럼 늘 같은 이야기를 쓴 자신의 일기는 일기가 아니었다. 그 애 일기를 다 읽었을 때는 다른 어떤 책보다 더 재미있는 한 권의 책을 읽은 기분이었다. 수업 시간이 한가운데일 때 교실에 들어갔고 선생님에게 꾸중을 들으면서도 매일 그 애의 일기를 훔쳐보고 싶다는 생각만 했다. 그러나 그 후론 더 이상 그 애 일기를 볼 수가 없었다.

종업원이 그녀 앞에 메뉴판을 내민다. 메뉴판을 들여다보았지만 어떤 요리를 시켜야 할지 난감했다. 그녀가 근무하는 곳은 이탈리안 음식점이다. 고객은 대부분 젊은 층이고 파스타와 피자를 주로 주문한다. 파스타라면 해산물과 토마토 소스가 우리 입맛에 맞는다든가, 봉골레 파스타가 이탈리아 남부의 전통 파스타라는 것부터 푸른곰팡이 치즈를 더해 조리한 고르곤 졸라 크림 파스타까지 소스에 따른 맛의 특색을 잘 설명할 수 있다. 피자에 올리는 토핑에 대해서도 상세히 알려줄 수 있다. 손님에게 잘 설명할 수 있게 하려고 주방장이 종업원들에게 일일이 설명하며 맛보게 했었다. 이곳 메뉴판에는 한쪽에 한 가지씩 5페이지까지 코스 요리만 적혀 있다. 처음 메뉴부터 보았다. 모두 영어로 쓰여 있어 진땀이 날 지경이다. 1번에 에페다이지로 시작해서 스프, 샐러드로 이어졌다. 간간히 달팽이, 치킨, 토마토, 생선, 미트 등이 읽혔다. 대충 감으로 어떤 요리인지 짐작이 갔다. 다음 코스 단계를 읽으려 할 때, 회장이 일어서더니 예약할 때 미리 메뉴를 정해 주문한 상태란다. 어차피 모르는데 잘 되었다고 생각하면서도 눈만 고생시킨 것 같아 쓴웃음이 나왔다.

음식이 나오기 전에 세계 최고로 손꼽히는 크룩의 1982년산 샴페인이 서비스로 나왔다. 크룩이란 말은 처음 들어보았다. 회장이 일어서더니 비너스를 환영하는 의미에서 샴페인을 한 잔 하자고 제안한다. 회장이 샴페인을 터트렸고 우리는 잔을 들어 비너스에게 환영한다고 외쳤다. 비너스가 우아하게 일어서더니 감사하다고 인사하고 앉는다. 여기저기서 수군거리는 소리가 들린다. 특히 남자 회원들이 관심을 보이는 것 같다. 보라색으로 물들인 머리카락 때문일까. 그녀가 처음 가입하던 날과는 다른 분위기다. 다음엔 특이한 색으로 염색을 해볼까. 여자의 밍크코트처럼 은백색으로 염색해볼까. 다들 여러 가지 색깔로 염색하고 있지만 비너스와 같은 보라색은 없다. 물론 은백색도 없다. 지금 생각 같아선 은백색으로 염색할 작정이다.

종업원들이 접시를 들고 들어온다. 접시를 앞에 놓는다. 달팽이와 아스파라거스에 소스를 얹은 요리다. 아마도 에페타이저인 모양이다. 이어서 닭고기가 들어 있는 스프와 사과 조각이 보이는 샐러드가 나왔다, 비프스테이크가 나오자 회장이 송아지 고기라 연하다고 부언한다. 먹기는 했지만 한번도 먹어보지 못한 음식들이라 맛을 전혀 느낄 수 없다. 마지막에 나온 망고 뮤즈와 복숭아 푸딩은 그런 대로 맛이 느껴지는 것 같았다. 종업원이 명품 와인을 가져왔다. 와인에도 명품이 있다는 말은 처음 들었다. 샤토 마고 61년산 레드 와인이 나왔다. 샤토 마고 와인은 물론 마셔본 적이 없다. 전문 레스토랑의 비프스테이크도 못 먹어봤다. 먹어본 사람과 이야기를 나누었다면 맛을 조금은 알 수 있을지도 몰랐다. 어떤 맛일까. 맛을 아는 만큼 느끼는 것인데 그런 게 있나보다로 즐겨야 했다. 다시는 이런 고급 레스토랑에서의 만남은 가지지 말자고 할까. 다른 회원들이 어떤 생각을 가지고 있는지 알 길이 없어서 그만 입을 닫고 말았다. 그런 날은 자신만 참여하지 않으면 된다.

남자 회원들이 비너스에게 말을 건다. 바비인형 같은 얼굴이 아름답단다. 남자들의 눈은 여자와 다른가보다. 보라색 머리카락이 고고해 보인다나. 고고가 무슨 뜻인지 정확히는 모르지만 고라는 말을 들으니 고1 때 닥친 3가지 고통스러웠던 일이 떠올랐다. 아버지가 하던 사업이 잘 안 되어 부도가 났던 일이 고난의 시작이었다. 불행은 곰비임비 닥쳐왔다. 부도가 난 지 한 달도 안 되어 집이 화재로 재가 되었다. 저당잡힌 집에 불이 났으니 식구들은 맨몸으로 길에 내던져졌다. 비교적 여유로운 어린 시절을 보냈었다. 대학에 진학을 못하리라는 것은 상상도 못했던 일이었지만 결국 진학의 꿈을 버릴 수밖에 없었다. 그래도 부모님이 엄청난 충격을 잘 견디어 건강하시니 불행 중 다행이다. 부모님과 그녀는 일의 좋고 나쁨을 가리지 않고 열심히 일한다. 셋이 번 돈을 합쳐도 괜찮은 직장에 다니는 한 사람의 봉급보다 턱없이 적다. 어떻든 동생만이라도 대학에 꼭 보내겠다는 무언의 합의가 있다. 소공녀의 세라처럼 언젠가는 예전의 생활로 돌아갈 것이라 소망한다.

"고고가 뭐예요? 고귀라면 모를까."

역시 마돈나다. 그녀의 목소리는 톤이 높아 다른 생각을 하다가도 집중하게 된다. 귀를 쫑긋 세우고 비너스를 보지만 머릿속에서는 고통이라는 낱말만 떠오른다.

"고독해 보이기도 하는데요."

육감으로 고독하다는 추측은 잘못한 것 같았다. 아니다. 여자를 가장 잘 표현한 것일지도 모른다. 여자뿐만이 아니다. 우리는 모두 고독하다. 어떻든 밍크코트를 입고 온 것으로 보아 자신과 같은 부류의 여자일 것 같다. 여자도 현실에서 맛보지 못한 욕구를 채우기 위해 우리 모임이 가입했을 것이다. 이번에 한껏 명품으로 치장하고 나왔는데 아무도 봐주는 사람이 없다. 온 시선들을 비너스에게 빼앗겼다. 비너스는 어떤 사람이며 무슨 일을 하고 있을까. 자신과 같이 식당에서 일하는 종업원은 아니겠지. 어쩌면 공장에서 하루 종일 힘든 일에 시달렸을지도 모른다. 비너스에 대해 알아보고 싶다. 수진이와 입 모양이 닮은 비너스를 다시 한 번 쳐다보았다. 미행을 해볼까. 이 세계에서의 미행은 한계가 있다. 회원을 추적하지 말라는 규칙이 있다. 수진일 가능성이 커보이면 탈퇴를

당하더라도 추적할 텐데 방법이 없다.

수진이를 미행하는 일은 쉬웠다. 거의 매일 하굣길에 수진이의 뒤를 밟았다. 그 애는 언제나 인기가 있었기 때문에 그날도 아이들에 둘러싸여 하교를 하고 있었다. 먼발치에서 그 애를 따라갔다. 길이 학교에서 멀어질수록 아이들이 하나씩 떨어져나갔다. 두 명이 남았다. 두 갈래 길이 나타나자 수진이는 남은 애에게 손가락으로 왼쪽 어느 곳을 가리키며 무언가를 말하는 것 같았다. 시선이 그 애가 가리키는 손가락을 따라갔다. 그 애의 손가락 끝에 닿아 있는 집을 보았다. 그 집은 수진이가 일기에 썼던 집과 똑같았다. 수진이는 친구와 웃음 띤 얼굴로 손을 흔들며 헤어졌다. 다른 아인 두 갈래 길 중 오른쪽으로 가고 수진이는 왼쪽 길로 걸어갔다. 그 집에 이르렀다. 그 애의 집 대문 앞엔 몇 단의 계단이 있다. 대문은 검은빛이 섞인 진한 청록색 페인트가 칠해져 있다. 바로크 시대의 문양을 본떠 만든 철책이 특이하고 아름다웠다. 담은 높고 화려했다. 담 모퉁이에는 감시 카메라가 설치되어 있었다. 계단을 올라가던 수진이는 걸음을 멈추고 뒤로 돌아섰다. 고개를 돌리면서 무엇인가를 찾는 것처럼 둘러보았다. 골목 어귀에 있는 가로등 뒤에 숨어서 지켜보았는데 들킨 것만 같아 마음이 조마조마했다. 몸을 돌리는 것을 보니 수진이는 못 본 모양이었다. 다시 계단을 올라 대문 앞에 섰다. 문을 열기 위해 초인종을 누르는 것 같았다. 집안으로 들어가기 전에 다시 뒤돌아볼까 겁이 났다. 혹시라도 그 애가 눈치챌세라 초조한 마음으로 등을 돌렸었다. 다음날도 친구들은 자신의 주변, 아니 그 애 주변에 몰려들었다. 친구들과 같이 이야기를 들었지만 귀에 아무것도 들리지 않고 하루 종일 불안했다. 성처럼 거대했던 그 애 집만 눈에 어른거렸다.

다음날 자신도 모르게 또 수진이의 뒤를 밟고 있었다. 수진이가 초인종을 누르는 것 같아 막 돌아서려는데 언뜻 그 애가 계단을 도로 내려오는 것이 그림자처럼 스쳐 보였다. 도로 그 애의 움직임을 주시했다. 그 애는 골목의 끝을 향해 걸어가기 시작했다. 기이하게도 조금 전과는 달리 땅만 보며 걸었다. 수진이는 누군가 따라오고 있다는 것을 전혀 알아채지 못하는 것 같았다. 골목은 산골짜기의 계곡처럼 점점 좁아지며 꼬불꼬불 휘어져 있다. 뿐만 아니라 경사가 가팔라지고 있다. 경사진 양쪽으론 지붕이 낮은 집들이 다닥다닥 붙어 있었다. 저 애는 왜 저 높은 곳을 올라가는 것일까. 누구 집을 가려는 것인까. 누굴 만나 무엇을 하려고 거친 숨을 몰아쉬며 올라가는 것일까. 불쌍한 노인의 말벗을 하려고 가는 것일까. 수진이의 말솜씨라면 충분히 봉사를 잘해낼 수 있을 것이다. 언덕이라기보다 산에 가까운 지점의 끝, 금방이라도 쓰러질 것 같은 집으로 그 앤 들어갔다. 그녀는 먼발치에서 그 애가 봉사를 마치고 나오기를 기다렸다. 해가 기울도록 그 앤 나오지 않았다. 문을 열고 들어갈 수도 없고 그냥 집으로 돌아와야 했다.

다음 날 또, 그 다음날도 수진이의 뒤를 따라 그 집엘 갔었다. 그 앤 무슨 봉사를 오래 하는지 저녁이 되어도 여전히 나오지 않았다. 이번만큼은 어두워지더라도 지켜보기로 했다. 언덕 자락에 어둠이 내려앉을 때 아주머니 한 분이 머리에 양푼을 이고 그 집 앞에 이르렀다.

"수진아, 엄마다."

아주머니는 분명 수진이라고 했다. 그것도 두 번이나 불렀다. 그때 작은 문을 열고 얼굴을 내미는 수진이를 보았다. 밝은 표정은 변함이 없었다. 얼른 양푼을 받아들고 안으로 들어갔다. 그날 밤 수진이 생각에 밤을 꼬박 새웠다. 다음날 그녀는 수진이를 똑바로 쳐다볼 수가 없었다. 수진이는 여전히 빨간 입으로 재미있는 이야기를 들려주었다. 수진이는 지금 어떤 모습이 되어 있을까. 영혼의 주름에 살며시 자리잡았던 수진이를 생각했다. 수진이는 일기장을 꿈 같은 세상으로 만들었다. 일기에 쓰인 이야기 속에서나마 수진이는 잠시 행복했을까. 자신의 심연에 스며 있는 슬픔 때문에 그녀는 우울했다.

회원들이 한바탕 폭소를 터뜨린다. 누군가가 꽤나 재미있는 이야기를 한 모양이다. 그녀는 비너스와 수진이 생각을 번갈아 하느라 회원들의 이야기를 듣지 못했다. 비너스가 수진이는 아니겠지.

"세라, 오늘 왜 말이 없어?"

마돈나가 옆에 오도록 몰랐다. 옆에 있는 마돈나의 말을 들으며 시선은 어느새 비너스에게 가 있다. 무표정했던 비너스의 얼굴이 상기되어 있다. 다음 모임 때쯤이면 비너스가 빨간 입으로 말을 잘할 것 같다. 분위기는 점점 무르익는데 마음은 점점 무거워졌다. 식사를 마치고 옆 건물에 있는 카페로 가자며 모두 일어난다. 마돈나에게 몸이 불편해서 2차는 슬며시 빠지겠다고 귀띔했다. 마돈나는 그동안의 행동으로 보아 아프다는 말을 믿는 것 같았다. 회원들이 나갈 때까지 의자에 앉아 있었다. 끝으로 마돈나가 고개를 끄덕이고 비너스를 앞세우고 나갔다. 회원들과 마주치기 싫어 조금 뒤에 나가야겠다고 마음먹었다. 속으로 100을 세었다. 100을 셀 동안이면 회원들과 마주치지 않을 것 같아서다. 종업원이 들어오다 깜짝 놀라 멈칫한다. 세라는 들어오라고 손짓을 하며 서서히 일어나 레스토랑을 나왔다. 주차장에 차가 주차되어 있다. 다른 날은 차를 몰고 세컨드 라이프 세계의 출구까지 갔었다. 곧바로 빠져나가고 싶다. 로그아웃을 클릭한다.

세컨드 라이프 세상에는 오버클래스만 있는 건 아니다. 왜 로그아웃을 했지. 우울한 마음도 씻을 겸 다시 들어가 즐겨야겠다. 그녀는 1분도 채 지나지 않아 다시 로그인 한다. 로그인해서 세컨드 라이프 세상 안으로 들어가는 다리를 건너면 푸조는 항상 제자리로 돌아와 있다. 이럴 땐 쇼핑이 최고라고. 이 시간에 백화점은 열려 있을까. 바깥세상에서는 8시까지만 영업을 하는데 닫혀 있다면 무얼 하지. 드라이브라도 할 거다. 이 세계에서 가상 반반한 세 드라이브가 되있다. 처음 가입했던 날처럼 거리를 걷는다. 멀지 않은 곳에 백화점이 있다. 백화점이 닫혀 있으면 어쩌나 걱정을 했는데 매장 안으로부터 불빛이 새어나온다. 세라는 속도를 내어 걷는다. 비너스가 입었던 모피코트를 사볼까. 비너스가 입은 밍크코트 말고 어떤 것이 좋을까. 자주 들러서 어떤 매장이 어디에 위치해 있는지 꿰뚫고 있다. 주변을 살피지 않고 2층에 있는 모피 매장으로 간다. 매장 중앙에 모피코트를 입은 마네킹 셋이 서 있다. 세라는 모피에 대해 잘 모른다. 막연히 보이는 것에만 의지할 수밖에 없다. 마네킹 셋은 블랙, 은빛, 인디언핑크 빛이 도는 오렌지색 밍크코트를 입고 있다. 인디언핑크 빛이 섞인 오렌지색 밍크에 눈길이 간다. 밍크코트는 블랙, 브라운, 실버 색만 있는 줄 알았다.

"이것도 리얼 밍크인가요?"

"네 손님, 팔로미노라고 합니다."

굉장히 비쌀 것 같다. 매장 직원이 천만 원이란다. 비너스의 은회색 밍크코트보다 훨씬 귀품 있어 보였다. 그녀는 물건을 살 때마다 바깥세상 돈을 떠올린다. 그렇지 않고는 살 엄두를 못 낸다. 그깟 천 원밖에 안 되잖아. 머뭇거릴 이유가 없다. 밍크코트를 사겠다고 하자 종업원이 밍크장갑을 준다. 밍크코트를 구매하는 고객에게 주는 선물이란다. 입고 있던 1온스 패딩 재킷을 벗고 밍크코트를 입는다. 쇼핑백에 재킷을 담아 나온다. 비너스처럼 모피로 겉을 두른 백도 하나 사고 싶다. 그보다는 용기를 내어 콜롬보 매장에 들어가볼까. 콜롬보 매장을 기웃거린다. 에메랄드색 악어가죽 백이 빛을 반사시키며 진열되어 있다. 들어갈까말까 몇 번을 망설인다. 결국 이러면 영영 못 들어간다. 한번만 용기를 내면 된다. 눈을 한번 딱 감았다 뜬 다음 매장 안으로 들어간다. 종업원이 그녀를 맞는다. 초록색 가방을 보여달라고 한다. 종업원이 고개를 숙이더니 카운터 서랍에서 하얀 장갑을 꺼낸다. 장갑을 끼고 초록색 가방을 꺼낸다. 그녀는 백을 만지려했다. 순간 하얀 장갑이 그녀의 손을 제지시키려는 것 같아 주춤했다. 종업원이 가방에 대해 일일이 설명하며 백을 열어 내부를 보여준다. 다른 여느 백과 다른 것은 없다. 명품이 원래 그런 거다. 상표를 사는 거니까. 3천만 원이라는 거금을 주고 샀다. 자동차와 맞먹는 값이다. 최고 명품을 산 기분은 남달랐다. 루이비통 가방을 샀을 때처럼 가슴이 부풀어오른다. 밍크코트가 날개가 되어 나는 기분이었다. 다음에는 더 큰 것을 사야겠다. 빌딩을 살까. 우선 저택을 하나 마련해야겠다. 그것들은 낮 시간에 사야 한다. 다음 비번인 날이 기다려진다. 명품을 산 포만감으로 배가 부른 것 같다. 이제 빼놓을 수 없는 드라이브를 해야겠다.

5

파리 여행

비번 다음날이라 마음을 놓아서일까. 또 늦잠을 잤다. 비번 다음날이어서가 아니다. 이젠 늦잠이 일상처럼 되었다. 서둘러 출근했다. 바지런히 서빙해야 하는데 몸이 무겁다. 쟁반처럼 큰 사기 접시가 오늘 따라 10킬로그램은 되는 것 같다. 팔의 힘이 빠지고 손을 들어올리기도 싫다. 고개 숙여 인사하는 것은 더 싫다. 클럽에서 즐기고 온 다음날이면 어김없이 나타나는 증세다. 이럴 때는 세컨드 라이프 세계를 생각하기로 했지. 그녀는 세컨드 라이프 세계를 떠올린다. 마돈나와 비너스도 보인다. 비너스는 지금 어떤 일을 하고 있을까. 무엇을 하든 식당 종업원보다는 나을 것 같다. 늘 고개를 조아리며 일하진 않을 거다. 다른 직장을 알아볼까. 생각처럼 쉬운 일이 아니다. 이 직장도 가까스로 구하지 않았던가. 어린 대학생들, 특히 같은 또래의 여대생들만이라도 상대하지 않으면 일할 만하다.

"너 요즈음 어디다 정신을 팔고 있어?"

"비번 날짜를 바꿔준 뒤로 더 심하단 말이야."

"도로 물릴까?"

잠자코 듣고 있다가 절대로 비번 날짜를 다시 바꿀 수 없다고 사정한다. 착한 언니가 걱정스런 얼굴을 한다. 부지배인이 널 주시하는 것 같다고도 했다. 부지배인 쪽을 쳐다보았다. 눈이 마주친다. 언니의 말이 맞는가보다. 이 보잘것없는 직장도 언제 떨려나갈지 모른다.

"나가게 되면 나가는 거지 뭐."

불쑥 내뱉고도 무슨 배짱으로 그랬는지 도무지 알 수가 없다. 부지배인이 들었더라면, 생각이 거기에 이르자 순간 아찔했다. 말은 뱉으면 도로 주워담을 수가 없다. 속으로 중얼거리다시피 한 게 그나마 다행이다. 손님은 연이어 들어온다. 습관처럼 그들을 테이블로 안내한다. 주문을 받는다. 여대생의 일을 떠올리며 의식적으로 주문 메뉴를 복창하여 말한다. 카운터로 가려다 손님과 부딪쳤다. 이어 들어오는 손님과 부딪칠 것 같아 피하려다 이번엔 테이블에 부딪친다. 테이블에서 식사를 즐기던 손님이 언짢은 표정으로 쳐다본다. 하루에도 수십 번 부딪친다. 세컨드 라이프 세계에서 드라이브 실력은 나날이 향상되는데, 그와 반비례로 식당 안에서 손님, 동료, 테이블과 부딪치는 횟수는 늘어난다.

점심시간이 지나 3시가 넘었다. 식당 안은 한산하다. 때늦은 점심 식사를 하려고 들어온 두 쌍이 다다. 테이블에서 그들은 식사를 하고 있다. 이렇게 한가할 때는 의자에 앉고 싶다. 손님이 한 명만 있어도 종업원들은 맡은 구역에서 두 손을 가지런히 모으고 서 있어야 한다. 다리가 아프다. 손님이 많아 차라리 바삐 움직이는 것이 훨씬 낫다. 이럴 때 만

만한 게 화장실이다. 20분마다 화장실에 들르고 있다. 당연히 화장실에서 볼 일은 없다. 애꿎은 손만 자주 씻는다. 어떨 때는 화장실에 들어가 옷을 입은 채로 좌변기에 앉아 쉰다. 레스토랑에 딸린 화장실은 그녀의 옥탑방보다 잘 꾸며져 있다. 세면대는 원형 도자기이다. 수도꼭지는 자동이라 손이 가까이 가면 저절로 물이 나온다. 세면대 턱에는 허브향이 나는 화분이 놓여 있다. 좌변기에는 전열선이 깔려 있어 앉으면 따뜻하다. 지난 밤 외풍이 심한 방에서 선잠을 자서 몸이 찌뿌듯하다. 그녀는 좌변기에 앉아 쉬고 싶다. 좌변기에 앉는다. 엉덩이가 따끈따끈해진다. 따뜻함이 온몸에 전달된다. 몸이 나른해진다. 잠시 눈을 감는다. 잠이 지절로 몰려온다. 5분만 쉬지.

고개가 딱 꺾이는 바람에 정신이 번쩍 들었다. 잠시 잠들었던 거다. 세면대에서 눈 주변만 살짝 씻었다. 머리를 가다듬고 식당 안으로 들어갔다. 식당 안은 여전히 한가하다. 부지배인이 부른다.

"30분 넘게 어디가 있었나?"

"뱃속이 불편해서…."

거짓말을 했다. 자주 화장실에 들렀으니 그럴듯하게 핑계를 대었다고 생각했다. 부지배인이 그녀의 눈을 뚫어져라 쳐다본다. 그녀는 좀처럼 거짓말을 해보지 않았다. 눈동자가 심하게 떨리는 것이 느껴진다. 그와 눈을 마주하지 못하고 시선을 아래로 한다. 가슴도 콩닥거렸다. 거짓말한다는 것을 그는 눈치챘을 거다. 거짓말은 아무나 하는 것이 아니다. 그렇다고 게임하느라 지난 밤 잠을 제대로 못 잤다고 말할 수는 없는 일이다.

"나를 어찌 보고 거짓말을 해! 한번만 더 이런 일이 있으면 나 볼 일 없을 거다. 명심해!"

거짓말을 한 것이니 한마디 대꾸도 못한다. 식당에서 하는 일이 가상의 세계이면 좋겠다. 세컨드 라이프 세계가 현실이라면…. 안될 것 없다. 지금 이 레스토랑에서의 생활이 가상의 세상이다. 그녀는 스스로 최면을 건다. 세컨드 라이프 세상에서 살고 있는 세라가 진짜 자기다. 그곳에서 자신은 오버클래스 회원이다. 상위 1퍼센트에 해당하는 상류사회의 일원이다. 부지배인도 가상세계의 일원일 뿐이다. 그가 신경을 건드린 대도 꿈쩍도 안 할 거다. 어느 쪽이든 행복할 수 있는 세상에서 살면 그뿐이다. 가상세계에서 고개 숙이는 일을 한다고 대수인가. 가상세계에서는 자동차끼리 충돌해도 사람이 다치지 않는다. 이곳에서 백번을 사과하고 하녀처럼 일해도 자존심에 금이 갈 일은 없다.

퇴근하는 그녀의 발걸음이 가볍다. 이제 자신만의 세계로 돌아갈 시간이 다가오는 것이니까. 늘 하던 대로 방에 들어서자 컴퓨터를 켠다. 화면이 자리를 잡는 사이 손발을 씻는다. 컴퓨터 잠금을 풀고 메일을 열어본다. 반가운 소식이 와 있다. 다음 오버클래스 모임 때는 파리로 날아간단다. 파리는 어떤 도시일까. 〈걸어서 세계 속으로〉라는 텔레비전 프로그램을 본 적은 있지만 해외여행은 꿈도 꿔보지 못한 일이다. 다른 메일은 스팸이 대부분이었다. 스팸 메일은 읽지 않고 스팸 신고를 한다. 스팸 하나를 지우지 않는다. 천만 원까지 신용대출이라는 메일이다. 세컨드 라이프 세계에 들어가면 천 원이나 이천 원을 수시로 환전하게 된다. 벌써 몇 만 원을 썼다. 집은 억대고 빌딩은 크기에 따라 수백억 원이다. 집은 몰라도 빌딩을 사려면 돈이 만만치가 않다. 동생 학비를 보태주고 조금씩 저축을 해왔다. 이제 저축을 하지 못한다. 대출 사이트가 언젠가 쓰일 수 있을지 모른다고 생각한다. 클럽에서 보내온 메일을 다시 읽는다. 내용으로 보아 가끔 여행을 하는 것 같았다. 앞으로 얼마나 놀라운 일들이 펼쳐질 것인가. 설렌다. 빨리 세컨드 라이프 세상으로 들어가야겠다. 날이 갈수록 잠자는 시간이 아까워진다. 자는 것은 곧 세컨드 라이프 세상 밖으로 나오는 것이니까. 모니터 화면을 보다가 깜빡 토막잠을 자기 일쑤였다. 의자에 앉은 채로, 깨어보면 모니터는 검게 빛을 잃고 있었다. 정신이 번쩍 들어 마우스를 더블클릭하면, 화면이 밝아지고 세컨드 라이프 세상은 어김없이 열렸다.

그녀는 세컨드 라이프 세계로 들어간다. 오늘은 어떤 것을 살까. 옷, 가방, 구두를 주로 샀다. 품목을 바꿔야겠다, 하면서도 쇼핑을 하고 보면 또 옷이거나 가방이다. 매일 쇼핑을 해도 지겹지 않다. 디자인과 색이 달라서일까. 지겹기는커녕 중독되는 것 같다. 하루라도 쇼핑을 하지 않으면 허전하다. 겉에 드러나는 것 말고 상위 1퍼센트에 걸맞게 모든 걸 갖추어야 한다. 다음 모임이 해외여행이라고 했다. 무작정 떠나는 여행보다 사전에 알고 가면 알찬 여행이 될 것이다. 서점에 들러 파리에 관한 책을 사야겠다. 이곳에도 서점이 있을까. 세상을 옮겨놓은 것과 같으니 서점이 있을 거다. 매번 백화점 근처만 걸었는데 다른 거리를 걸어보자. 백화점이 있는 교차로에서 오른쪽으로 접어든다. 도로 양쪽에는 스포츠 전문용품 매장이 즐비했다. 스키와 스노보드, 골프용품 매장이 나란히 있다. 길을 잘못 든 것 같다. 도로 사거리로 나와 백화점 건너편으로 길을 건너 앞으로 쭉 나아갔다. 학교가 나온다. 여기에 학교도 있다니. 저절로 감탄한다. 학교가 있으면 도서관이나 서점이 있을 터였다. 멀리 서점 간판이 보인다. 간판 아래에 표어 같은 문구를 써 놓았다.

"사람이 온다는 건 실은 어마어마한 일이다. 한 사람의 일생이 오기 때문이다."

글의 끝자락에 정현종 시인의 '방문객'이라는 시의 한 부분이라고 쓰여 있다. 몇 번을 읽어보았다. 방문객 한 사람이 온다는 건 바로 그 사람의 과거, 현재, 미래를 담고 오는 것이라는 것일 거다. 그 방문객을 읽으면서 마음에 오랫동안 자리잡고 있는 수진이를 생각했다. 그 애가 썼던 일기도 되새겼다. 그 애를 닮은 것 같은 비너스도 떠오른다. 비너스가 수진이일지 모른다. 이런저런 이야기를 나누다보면 아무리 아바타라도 그 사람을 조금은 알 수 있을 거다. 이번 여행을 계기로 비너스와 더 가까워지고 싶다. 여행가이드 책이 있을 잡지 코너로 갔다. 해외여행 시리즈에 파리를 소개한 책은 여러 종류가 있다. 책의 표지로 책을 골라야 한다. 광고문처럼 쓰여 있는 글을 읽는다.

"가지 않아도 보이는 가이드, 가면 100배로 보이는 가이드."

책 표지에는 에펠탑, 베르사유 궁전, 사진과 미술관, 박물관, 지도, 레스토랑과 호텔 등의 글씨로 빼곡히 채워져 있다. 무엇보다 가지 않아도로 시작되는 글귀가 마음에 들어 샀다. 열심히 읽고 다음 모임에 갈 거다.

기다리던 여행 모임이 있는 날이다. 계속 잠을 적게 자서인지 거울에 비친 얼굴이 초췌하다. 볼살이 야윈 것과는 달리 얼굴 표정만은 어느 때보다 밝다. 여행을 즐기기 위해 지난 밤 삼단 매트리스에서 편하게 자려고 했던 결심은 결심으로 끝났다. 깜짝 놀라 깨보니 또 책상에서 쪼그리고 잤다. 모니터는 죽어 있지만 그녀는 곧바로 더블클릭을 한다. 모니터 불빛이 살아난다. 이번 오버클래스 모임은 공항에서 만나기로 되어 있다. 세라는 푸조에 올라 자동운전을 선택하고 눈을 감았다. 잠시 잠이 들었다. 그 사이 푸조는 공항 주차장에 도착해 있다. 늦잠을 잤는데도 얼마나 서둘렀는지 여유롭게 공항에 도착했다. 공항 14번 게이트 오른쪽에 여행사 데스크가 모이는 장소이다. 모두 지각하지 않고 일찍 와 있다. 누구에게나 여행은 사람을 들뜨게 하는 모양이다. 비행기에 올랐다. 이륙하기가 무섭게 파리의 드골 공항에 도착했단다. 이런 여행은 불필요한 시간을 생략해서 좋다. 베르사유 궁, 개선문, 모두 순간이동을 한다. 회원들이 순간이동도 좋지만 샹젤리제 거리와 몽마르트르 언덕은 걷고 싶다고 했다. 회장은 센 강에서 유람선을 타거나, 현대적 대표 미술관인 퐁피두, 노트르담 사원, 루브르 박물관 등 볼거리가 한둘이 아니라 어렵다고 한다. 회원들은 이번 하루 말고 다음에 또 오더라도 걸어야 한다고 우겼다. 회원들이 모두 한마음이라 회장도 어쩔 수 없었다. 샹젤리제 거리를 걸었다. 1,2차 세계대전에서의 승리를 축하하는 행진과 프랑스 대혁명 200주년 기념 행진이 이곳에서 펼쳐졌다는 글을 읽어두었다. 다른 회원들은 낭만적으로 걷는 것처럼 보였다. 그 글을 읽어서인지 행진하듯이 발걸음이 힘차고 가슴이 벅찼다. 걷는 데 힘을 쏟아서일까 피로가 몰려온다.

개선문을 지나 에펠탑에 오른단다. 구경할 것이 많은데 준비도 많이 했는데 자꾸 잠이 몰려온다. 몸의 수분이 모두 빠져나간 것 같다. 눈을 반쯤 감고 개선문을 돌았고, 안간힘을 써서 에펠탑에 올랐다. 잠은 포기할 줄 모르는 악마처럼 달려든다. 눈까풀을 들어올릴 수 없다. 본드로 붙인 것처럼 눈이 떠지지 않는다. 개선문이 지근거리에 있고 에펠탑 2층이 약간 빗겨 비쳐진다. 에펠탑 옆은 드넓은 공원이, 공원 안에는 아름드리나무들이 서로 조화롭게 마주하고 사이사이 키 작은 화초들이 무성하다. 나무들 옆은 호수가 있고 호수 가장자리에는 오솔길이 이지저리 구부러져 산책하기 좋아 보인다. 호수 위에는 백조가 유유히 떠다닌다. 사진으로 보았던 뉴욕의 센트럴파크와 런던의 하이드파크의 모습을 적당히 합쳐놓은 것과 닮았다. 공원 멀리에는 백악관 모습이 보이고 개선문 뒤로는 베르사유 궁전도 보인다. 개선문 왼쪽에는 스페인에서는 아직도 건축 중인 가우디의 시그라디 파밀리아 성당이 완성된 모습으로 서 있다. 성당 왼편에는 까사 밀라가 성당 뒤에는 구엘 공원이 펼쳐져 있다. 프랑스, 미국, 영국, 스페인의 상징 건축물이 한 도시에 있다. 세상 사람의 인식에는 용납될 수 없는 도시이다. 개선문과 에펠탑, 파리를 상징하는 두 개의 건축물이 있어서 도시 이름을 파리라고 했나. 꼭 실제 파리와 똑같을 이유는 없다. 이 도시를 누가 만들었는지 모르지만 그는 가장 이상적 도시를 건설하려고 했는지 모른다.

세라는 에펠탑 2층 난간에 서서 시선을 먼 곳에 두고 있다. 딱히 무엇을 정해서 보고 있는 것이 아니고 한번 휘둘러보는 것도 아니다. 초점을 맞추기 위해 눈을 가늘게 뜨지도 않았다. 눈은 감기어 있다. 에펠탑에서 내려다보면 파리 시가지가 한눈에 들어온다는 글을 읽고 왔다. 눈을 뜨고 본다면 황홀해할 터인데 세라는 잠들어 있다. 이 세계 안에서 세라는 꼼짝 않고 서 있다. 마돈나가 세라에게 다가와 말을 건넨다. 마돈나는 붙임성이 많다. 세라는 낯선 사람을 본 것처럼 반응하지 않는다. 모두들 이상하다는 듯 저희들끼리 수군대며 지나간다. 평소에는 엷은 미소를 띠며 가볍게 반응을 하였다. 세라의 무반응을 견디지 못한 마돈나가 곁으로 한 발자국 더 바싹 다가간다. 세라, 세라, 하고 여러 번 부른다. 세라는 표정 하나 바꾸지 않고 묵묵부답이다. 마돈나가 세라를 세차게 흔든다. 마우스의 불빛이 깜박인다. 마우스를 움직여줄 손은 불빛을 감지하지 못하니 꼼짝도 않는다. 세라는 여전히 그곳에 서 있을 뿐이다. 세라의 몸을 몇 차례 더 흔들어보곤 마돈나는 고개를 갸우뚱하며 지나간다.

얼마간 잠자다 세라는 깜짝 놀라 잠에서 깨어난다. 에펠탑 2층 난간에 서 있다. 주변에 아무도 없다. 두려움에 오버클래스 회원이 있는지 찾는다. 아무도 안 보인다. 자신만 덩그마니 에펠탑에 남겨져 있는 것인가. 무서워진다. 한눈에 파리가 보인다는 풍경을 볼 여유가 없다. 정신없이 2층을 구석구석 뒤진다. 귀퉁이에 있는 간이 카페에 가본다. 아무도 없다. 모두 자신만 남겨두고 떠난 것인가. 세라는 망연히 서 있다. 아직 관광할 곳이 남아 있는데 일행을 찾지 못한다면. 끈질기게 괴롭혔던 잠은 온데간데없다. 정신이 번쩍 든다. 회원들을 못 찾는다면. 이런 기분으로 혼자 샹젤리제 거리를 또 걷고 싶지 않다. 로그아웃하는 방법밖에는. 그녀는 로그아웃을 클릭하려고 한다. 그때 누군가 세라의 어깨를 가볍게 친다. 돌아보니 의외로 비너스가 미소 지으며 서 있다. 세라는 어찌된 영문인지 얼떨떨했다. 비너스는 꼭대기에 오르는 전망대 엘리베이터를 타지 않고 세라를 기다렸다고 했다. 잠시 화장실에 들른 사이 세라가 회원들을 찾았던 모양이라고 덧붙였다. 중학교 시절의 수진이를 다시 만난 것처럼 반가웠다. 수진이, 아니 비너스 덕분에 예정된 관광을 모두 마쳤다. 그녀는 세컨드 라이프 세계를 나와서도 수진이 생각을 했다. 세컨드 라이프 세상을 몰랐다면 이런 여행을 꿈도 꾸지 못했을 것이다. 분명 잠이 부족할 터인데 여행의 흥분과 수진이 생각에 아침이 되도록 잠들지 못했다.

6

대나무 숲에서 외치다

레스토랑에 출근해서도 그녀의 머릿속에서 수진이가 떠나질 않았다. 수진이는 지금 어떤 일을 하고 있을까. 대학생일지도 모른다. 수진이는 엄마와 단둘이 살았을까. 가족이 몇인지. 아버지가 병들어 누워 있을 수도. 수진이에 대해 아는 것이 없다. 차라리 엄마와 단 두 식구라면 아무런 부담 없이 자신의 진로만 생각할 수 있을 거다. 남모르는 사정이 있다면 취직을 할 수도. 무슨 일을 하고 있건 수진이는 그 발간 입으로 여전히 맛있게 이야기를 하고 있겠지. 수진이를 만난다면 잘 들어줄 수 있을 터인데. 자신은 말하는 것보다 듣기를 잘했다. 지금도 듣는 일이라면 자신 있다. 말을 맛있게 하는 것 못지않게 진지하게 들어주는 것도 장점이 될 수 있다. 세컨드 라이프 세상에서 어떤 일을 할까 수없이 생각했는데. 수진이 덕분에 딱 맞는 일을 찾았다. 특별한 지식이 필요한 것도 아니다. 단지 따뜻한 마음으로 들어주기만 하면 되니까. 가슴에 품었던 말들을 쏟아내는 것만으로도 마음의 상처가 치유될 수 있다고 어디선가 들었다. 단 한 사람의 병을 고칠 수 있다 해도 보람된 일이다. 이야기를 듣다보면 수진이를 만날지도 모른다.

숍을 열어야겠다. 자신에게 이야기를 털어놓거나 듣는 이 없이 외칠 수 있게 하는 거다. 그 공간을 제공하는 거다. 신라 경문왕 때의 임금님 귀는 당나귀 귀라는 설화가 말하고 있다. 말해야 할 것을 참으면 병이 된다. 그것을 해소시켜주는 거다. 임금님 귀는 당나귀 귀라고 외칠 수 있는 대나무 숲이 되는 거다. 숍 이름을 대나무 숲으로 할까. 대나무 숲 앞에 왜 대나무 숲인지 알릴 말도 필요할 것 같다. '가지 않아도 보이는 가이드, 가면 100배로 보이는 가이드'처럼 눈에 탁 띄는 문구는 없을까. 떠오르지 않는다. 답답하다. 그냥 '대나무 숲에서 외치다'로 할까. 여러 번 읽어보았다. 그것도 썩 나쁘지 않다. 정 떠오르는 생각이 없으면 그 문구로 정하는 수밖에. 사무실을 먼저 구해야 하니까 구할 때까지 생각하기로 하자. 인테리어로 대나무들을 심어놓을까. 숲 한쪽에 대나무 의자를 놓을까. 탁자도 대나무로 한다면. 온통 대나무로 꾸미는 것도 신선한 분위기를 연출할 것 같다.

"너 정신을 어디에 팔고 있어?"

언니가 툭 친다. 그녀는 언니를 쳐다보기 전에 부지배인을 먼저 쳐다보았다. 그가 언제부터 자신을 보고 있었던 것일까. 눈매가 하이에나 같다. 누군가 쳐다보면 의식하지 않아도 그쪽으로 고개를 돌렸는데. 강렬한 눈빛도 대나무 숲을 뚫지 못한 거다. 퇴근하면 세컨드 라이프에 들어가서 사무실로 쓰일 곳을 먼저 알아보자. 이 상황에 세컨드 라이프 생각을 하다니. 이러면 안 돼. 그녀는 고개를 세차게 가로저었다. 다시 부지배인 눈치를 본다. 그의 시선은 아직 그대로다. 그녀는 얼른 레스토랑 안을 살핀다. 창가 테이블에 앉아 있는 남자가 호롱불을 살짝 든다. 평소 귀찮아할 호롱불이 구원의 빛 같다. 그녀는 재빨리 창가 테이블로 간다. 이제 부지배인의 눈이 다른 곳으로 향했겠지.

"포크를 떨어뜨려서요."

"아, 네, 갖다드리죠."

아무리 생각해도 지나칠 정도로 상냥하게 응했다. 평소 같으면 칠칠맞게 포크를 떨어뜨리다니, 라고 속으로 욕했을 것이다. 목소리뿐이 아니다. 발걸음도 가볍다. 보란 듯이 부지배인의 얼굴을 슬쩍 훑는다. 부지배인의 눈빛은 누그러질 기미가 없다.

'그러면 누가 겁날 줄 알아!'

주눅들지 않으려고 공연히 중얼거린다. 심장이 콩닥거린다. 부지배인의 매서운 눈과 마주칠 때마다 살이 한 점씩 도려나가는 것 같다. 이 상황에서 벗어나는 길은 세컨드 라이프 세상을 생각하는 일인데…. 그러면 또 그가 얼음촉 같은 시선을 쏘아댈 것이 분명하다. 악순환이다. 이럴 때에는 여대생이든 아니든 손님이 왕창 와서 바빠야 하는데 오늘 따라 한산하다. 한가하니 세컨드 라이프 생각을 하긴 했다. 그녀는 두 손을 가지런히 모으고 서서 누군가가 또 호롱불을 들어올리기를 기다린다. 1분, 1분 시간이 더디 흐른다. 레스토랑 고객 아무도 자신을 구원해 줄 기미를 보이지 않는다. 구석에 앉아 있는 고객이 호롱불을 흔드는 것 같다. 한 발자국 떼려는데 호롱불이 보이지 않는다. 잘못 본 것인가. 다시 구석을 살핀다. 호롱불은 테이블에 놓인 채다. 호롱불을 본다. 미세하게 흔들이는 것 같다. 그녀는 최면에 걸린 것처럼 스르르 눈을 감는다. 살포시 잠이 든다. 몸이 앞으로 기운다. 넘어질 듯 위태롭다. 그녀는 깜짝 놀라 깬다. 서서 잠이 든 사실에 자신도 놀란다. 입가에 침자국이 있거나 눈에 눈곱이라도 꼈을 것 같다. 그녀는 급히 화장실로 향한다. 화장실에 들어서자마자 거울부터 본다. 잠들었던 흔적은 없다. 손바닥으로 머리를 한번 가다듬고 화장실을 나온다. 문 앞에서 부지배인과 마주친다.

"나 좀 잠깐 보지."

야단을 치려는 것인가. 그의 뒤를 따르는 내내 불안했다. 아니 무서웠다. 그에게 이끌려간 곳은 식품 보관 창고다. 그는 그녀를 앞에 세워두고 맹수가 포획할 먹이를 제압하듯이 쏘아본다. 불과 몇 초였는데 그녀는 몇 분이 흐른 것처럼 느껴진다. 무슨 말을 꺼내려는 걸까. 그는 말 대신 눈으로 쏘아본다. 기강을 세우려는 거다. 이번에는 여전히 매서운 눈으로 몸을 샅샅이 훑는다. 그의 시선이 지나가는 부위마다 가벼운 경련이 인다. 그가 시선을 그녀의 가슴에 꽂듯이 고정시키고 미동도 않는다. 가슴이 답답하다. 열이 오르는 것도 같다. 그를 흘긋 본다. 입은 꽉 다문 채다. 원래 광대뼈가 나왔던가. 늘 봐왔는데 모르겠다. 일 때문에 그의 눈치는 살폈지만 그에게 관심 없다. 볼이 튕겨 나온 모습으로 보아 어금니를 꽉 깨문 듯하다. 금세 주먹이라도 날릴 표정이다. 그녀는 주눅이 들어 온몸이 얼어붙은 것처럼 꼼짝 못한다.

"자네 하는 일이 뭔가? 서비스하려는 자세가 되어 있지 않아. 여러 번 사정을 봐주었더니 이젠 서서 졸기나 하고. 군기가 빠졌어!"

그가 기합을 줄 기세다. 학교에서도 체벌이 금지된 지가 언젠데 이곳은 어엿한 직장이 아닌가. 그럴 리가 없다. 하지만 만약 그가 엎드려뻗

쳐를 하라면…. 순간 머릿속이 하얘진다. 이곳을 그만두지 않으려면 어떻게 해야 하는가.

"투명의자 실시!"

이게, 무슨 해괴한 짓인가. 그녀는 어찌할 줄 모르고 쭈뼛거린다. 초등학교 때 받아보았던 기합이다. 이내 그녀는 거부하지 못하고 손을 앞으로나란히 하고 무릎을 굽힌다. 팔과 다리가 떨리며 아파온다. 아픈 건 아무래도 좋다. 이 자세는 10분만 해도 참기 힘들다. 그보다는 부지배인에게 당하는 굴욕을 견디기가 더 힘들다. 시간이 더디게 흐른다.

"오늘 같은 일이 반복되면 나도 어떻게 할지 모른다. 알겠나? 이제 가 봐!"

이게, 무슨 해괴한 짓인가. 그녀는 가보라는 말에도 곧바로 나가지 못하고 주춤했다. 그녀가 등을 돌리기 전에 그가 휙 바람을 일으키며 먼저 나간다. 그가 자리를 뜨자 그녀는 발을 떼어본다. 발자국이 바닥에서 떨어지기는 했다. 방전된 배터리처럼 다리에 힘이 남아 있지 않았다. 아직 아무것도 먹지 않아서만은 아니다. 자리에 털썩 주저앉았다. 이마에서는 식은땀이 흘렀다. 그녀는 심호흡을 한다. 다리에 신경이 전달되지 않는 것처럼 무감각하다. 손바닥으로 다리를 가볍게 문지른다. 서서히 감각이 되살아나는 것 같다. 다리에 힘을 주어 일어난다. 엉덩이에 묻었을 먼지를 탁탁 턴다. 다시 화장실에 들러 엉덩이를 거울로 향한 채 고개를 최대한 뒤로 빼고 본다. 얼룩이 남아 있다. 손가락에 물을 묻혀 지워지지 않는 얼룩에 떨어뜨린다. 일단 얼룩은 물에 묻혔다. 몸을 돌려 거울을 본다. 머리카락 하나 흩트려지지 않고 단정하다. 그에게 당한 치욕은 아무 흔적을 남기지 않았다. 그녀는 수돗물을 튼다. 물이 흐른다. 호수

나 강물이 아니어도 물을 보니 마음이 맑아지는 것 같다. 한동안 손에 물이 흐르게 두었다. 한결 기분이 나아진 것 같다. 어쨌든 교대로 식사할 시간이 다 되었을 것이다. 이 더러운 기분으로 밥을 먹을 수 있을까. 그녀는 화장실을 나와 레스토랑 안으로 들어간다. 시계를 보았다. 10여 분밖에 지나지 않았는데 반나절을 보낸 기분이다.

카운터 옆 그 자리에 검은 실루엣이 보인다. 쳐다보지 않아도 부지배인일 것이다. 실루엣이 흔들리는 것 같지 않다. 그는 아무 일도 없었다는 듯 천연덕스럽게 서 있는 모양이다. '나쁜 놈, 나쁜 놈, 나쁜 놈.' 속으로 욕한다. 분이 조금 가라앉는다. 흘깃 보니 그가 밥을 먹으러 가는 모양이다. 그녀는 애써 시선을 외면한 채 레스토랑 안을 둘러본다. 손님이 있던 테이블 중 한 곳은 비어 있다. 다른 한 곳도 거의 식사를 끝내고 있다. 이제 종업원들이 점심 겸 저녁을 먹을 시간이다. 서빙하는 직원들이 20분씩 교대로 식사를 한다. 이 시간은 레스토랑이 잠시 휴업인 것처럼 텅 비는 시간이다. 그녀는 언니에게 다가간다. 이곳은 겨우 한 살 차이만 나도 깍듯이 언니 대접을 해야 한다. 사실은 그런 예가 없더라도 착한 언니에게는 그렇게 하고 싶다. 언니는 티내지 않고 늘 자신을 친구처럼 대한다.

"언니, 먼저 식사하고 오세요."

'기운 없어 보이는데 먼저 먹어."

"형니임~ 먼저."

언니가 웃으면서 주방 쪽으로 간다. 그녀는 오늘 아무것도 먹은 게 없다. 다른 때 같으면 못이기는 척 먼저 먹었을지 모른다. 분명 배는 고픈데 먹고 싶지 않다. 먹긴 먹어야 한다. 부지배인과 같이 먹는 것은 더 끔찍하다. 쳐다보기도 싫다. 부지배인의 비번 날짜는 나와 같은 수요일이었다. 언제부터 비번 날짜가 자신과 같아진 것일까. 거슬러 생각해본다. 자신이 비번 날짜를 바꾼 그 다음 어느 날부터 바뀌었다. 또렷이 떠오르지 않는다. 그가 비번 날짜를 바꾸지 않았다면 일주일에 두 번은 볼 일이 없을 터였다.

주방 뒤편에 작은 공간이 있는데 4인용 식탁이 덜렁 놓여 있다. 그곳이 종업원이 교대로 식사할 수 있는 공간이다. 스피게티, 피자 등을 파는 이탈리안 레스토랑이지만 늘 한식을 먹는다. 주방에서 일하는 사람들이 교대로 종업원이 먹을 점심을 만들어준다. 하루 종일 이탈리안 소스 냄새를 맡다보면 한국 음식처럼 맛있는 게 없다. 오늘 메뉴는 무엇일까. 겨울철에 자주 나오는 메뉴는 비빔밥, 떡국, 칼국수, 된장찌개다. 손님에게는 김치를 내어놓지 않지만 종업원들이 먹는 식단에 김치는 빠진 적이 없다. 그 중 김치찌개가 가장 맛있다. 한국 사람은 김치와 된장을 먹어야 한다고 주방장도 언젠가 말했다. 식당 안으로 특유의 음식 냄새가 새나오지 않도록 환풍기를 열심히 돌린다. 아직 고객 중 냄새를 맡은 이는 없는 것 같다. 아님 익숙한 냄새에 거부반응이 없어서일까.

부지배인이 나오고 뒤이어 언니가 얼굴에 홍조를 띠고 나온다.

"오늘 메뉴는?"

"동태찌개, 정말 맛있더라."

그녀는 주방 뒤편으로 간다. 찌그러지고 누런 냄비에 담겨 있는 동태찌개에 눈이 간다. 조건반사처럼 침이 고인다. 테이블 위에 김치, 멸치조림, 시금치나물이 놓여 있다. 전기밥솥에서 밥을 담아온다. 대접에 동태찌개를 담는다. 부풀대로 부푼 두부와 미나리, 동태도 한 토막 담는다. 국물을 한 수저 먼저 먹는다. 목구멍이 탁 트인다.

'맛있다.'

밥이 목구멍으로 안 넘어갈까봐 은근히 걱정했는데 아니다. 겨울철 들어서 동태찌개를 가끔 먹은 적이 있는데 오늘 찌개 맛은 으뜸이다. 두 끼를 굶어서일까. 조금 전 답답했던 마음이 뻥 뚫리는 것 같다. 반찬은 손도 대지 않고 찌개만 먹었다. 어느새 한 공기가 비었다. 과식을 하면 안 되는데 밥을 반 공기 더 담아 먹는다. 내일 아침까지 굶어도 될 것처럼 힘이 솟는다. 맛있는 음식은 묘한 힘을 발휘한다. 동태찌개가 더러워진 마음을 깨끗이 씻어준 것 같다.

세컨드 라이프 세상으로 통하는 다리를 건넌다. 다리 옆 주차장에 노란 푸조는 늘 그 자리에 있다. 세라는 마중 나온 강아지를 반기듯이 차를 한번 쓰다듬는다. 드라이브를 못하는 게 아쉽기는 하다. 그래도 상담소를 차리려면 부지런히 움직여야 한다. 즐길 시간이 없다. 세컨드 라이프 입구에는 목록이 적힌 간판이 있다. 목록은 인터넷 온라인 매장에서 판매하듯이 패션 의류, 잡화, 스포츠, 자동차, 가구, 침구, 여행 등 여러 카테고리가 있다. 카테고리는 각각 세분되어 있어서 검색하면서 구매할 수 있다. 검색하다보면 이 세상에 팔 수 있는 건 모두 나열된 것 같다. 카테고리 안에는 집이나 빌딩도 있다. 사고 싶은 것을 목록을 보면서 쉽게 구할 수 있을지도 모른다. 손쉽게 구할 수 있다 해도 그 방법을 안 쓸 거다. 처음 이 세계에 발을 디뎠을 때는 몰라서 입구에서 옷을 샀었다. 이젠 아무리 사소한 물건이라도 직접 매장에 가서 산다. 무엇이든 쉽게 얻어진 것은 금방 싫증난다. 마음에 들지 않을 건 뻔하다. 최대한 마음에 드는 사무실을 구하는 방법은 중개사무소를 통해서일 것이다. 서둘러 거리를 걷는다. 왠지 10차선 대로변에는 중개사무소가 없을 것 같다. 이면도로로 들어선다. 왕복 2차선 도로가 뻗어 있는 한적한 거리가 나온다. 간판만 보고 걷는다. '세컨드 월드 부동산 중개사무소'라고 쓰인 간판이 눈에 들어온다. 부지런히 중개사무소로 향한다. 중개사무소 입구 유리에는 온갖 광고 전단이 붙어 있다. 아파트 매매, 임대, 상가 분양, 오피스 임대 등등 종류도 다양하다. 상가 점포 임내가 있는지 살핀다. 붙여놓은 전단 광고가 없다. 문을 열고 사무실 안으로 들어간다.

"무엇을 도와드릴까요?"

"점포를 구하려고요."

깔끔한 정장차림의 남자가 세라를 반긴다. 바깥세상에서 중개사무소를 운영하는 사람은 대개 중장년의 아저씨가 많은데 의외였다. 외모가 탤런트 장 못지않게 미남이고 키는 훌쩍 컸으며 목소리 또한 굵은 저음의 미성이다. 사무실을 얻으러가 아니어도 가끔 들르고 싶다는 생각을 했다. 그는 손을 내밀어 소파에 앉기를 권한다.

"어떤 종류의 영업을 하실 건가요?"

"영업이 아니고. 상담소를 열려고요."

"아, 그럼 상가 2층이나 3층에 위치하면 적당하겠군요."

"상가요?"

"요즈음엔 상가 위층에 병원들이 모여 있는 경우가 많거든요."

그가 일어서더니 책꽂이에서 파일을 가져온다. 검은 파일 표지에는 오피스, 점포, 라는 파일명이 쓰여 있다. 파일을 한 장씩 넘기며 보여준다. 세라는 하나하나 눈여겨본다. 건물 외부와 점포 내부 사진이 붙어 있다. 사진 밑에는 건물 위치, 주변 환경, 전망, 가격 등이 쓰여 있다. 개성 있는 건물들이 즐비했다. 양파, 레몬, 수박, 딸기 등을 올려놓은 것 같은 지붕들. 늙은 호박, 조롱박, 바나나, 옥수수 모양의 점포들. 마치 아이스크림이 담겨 있는 모습을 한 건물. 5단 케이크 모양의 5층 건물. 살면서 한번도 보지 못했던 건물이다. 그냥 건물들을 감상하고 있어도 즐거울 지경이었다. 점포 하나 얻는데 그깟 건물 전체의 모습은 상관없다 생각했었다. 예쁜 건물을 보니 어느새 이왕이면이라고 생각이 바뀌어 있다. 그때 마음에 드는 두 개의 건물을 연이어 발견했다. 다음 페이지로 넘기려던 그의 손을 막는다. 하나는 온통 식물이 벽을 덮고 있는 건물이었다. 대나무면 더 좋았겠지만 흔히 보았던 담쟁이가 아닌 식물이었다. 마치 풀숲에 언뜻언뜻 벽이 보이는 건물 같았다. 건물 설명 란에 식물이 자라는 건물이라고 쓰여 있다. 다른 하나는 대나무로 엮은 바구니 모양의 건물이었다. 대나무 숲으로 인테리어 할 작정인데 이미지와 가장 어울릴 건물이다. 둘 중 어느 것이 좋을까. 잠시 망설였지만 아무래도 대바구니 모양을 한 건물에 마음이 기운다. 그에게서 파일을 넘겨받아 자세히 본다. 건물 전체는 대나무 껍질을 가로 세로로 하나씩 엇갈려 엮은 모습이다. 엮이는 사이의 틈이 창문이다. 틈을 이용한 창문을 보는 순간 이거다, 라는 확신이 들었다.

남자는 세라가 눈여겨보는 건물에 대해 자세히 안내를 한다. 신축 건물이어서 아직 전부 임대가 되지 않은 상태다. 그래서 오히려 마음에 드는 곳을 선택할 수 있다. 장차 1, 2층은 상가로, 3층 이상은 사무실로 쓰일 거라 했다. 건축업자가 분양도 한다며 될 수 있으면 분양을 받으란다. 머지않아 이 세계가 활성화될 것이고. 못해도 10배의 시세차익을 올릴 거란다. 처음 인터넷 도메인을 선점해서 몇 십 배의 시세차익을 올린 예를 들먹이며 설명한다. 잘하면 100배까지 오를 거라 유혹한다. 세라는 그냥 건물 가격이 얼마나 되는지 알아보자는 마음으로 가격을 물었다. 남자는 눈 하나 깜빡이지 않고 10억 원이란다. 10억 원을 지불하려면 지금까지 애면글면 모아온 돈을 거의 써야 한다. 세상의 돈으로 환산하면 10만 원이다. 운이 따라서 세컨드 라이프가 하나의 세계로 자리잡으면 100배까지 뛸 수 있다고 했다. 얼른 10만 원 곱하기 100을 한다. 천만 원이다. 집에 돈을 부치고 나면 몇 년을 저축해도 모으기 힘든 돈이다. 남자는 한 술 더 뜬다. 여유 있으면 땅에도 투자하란다. 눈앞에 굴러올 돈이 보이는 것 같다. 하지만 돈이 있어야 투자를 할 수 있다. 10억 원이면 임대료도 만만치 않을 거다. 점포 임대료가 비쌀 것 같아 걱정되었다. 불안한 마음을 억누르며 얼마나 하는지 물었다. 1억 보증금에 월세가 5백만 원이란다. 1만 원에 500원, 또 환전할 돈을 떠올린다. 이제 이 세계에 들어왔을 때에는 바깥세상은 없는 거다. 어떻든 다행이다. 그 정도면 충분히 감당할 수 있다. 아니다. 눈 딱 감고 투자를 해보는 거다. 큰맘 먹고 사기로 한다. 금방 천만 원을 번 기분이다.

"이 건물이 제일 마음에 드는데요."

"참 잘 선택하셨습니다. 안목이 있으십니다."

아직 우리나라에서는 세컨드 라이프 월드가 잘 알려져 있지 않지만 선점하면 전망은 밝을 것이라고 남자가 되풀이해서 말한다. 아마도 장차 수익성을 이야기하는 것 같다. 세라는 수익성을 염두에 둔 적이 없지만 몇 배 오른다면 기쁨은 배가 될 것이다. 중요한 것은 이 세계에서 무언가 보람된 일을 갖고 싶었을 뿐이다. 덤으로 수진이를 만날 수 있었으면 하는 막연한 바람이 있다.

“계약이 되도록 일을 진행할까요?”

“네, 수고해주시구요. 혹시 인테리어 잘하는 분을 소개해주실 수 있나요?”

“물론입니다. 이곳에서 유명한 분을 소개해드리죠.”

남자가 어딘가로 전화를 건다. 남자 말만 들리지만 인테리어 업자에게 하는 전화가 틀림없다. 전화를 마친 남자는 천천히 일어서더니 책꽂이에서 책을 한 권 꺼낸다. 인테리어 업자가 곧 오기로 했으니 그동안 보라고 책을 세라 앞에 내민다. 책의 제목은 ‘거리의 명물들’이다. 거리의 명물이라면 세라는 잠시 명물의 의미를 생각해본다. 물론 사람들의 시선을 끌 어떤 것일 거다. 무엇일까. 기이한 행동을 하는 사람들, 시선을 끄는 물건을 파는 상인들, 아님 거리에서 공연을 하거나 연주를 하는 거리의 예술가들일까. 호기심어린 눈으로 세라가 책장을 넘긴다. 예상은 모두 빗나갔다. 유명한 조형물들의 사진집이다.

광화문의 세종대왕상, 태평로 이순신 장군 조형물은 각별하지 않다. 세라는 책장을 넘긴다. 망치를 들고 있는 빌딩 높이만큼 큰 조형물이 있다. 마치 레고로 블록을 쌓은 듯하다. 특이한 것은 그냥 서 있는 조각이 아니라 서서히 움직인다고 쓰여 있다. 아마도 천천히 망치를 휘두르는가보다. 주한 영국문화원 빌딩 앞에 세워져 있단다. 문화원 앞에 망치든 조각상, 아무리 생각해도 도심, 그것도 문화원 앞이라니. 도무지 어울리지 않는다. 차라리 산업단지 앞이라면 모를까. 스포츠센터 앞에 있다는 준마의 동상이 눈에 들어온다. 앞다리를 들고 내달리는 모습에 안장도 없이 말 위에 반라의 남자가 올라타 있다. 말의 근육에 질세라 남자의 근육도 잘 도드라져 있다. 근육을 지나는 힘줄이 밖으로 튕겨져 나올 듯 팽팽하다. 상담소에 어울리는 조형물이 있을지도 모른다는 기대로 책장을 넘긴다. 말 조각상이 두 개 더 있다. 포효하듯 두 다리를 들고 홀로 서 있는 상, 한 가족으로 보이는 두 마리 말이 앞뒤에서 달리고 그 사이에 망아지 두 마리가 따르고 있는 조각상이 있다. 몇 장 더 넘기니 말 위에서 활시위를 당기고 있는 이성계 동상이 나온다. 동물 중에 말이 조형물에 많이 쓰인다. 앞으로 나아가는 기상 때문일까. 상담소와는 어울리지 않는다.

가장 가까운 이미지의 조형물이라면 상암센터 앞에 있는 '그들'이라는 조각상이다. 두 사람이 귀를 마주 대고 있는 상반신상이다. 한 사람은 뒤통수만 보이고 한 사람은 눈을 감고 있다. 얼굴이 보이지 않는 사람이 이야기를 하고 있다면 눈을 감고 있는 사람은 듣는 쪽일 거다. 하지만 둘 다 침묵하고 있다면 마음의 교감을 나타내는 것인지 모른다. 목적에 관계없이 가장 인상적인 조형물은 여의도 어느 빌딩 앞에 있는 '출근'이라는 조각상이다. 중년으로 보이는 남자가 한 손에는 신문을 들고 읽으며 큰 보폭으로 바삐 걸어가는 모습이다. 낡은 구두에 다른 손에는 장우산과 서류가방이 들려 있다. 고단한 샐러리맨의 상징이다. 남자의 비스듬한 어깨에 가족의 생계라는 무게가 올려진 듯 애처롭다. 아버지 모습이 떠오른다. 바삐 걸어갈 일터가 있다는 것은 위안이 될까. 문 열리는 소리가 들린다. 고개를 들어 문 쪽을 본다. 남자가 들어선다. 남자가 공인중개사와 인사를 나눈다. 인테리어 하는 사람일 거다. 세라는 파일 책을 덮는다.

인테리어 하는 사람에게 생각해둔 것에 대해 말했고 세세한 부분은 그에게 일임했다. 인테리어 공사 기간은 놀랄 만큼 짧았다. 일주일이면 충분하다고 했다. 일은 순조롭게 진행되었다. 신축 건물이라 바로 입주할 수도 있다. 입주하게 되면 제일 먼저 오버클래스 회원에게 알릴 거다. 비너스가 수진이면 좋겠는데. 그럴 확률은 얼마일까. 사실 확률처럼 허망한 건 없다. 수많은 일치하지 않는 쪽은 0이고 일치하는 단 하나는 1이니까. 그 1이 되기를 기대한다. 세라는 되돌아 나오면서 파일에서 보았던 아름답고 고운 건물들을 되짚었다. 먹음직스런 딸기 지붕, 신맛이 느껴지는 레몬 지붕, 껍질을 반쯤 벗긴 모습을 한 바나나 건물. 아이스크림과 아이스콘이 조화를 이룬 건물, 모두 동화 속에 나올 법한 것들이었다. 살 집을 구한다면 아마도 딸기 지붕을 고르지 않았을까. 한겨울에도 빨갛게 익어 있는 딸기. 그 집 앞에 설 때마다 군침이 돌지 모른다.

일주일 후 인테리어 업자에게서 메일이 왔다. 공사가 마무리되었단다. 대나무 숲에 들어선 착각을 불러일으킬 거라나. 사실 그제까지 밤마다 공사가 진행된 과정을 보아왔던 터였다. 새삼스러울 건 없을 거라 생각했다. 세컨드 라이프 세상 안으로 들어간다. 주차장에 있는 푸조에 올랐다. 걸어서도 멀지 않은 거리지만 완성된 상담소 내부를 본 후, 오랜만에 드라이브를 즐기려고 차를 가져가기로 했다. 건물 앞에 도착했다. 깔끔하게 정돈된 상태는 아니어도 예측할 수 있어 담담할 줄 알았는데 가슴이 두근거린다. 문 앞에 섰다. 출입문도 대나무 창살로 되어 있다. 출입문은 인테리어 담당에게 일임했었다. 우리나라의 격자무늬와 비슷했다. 전통 격자 창살은 매끄러운데 대나무 격자는 마디를 그대로 살려서 굴곡져 있다. 전통 격자와는 다른 느낌이다. 문의 하단은 대나무를 세로로 엮어 원목에 붙인 것처럼 보였다. 상단에는 원형의 창이 있다. 원 안에 열십자 중심 격자가 있고 그 사이를 가는 창살이 방사형으로 서로 얽혀 있다.

문을 연다. 왼쪽 벽면은 온통 대나무 숲이다. 대나무 숲의 사진을 벽지로 사용하고 그 앞에 실제 대나무들을 두세 겹으로 심어놓았다. 끝이 안 보이는 대나무 숲을 바라보고 있는 기분이다. 메일에 쓰인 것처럼 대나무 숲에 들어선 착각에 빠질 뻔했나. 오른편에 소파가 놓여 있다. 소파도 대나무로 하려 했는데 안락감이 떨어져 편치 않다는 인테리어 업자의 말에, 그에게 맡겼었다. 소파는 대나무 탁자를 사이에 두고 노란색 두 개와 흰색 한 개가 마주보게 놓여 있다. 소파의 모양은 계란 한 면을 ㄴ 모양으로 자르고 그 안에 쿠션을 넣은 것처럼 보였다. 색깔이 노랑과 흰색이라 달걀을 연상케 한다. 앙증맞다. 세라는 문을 향해 놓여 있는 흰색 소파에 앉는다. 어머니의 품에 안긴 것처럼 안온하다. 역시 전문가는 다르다. 문 옆에 샤워부스 같은 것이 있다. 부스 앞으로 가서 부스 문을 열었다. 그곳에는 성당의 고해소처럼 꾸며져 있다. 아마도 이야기를 들어줄 공간을 만든 것 같았다. 고해성소에서 서로의 얼굴을 볼 수 없는 것처럼 부스 안도 목소리만 들을 수 있을 것 같다. 얼굴을 대하지 않고 자신의 이야기를 털어놓기에 안성맞춤이다. 부스 옆에는 대나무 파티션이 벽에 기대듯이 세워져 있다. 접혀 있는 파티션을 편다. 파티션은 두 짝으로 되어 있다. 파티션은 넓은 공간을 아늑하게 만드는 역할을 할 것이다. 잔디처럼 깔려있는 카펫, 꽃잎을 채워 유리로 덮은 탁자. 모두 마음을 열게 하는데 도움을 줄 것 같다.

이제 간판을 걸 일만 남았다. 아직 '대나무 숲에서 외치다'보다 더 기발한 아이디어가 없다. 요즈음 텔레비전 프로그램에 〈힐링캠프〉라는 시청률 높은 코너가 있다. 처음에 듣는 힐링인 줄 알았다. 텔레비전 화면에 언뜻 힐링 스펠링이 지나갔다. hear의 힐링이 아니다. 분명 healing이라고 쓰여 있었다. 컴퓨터 사전기능에서 단어를 찾아보았다. hearing은 히어링으로 발음한다. 힐링, 그 단어의 뜻은 '치유'다. 그것을 가져다 쓸 수도 있었겠다. 인테리어 공사를 하기 전에 알았더라면 실내를 온통 대나무로 꾸미지 않았을 것이다. 텐트를 쳤을까. 뜻이 너무 마음에 들어 다른 생각이 비집고 들어올 틈이 없다. 하지만 대나무 인테리어와는 너무 어울리지 않는다. 힐링캠프를 압도할 것이 딱히 떠오르지 않는다. 딱히 떠오르는 것이 없으면 그렇게 정해야겠다. 간판이 만들어지면 명함도 새기고 오버클래스 회원들에게 제일 먼저 알려야겠다. 6일을 기다려야 한다. 가장 긴 6일 간이 될지 모른다. 누가 노크를 한다. 아직 상담소 문을 열지도 않았는데 의아해하며 문을 연다. 인테리어 업자다.

"작업한 것이 마음에 드십니까?"

"네 아주 마음에 들어요. 가장 중요한 방음 장치는 잘하셨겠지요?"

"물론입니다. 살인사건이 일어나도 옆에서 모를까가 걱정이라니까요."

인테리어 업자는 호탕하게 웃는다. 부스 안은 방탄유리로 둘러싸인 속과 같다. 바로 옆에서 외치는 소리도 완벽하게 차단해서 들을 수 없다고 말한다. 남모르게 외치고 싶은 사람이 방문할 때에는 부스 안에 들어가 있으면 된다. 세라는 모든 것이 완벽하게 갖추어진 것 같아 만족했다.

"저의 첫 고객이 되어주시겠습니까?"

세라의 말에 그는 손사래를 치며 다음에, 라는 말을 뒤로 한 채 황망히

나갔다. 본의 아니게 쫓아낸 꼴이 되었다. 드라이브하고 싶은 마음이 은연 중에 작용했는지도 몰랐다. 하지만 세라는 드라이브보다 자신이 첫 고객이 되어보리라 마음먹었다. 그때 문득 부지배인 모습이 떠올랐기 때문이다. 세라는 대나무 숲이 보이는 곳 앞에 섰다. 양손으로 메가폰 모양을 만들어 입에 댄다.

"지가 뭐 사장인 줄 아냐!"

"괴물 같은 놈!"

"죽일 놈!"

"나한테 못되게 한 것의 열 배로 넘어져라! 꽈당당!"

구호를 외치듯이 속이 후련해질 때까지 소리 질렀다. 수없이 외쳐서 목이 쉰 것 같았지만 개의치 않았다. 목이 쉰 것은 아무것도 아니다. 답답했던 가슴이 뻥 뚫린다. 어제까지 쌓였던 스트레스가 확 풀린다. 대나무 숲 말고도 누군가 같이 들어주면 효과가 몇 배 더 날 것 같다. 흔히 말하는 슬픔은 나눌수록 작아진다는…. 슬픔이던, 스트레스든, 우울한 마음이든, 하소연할 상대가 되는 거다. 그들의 말을 진심으로 경청하면 그의 고통들이 반으로 뚝 떨어질 거다. 고통을 그들에게서 흘러나오게 하는 거다. 고통이 흐르기 시작하는 순간 그것으로부터 해방되는 거다. 지금까지 한 일 중에서 가장 잘한 일이다. 세라는 자신도 모르게 어깨가 으쓱해졌다.

7

부지배인의 호출

어제는 지나간 시간이다. 더구나 세컨드 라이프 세계에서의 일이란. 그런데 그 어제의 일 때문일 거다. 출근하는 내내 꽉 끼는 지하철 안에서도 불쾌하지 않다. 왠지 모를 자부심이 배어나오는 것 같다. 지하철을 내려 지상에 오르면서 아귀차게 불어오는 바람에도 추위를 느끼지 못했다. 내딛는 걸음도 평소처럼 무겁지 않다. 레스토랑 문 앞까지는 그랬다. 문 앞에 서는 순간 부지배인의 모습이 떠오르는 건 뭔가. 손잡이를 잡는 손에 힘이 쭉 빠졌다. 넘치는 에너지는 어디로 빠져나간 걸까. 탈의실에서 옷을 갈아입고 연수를 받으러 레스토랑 홀 안으로 들어간다. 출근한 사람은 두 명이다. 10명 중 세 번째다. 요즈음 늘 꼴찌로 출근했는데 오늘은 성적이 좋다. 실수 없이 일을 잘할 것 같은 예감이다. 지난밤 모처럼 깊이 잠을 잤다. 부지배인이 아무리 매의 눈을 하고 노려보고 싶어도 그렇겐 안 될 거다. 지난 번 식품창고로 불러들인 이후, 하루도 안 거르고 불렀다.

부지배인은 종업원 관리도 맡고 있다. 저놈은 그걸 역이용하는 거다. 설사 사장에게 하소연한다 해도 소용없다. 저놈은 잘못하는 종업원에게 주의를 주기 위해서라고 당당하게 말할 것이다. 휴대폰으로 촬영해서 증거를 만들어놓아야 하는데 출근하면 휴대폰을 부지배인에게 맡겨야 한다. 퇴근 시간이 되어야 찾을 수 있다. 저놈에게 이미 찍혔다. 자세가 조금만 흐트러져 있어도 그걸 핑계로 사람을 괴롭힌다. 반항하면 이 일마저 못하게 될 거다. 자신은 절대 약자다. 모든 종류의 기합을 다 받은 것 같다. 오리걸음, 손 번쩍 들고 서 있기. 무릎 꿇리기 등등 어제는 앞에 세워두고 뚫어져라 쳐다보기만 했다. 몸이 투시되는 것 같아 소름이 돋았다. 누구에게 하소연할 수도 없다. 떠벌일 수도 없다. 오히려 이상한 눈초리로 쳐다볼 게 뻔하다. 언니에게 말해볼까. 어쩌면 저 못된 짓거리를 모든 여종업원에게 하는지도 모른다. 수없이 생각했지만 고개가 가로저어진다. 말했다가 늘 위로가 되던 언니마저 잃을까 두렵다. 몇 번을 시도하려했지만 말을 꺼낼 수 없다. 이곳을 벗어나는 게 최상의 방법이다. 세컨드 라이프 세상에서 연 상담소가 잘 운영되면 그의 뺨을 한 대 후려치고 떠날 거다. 한번 상담받는데 얼마를 받을까. 무료로 운영하고 싶지만 살아가려면 상담료를 받아야 한다. 변호사처럼 상담료를 받을까. 그보다는 정신과 진료와 흡사한 일이다. 정신과 진료비를 받으면 될 것 같다. 정신과 치료를 받은 적이 없어서 알 수 없다. 퇴근하면 인터넷 검색을 해볼까. 그런 것까지 검색될까. 안 되면 사람들에게 물어서 알아내자. 상담소가 잘 운영되면 그 일에 전념할 수 있을 거다.

"17번 테이블 담당자, 지금 정신을 어디에 두고 있는 거야!"

어느새 종업원들이 연수받기 위해 서로 마주보고 있다. 자신만 어정쩡하게 서 있다. 아무리 그래도 그렇지 이젠 공공연하게 반말까지. 화가 치밀어오른다. 그런데도 부지배인에게 항의 못하는 게 더 화가 난다. 얼굴이 벌개졌을 것이다. 저놈은 사람 이름 놔두고 꼭 테이블 호수를 부른단 말이야. 테이블과 같은 물건 취급을 하는 거야 뭐야. 만만한 게 속으로 중얼거리는 거다. 한심하다. 더구나 어느새 재빨리 몸을 움직여 맞은 편을 보고 있지 않은가. 어찌어찌하여 연수는 끝났다. 화는 아직 사그라지지 않은 채다. 이젠 바삐 테이블에 세팅 작업을 해야 한다. 오늘은 부지배인이 부르면 저항해볼 거다.

교대로 식사할 시간이 다가온다. 꼭 이 시간이면 화장실에 가고 싶어 갔다. 시간을 조금 바꾸면 부지배인과 마주치지 않겠지. 의도적으로 20여 분 미리 화장실에 간다. 그래도 화장실을 나서면서 불안한 마음을 떨칠 수가 없다. 바짝 긴장하며 화장실을 나온다. 깜짝 놀랐다. 그놈이 앞에서 기다렸다는 듯이 서 있다.

"나 좀 잠깐 보지."

이젠 외웠다. '빌어먹을, 나 좀 잠깐 보지. 그래 보자!' 역시나 식품 보관 창고다. 또 기합을 주면 그만둘 각오로 받지 않을 거다. 그는 기합대신 어제했던 것처럼 몸수색을 하듯이 샅샅이 몸을 훑기 시작한다. 이제는 방법을 바꿨나. 속도가 느리다. 아주 천천히 시선이 움직인다. 얼음촉이 꽂히는 것처럼 지나가는 부위마다 한기가 느껴진다. 어느 곳에 머물면 똑같이 쏘려고 마음을 단단히 먹고 있다. 아주 느리게 훑기만 한다. 자신의 마음을 꿰뚫은 것인가. 멈출 생각을 않는다. 이제 가벼운 경련이 일어나려 한다. 그때 그의 시선이 멈추는 것 같다. 쏘아주어야 하는데 눈을 뜨고 정면으로 그를 쳐다보지도 못한다. 시간이 흐를수록 한심하다는 생각만 든다. 겨우 할 수 있는 건 눈을 반쯤 뜬 것이었다. 그리고 시선을 창고에 있는 물건들에게 두었다. 양 옆에 있던 두 손을 앞으로 모으는 게 다였다. 몸은 마네킹처럼 뻣뻣하다. 툭 건드리면 쓰러질 것 같다.

그의 시선이 확실히 멈췄다. 그의 시선이 미문 곳은 여자의 가장 은밀한 곳이다. 똑같이 쏘아본다고 수없이 자신에게 최면을 걸었다. 설마 은밀한 곳을 택할 줄은 몰랐다. 순간 당황하여 어떻게 해야 할지 혼란스럽다. 졸지에 당하는 일이라 쏘아보기는커녕 눈까풀을 들어올리지도 못한다. 애꿎은 바닥만 쳐다본다. 그의 눈과 은밀한 곳이 한 줄로 이어진 것처럼 선이 보이는 것 같다. 시선은 강약을 리드미컬하게 반복하며 애무하는 것 같다. 오금이 저리고 찌릿찌릿 전율이 느껴진다. 그는 시선을 거둘 생각을 않는다. 손을 앞을 가리고 있어도 소용없다. 눈에서 나온 빛은 손을 뚫고 지나가는 것 같다. 소변이 마려운 것 같고 이미 지렸는지도 몰랐다. 팬티가 축축해졌다. 은밀한 곳으로부터 뿜어져 나오는 열이 얼굴까지 확확 달아오르게 한다. 숨도 가빠지고 맥박도 빨라진다. 온몸이 가늘게 떨린다.

어떻게 이 자리를 벗어날까. 발을 들어올려야 하는데 바닥에서 떨어지지 않는다. 발이 아니라 눈이라도 치켜떠서 저놈에게 한 방 쏴줘야 한다. 이 정도도 못하면 저놈은 앞으로 얼마나 더 괴롭힐지 모른다. 온 힘을 다해 눈까풀을 들어올린다. 놈의 얼굴을 향해 강한 독을 쏜다. 독이 놈의 얼굴을 향하는 순간, 보았다. 그는 눈을 감고 있었다. 그것도 아주 평화로운 모습으로. 맥이 탁 풀렸다. 분명 조금 전까지 그는 자신의 몸을 훑었고 은밀한 곳에 시선이 머물렀다. 어떻게 된 일인가. 착시인가. 착각인가. 도무지 알 수 없는 일이 바로 눈앞에서 벌어져 있다. 얼마를 그렇게 그를 보고 있었나. 그가 눈을 뜨는 것 같았다. 들키지 않으려고 재빨리 시선을 거두어 도로 바닥을 보았다. 잠시 후 그는 나갔고 이어서 그녀도 나왔다. 화장실에 들러 팬티부터 보았다. 갈아입어야 할 만큼 축축했다. 달리 갈아입을 방법도 없고 해서 두루마리 휴지를 몇 겹 돌돌 말아 팬티 위에 놓고 입었다. 시간이 지나면 휴지가 습기를 흡수할 테고 마를 것이다. 오후 내내 부지배인의 행동에 대해 생각했지만 이해할 수가 없었다. 왜 기압대신 몸을 샅샅이 훑었는지. 난데없이 왜 눈을 감고 있었는지.

8

마돈나

가장 고대하던 비번 날이다. 오버클래스 모임이 있는 날이기도 하다. 오늘을 위해 명함도 미리 만들어두었다. 하얀 명함 중앙에는 진초록 글씨로 '대나무 숲에서 외치다'만을 썼다. 뒷면에는 상담소 위치를 그 밑에는 들어주는 이는 세라, 라고 인쇄했다. 아주 단순한 명함이다. 늘 빼곡하게 뭔가를 가득 적혀 있는 명함이 눈에 거슬렸다. 언젠가 명함을 만들 때가 오면 꼭 필요한 몇 글자만 쓸 거라는 생각을 해왔다. 모임에 가려면 늘 어떤 옷을 입을까. 백은 어느 것을 들까. 이것저것 입어보고 들어보느라 시간을 많이 보냈다. 이번에는 백부터 챙겼다. 가방 안에 명함을 100장 정도 넣어두었다. 출발하기 전에 명함이 잘 들어 있는지 다시 한 번 확인했다. 사실 오늘은 정장 백 드는 일과는 거리가 먼 모임이다. 허리에 차는 색이 어울리는 모임이다. 스키장에서 만나 스키를 타기로 했기 때문이다. 물론 사물함이 있기는 할 것이다. 세라는 스키를 탈 생각이 없다. 스키를 타려면 미리 스키, 부츠, 헬멧, 고글, 장갑, 스키복 등을 마련했어야 한다. 상담소에 매달리느라 준비할 시간이 부족했다. 스키를 한번이라도 타보기는커녕 가까이에서 타는 것을 본 적이 없다. 텔레비전 화면으로만 보았을 뿐이다. 다음에 시간이 있으면 기초부터 배울 거다. 오늘은 회원들이 타는 모습을 가까이에서 지켜보기만 할 거다. 스키가 끝난 후 회식자리에서 명함을 돌리고 안내를 하자.

생전 처음 와보는 스키장이다. 스키어들은 한결같이 원색 스키복을 입고 있다. 검은 선글라스처럼 생긴 고글이라는 것을 쓰고 있다. 모두 모델들처럼 보인다. 스키장 낮은 눈밭에서는 처음 스키를 배우는 사람들이 모여 있다. 그들의 뒤에는 '1일 스키교실'이라는 플래카드가 바람에 휘날리고 있다. 다음에 스키 모임이 또 있으면 스키교실에서 미리 배우면 되겠다. 회원들은 모두 스키에는 자신이 있는 듯 리프트 차례를 기다리고 있다. 요원들이 사람들을 4명씩 짝을 이뤄 줄서라고 안내한다. 스키를 타지 않겠다는 사람은 자신밖에 없는 것 같다.

"세라, 스키 싫어해."

"아니오, 무릎 상태가 안 좋아서요."

어찌 되었건 가장 염려해주는 회원은 인정 많은 마돈나다. 늘 말수가 적은 비너스는 마돈나 옆에서 걱정스런 얼굴로 세라를 본다. 마돈나는 핑크색, 그것도 형광이 섞인 눈부실 정도로 화려한 스키복을 입고 있다. 마돈나는 화려한 면에서도 으뜸이다. 비너스는 연두색 스키복을 입었다. 비너스는 아직 클럽에 익숙하지 않아서인지 마돈나 곁에서 맴돌 때가 많다. 둘이 나란히 있으니 스키어들의 모든 스키복을 압도하는 것 같다. 둘은 뭔가를 이야기하면서 줄서 있다. 그녀는 줄서서 기다리는 사람들을 한 사람 한 사람 눈여겨보고 있다. 스키복을 산다면 어떤 색으로 살까, 오늘 많은 스키어들을 관찰해보고 개성 있는 것을 사야겠다. 투명인간 같은 스키어가 지나간다. 파랑색 헬멧이 없었다면 지나가는 걸 놓칠 뻔했다. 그는 상하가 모두 흰 스키복을 입었다. 간간히 빨강, 파랑, 초록, 노랑의 사각형 무늬가 있기는 했다. 흰 눈에 흰 스키복. 왠지 유령 같지 않을까. 눈에 띄지 않으니 위험할 수도. 그는 아마 스키를 무척 잘 타는 사람인가보다. 마돈나나 비너스처럼 너무 화려하지 않고 눈에 잘 띄는 것을 골라야 한다. 완전 초보니까.

리프트가 내려온다. 사람들이 타기 좋은 의자 높이로 멈춘다. 회원들이 리프트에 오른다. 리프트가 스키어들을 공중으로 들어올린다. 리프트는 점점 높아지며 꼭대기로 향한다. 그들의 모습은 점점 작아진다. 골짜기가 깊은 곳에서는 높이가 10미터 이상 될 것 같다. 가장 사람이 공포를 느낀다는.

“가장 높을 때, 리프트 높이가 얼마나 되나요?”

“20미터는 될 겁니다”

안내요원은 아무렇지도 않은 듯 대답한다. 20미터라면, 리프트 타는 것 때문이라도 스키는 못 탈 것 같다. 시골이라고는 하지만 소도시에서 자라고 살았다. 항상 걸어서 등교했고 버스를 탄 적이 없다. 웬만한 거리는 걸어다녔고 멀리 떨어진 외갓집에 갈 때는 늘 기차를 탔다. 처음 서울에 왔을 때 시내버스만 타도 멀미가 났다. 멀미를 피하려고 지하철을 탔는데 지하로 내려가는 것도 두렵기는 마찬가지였다. 일 나가려면 어쩔 수 없이 지하철을 타야 했다. 처음 얼마간 두려움을 꾹 참고 탔던 일이 떠오른다. 이제는 적응돼서 아무렇지도 않게 지하철을 탄다. 그런데 고소공포증은 아직 남아 있다. 어쩌다 백화점에서 전망 엘리베이터를 타게 되면 가장 늦게 탄다. 그럴 때에는 키가 작은 게 얼마나 다행스런 일인지 몰랐다. 키 큰 사람의 뒤에 서서 그의 등만 보고 있다가 가장 먼저 내렸다. 사방이 막힌 엘리베이터는 큰 두려움 없이 타고 내린다. 분명 눈으로 보고 느끼는 공포증이다. 엘리베이터와 리프트 타는 건 다르다. 리프트는 사방이 탁 트이고 한 면도 막힌 곳이 없다. 거기에 공중에 매달린 채다.

"리프트 타고 오르는데 몇 분 걸리나요?"

"한 10분 걸려요."

10분이나 공중에 매달려 있어야 한다. 그것도 한번이 아니고 수없이 떨어야 한다. 세찬 바람이라도 불면 줄에 매달린 리프트가 요동칠 거다. 생각만 해도 끔찍하다. 가끔 고장나서 한 시간 넘게 공중에 매달리는 사고가 있다는 뉴스를 본 적이 있다. 한 가지 방법은 리프트 탈 때마다 눈을 감고 버티는 거다. 하지만 눈을 감은 채 스키를 타고 내려올 수는 없는 일이다. 1, 2초도 아니고.

"그럼 타고 내려오는 데는 얼마나 걸리나요?"

"내려오기 나름이죠. 빠른 속도로 내려오면 5분, 속도 조절에 따라 15분까지 걸립니다."

그녀는 스키는 포기해야 할 것 같다. 회원들이 스키를 타고 내려오길 기다린다. 얼마쯤 지난 후였을까. 멀리서 연두색 스키복을 입은 스키어가 능숙한 자세로 쉬익 내려오고 있다. 혹시 비너스일까. 가까이 다가와야 누군지 확실히 알아볼 것 같다. 그녀는 연두색 스키어에 눈을 고정시키고 따라내려온다. 순식간에 거리가 가까워진다. 정말 비너스다. 뜻밖이었다. 늘 말이 적고 내성적이어 스키는 초보 수준이라 단정했다. 그녀의 판단은 빗나갔다. 처음 보았을 때 모델이거나 발레리나 같았는데 운동신경이 뛰어난가보다. 비너스는 코앞에서 쉭 소리를 내며 멈춘다. 조금도 밀리지 않고 차가 급브레이크를 밟고 서듯이 곧 정지한다. 스키 선수일지 모른다는 생각이 떠오를 정도다. 그가 지켜보고 있는 세라에게 다가서며 활짝 웃는다. 리프트 타는 곳으로 가며 고개를 꺾어 자신을 본다. 세라는 손을 가볍게 흔든다. 이어서 하나둘씩 회원들이 도착했다. 가장 늦게 도착한 사람은 마돈나다.

"오랜만에 탔더니…."

"잘 타시는데요. 폼이 짱이에요."

꼴찌로 도착한 마돈나에게 엄지를 세워서 힘을 불어넣었다. 스키장에는 스키를 타는 사람보다 보드를 타는 이들이 더 많았다. 남자가 아들로 보이는 꼬마와 함께 스키를 탄다. 걸음마를 막 배울 때 아빠의 발등에 아이 발을 놓고 같이 걷는 것처럼 스키를 탄다. 어떤 아빠는 두 줄을 아이 몸에 묶어 뒤에서 두 줄을 잡고 타는 재미있는 풍경도 있다. 묘기에 가까운 포즈로 보드를 타며 젊음을 발산하고 있는 이들도 꽤 있다. 회원들이 내려오는 것을 기다리는 것이 점점 무료해졌다.

몇 차례 지켜본 다음 스키장 주변을 산책했다. 멀리 눈 덮인 골짜기를 본다. 얼마만에 보는 평화로운 풍경인가. 고향에서는 겨울철이 되면 눈은 늘 집 근처에 있었다. 대문 옆에 눈사람을 만들어 세웠다. 마치 궁궐을 지키는 포졸처럼. 눈사람에게 옷을 걸쳐놓고 모자를 씌우기도 했다. 멀쩡한 옷과 모자를 엄마 몰래 가져다 씌웠다. 금방 들통이 났다. 대문 앞에 눈사람이 서 있었으니까. '눈 가리고 아웅'이라는 걸 몰랐다. 엄마는 때리려 쫓아오고 그녀는 달아났었다. 그 시절 생각에 입가에 미소가 번진다. 서울에서의 생활이 3년밖에는 안 되지만 눈이 하얗게 쌓인 것을 못 봤다. 도로 옆에는 진회색 먼지와 뒤범벅이 되어 군데군데 있던 눈뭉치가 다다. 이곳에만 눈이 내린 것처럼 리조트 건물 지붕도 전나무 가지 위도 눈이 소복이 쌓여 있다. 하늘은 청명했고 흰 구름이 낮게 산봉우리마다 드리워져 있는데 눈을 포근히 감싸는 것처럼 보였다. 리조트 건물들은 달력에서 보았던 알프스 산 아래 어느 마을의 집들처럼 이국적이었다. 서너 채씩 무리지어 옹기종기 모여 있다. 리조트를 돌아 길을 따라 내려갔다. 물 흐르는 소리가 들린다. 머지않은 곳에서 물이 흐르는가보다. 물소리에 이끌려 걷는다. 폭이 2미터도 안 되는 골짜기에 물이 흐른다. 골짜기 이쪽과 저쪽을 잇는 아담한 돌다리가 놓여 있다. 다리 위에 서서 물이 흐르는 것을 무심히 보았다. 눈덩어리들이 아이스크림처럼 동동 떠내려가고 있다. 한참을 그렇게 있다가 발걸음을 되돌려 왔던 길로 접어들었다.

리조트와 리조트 사이에 갈 때는 못 보았던 대나무로 얼기설기 엮어 만든 펜스가 보인다. 이런 곳에서 대나무를 보다니. 특이한 것은 대나무 펜스가 아니다. 펜스로 둘러싸인 곳에서 김이 모락모락 올라오고 있다. 대나무 틈 사이에 눈을 바짝 대고 펜스 안을 들여다보았다. 그곳엔 코발트 색깔의 풀이 있다. 김이 나는 것으로 보아 일종의 노천 온천인가보다. 원형의 풀 안에서 젊은 남녀 한 쌍이 온천욕을 즐기고 있다. 원형 풀 밖으로 1미터도 벗어나지 않은 곳엔 하얀 눈이 띠를 두르듯이 둘러 있다. 그들은 눈으로 둘러싸인 곳에서 온천욕을 즐기고 있다. 온천 가장자리의 눈이 녹지 않고 쌓여 있는 것이 의아했다. 덕분에 그들은 따뜻한 온천욕을 더 즐기고 있는 것 같다. 회원들이 스키를 마치면 이곳에 노천 온천이 있다고 알려줘야겠다. 아니 그들은 이미 알고 있는지도 모른다. 서둘러 스키장으로 향했다. 가면서 상담소가 잘 운영되면 상담소 한편에 대나무 펜스를 치고 온천탕을 만들어도 좋겠다는 생각을 했다. 불쑥 튀어나오는 엉뚱한 생각에 웃음이 나왔다.

회식 장소에서 명함을 돌렸다. 대나무 숲에서 외칠 수 있는 것, 고해소에 대해, 편안한 소파에 앉아 이야기 들어주기 등을 설명했다. 성당의 신부처럼 들은 이야기는 무덤까지 가지고 가겠다고 했다. 아니 어차피 우린 서로가 진면목을 알 수 없는 사이가 아니냐고 했다. 모두들 고개를 끄덕이며 호응했다. 그마저 드러내고 싶지 않은 사람은 미리 변장을 하고 오면 되지 않겠느냐고 덧붙였다. 가슴에 묻어둔 이야기를 털어놓는 순간 마음의 병은 치유된다.

"회원은 상담료를 할인해주나요?"

역시 마돈나다. 언제나 질문도 가장 먼저 하고 목소리가 크다.

"당연히 그렇게 해드려야죠. 하지만 더 내겠다면 사양은 않겠습니다."

"상담 시간은 몇 시부터인가요?"

"아무래도 밤 11시는 넘어야겠지요."

"내가 고객 1호로 예약. 짝짝짝."

마돈나는 적극적이다. 1호로 예약을 하더니 밤에는 시간이 없다나.

"모임 끝나면 오늘 당장 하시죠."

"내일 예약해도 되겠어요?"

비너스다. 파리 여행 때도 도와주었는데 두 번째 고객이 되어주다니 반갑고 고마웠다. 혹시 비너스가 수진이라면. 생각이 거기에 이르자 가슴이 부풀어오른다. 비너스가 털어놓는 이야기를 듣다보면 단번에 수진이인지를 알아낼 수 있을지도 모른다. 행운이 따른다면 내일 옛 친구를 만날 수 있다.

마돈나와 함께 상담소 안으로 들어갔다. 우선 소파에 앉기를 권했다. 마돈나는 실내를 한번 휙 둘러본다.

"대나무 숲만 봐도 가슴이 뻥 뚫리는 것 같은데."

"차 한 잔 드릴까요?"

"계속 먹고 마셨는데, 괜찮아."

그녀는 마돈나를 처음 만날 때부터 한참 위의 언니처럼 느껴졌다. 그래서일까 내뱉는 말이 반말일 때가 많지만 말투 때문에 불쾌한 적은 없다. 오히려 항상 쾌활하고 적극적인 마돈나를 대할 때마다 알 수 없는 슬픔이 묻어나오는 것을 직감했다.

"우선 목이 터지도록 외쳐야지."

"자리를 피해드릴까요?"

"세라는 의사와 마찬가지야. 의사가 환자를 피하면 안 되지. 안 그래?"

아무도 없는 곳에서 혼자 외치는 것보다 누군가가 그 소리를 듣는다면 훨씬 속이 확 풀릴 거다. 어차피 우리는 이 세계 밖에서는 바로 옆자리에 앉아도 못 알아볼 터다. 마돈나는 벌떡 일어나더니 대나무 숲 앞으로 갔다. 그녀가 그랬던 것처럼 손으로 메가폰 모양을 만들어 입에 댄다.

"지랄 염병 좆같은 새끼들!"

"빌어먹을 놈!"

"찢어죽일 놈들!"

"우라질 놈 평생 씹이나 하고 살아라!"

평소 큰 목소리는 아무것도 아니다. 마돈나의 소리는 귀에 대고 징을 울리는 것처럼 넝넝 울렸다. 게다가 온통 욕으로만 퍼부어댔다. 계속 욕을 했는데 한번도 들어보지 못한 것들도 많았다. 어감으로 보아 욕인 것은 분명했다. 가슴에 맺힌 게 많은 모양이다. 무슨 사연이 있을 거다. 안쓰러우면서도 누구를 향한 욕인지 호기심이 발동했다. 한참 외치고 나면 얘기하려나. 기다리자. 털어놓지 않아도 가슴이 후련해지면 그만큼 마돈나는 슬픔을 덜어낸 거다. 마돈나는 화를 쏟아냈는지 외치는 것을 그치고 소파에 와 앉는다.

"놀랐지? 욕을 해대서."

"아니요. 저도 며칠 전에 실컷 욕했는걸요."

"그래? 세라도 욕할 줄 알아?"

"못된 놈이 있거든요."

마돈나가 이야기를 털어놓기 전에 부지배인 이야기를 꺼내고 말았다. 지금까지 당했던 것들을 다 이야기했다. 마돈나는 이야기를 다 듣더니 깔깔대고 웃었다. 별 일도 아니라는 듯한 어투로 한마디 던진다. 아주 큰소리로.

"그건 새 발의 피야."

마돈나가 자연스레 이야기를 털어놓기 시작했다. 평소와 다르게 아주 차분하게 이야기한다. 조금 전에 소리 지르던 마돈나와 같은 사람인지 혼란스러웠다. 자기는 대학생이라고. 휴학을 여러 번 해서 스물여덟인데 졸업하려면 아직 2학기가 남았다. 학비만 벌어야 한다면 얼마나 좋겠냐고. 남매를 키우며 홀로 살아온 어머니 치료비와 남동생의 학비, 생활비를 벌기 위해 아르바이트를 한다. 그 많은 돈을 쉽게 버는데 몸을 파는 것만 한 게 없다. 돈을 받고 몸을 빌려주는 것이니 정상적인 섹스를 탓할 수는 없다. 게다가 가끔은 같이 즐기기도 했으니까.

"너 애널섹스가 뭔지는 알아?"

그녀는 사실 애널섹스가 뭔지 모른다. 얘기를 계속 듣다보면 알게 될 것 같아서 안다고 고개를 끄덕였다.

"알아도 해본 적은 없지?"

그렇다고 또 고개를 끄덕였다. 마돈나는 애널섹스를 하면서 항문이 얼마나 찢어질 듯 아픈지 이야기했다. 그래도 많은 놈들이 그걸 원하니까. 집에서 지 마누라한테 못하는 걸 원한나니까. 비정상적이지만 어쨌든 섹스의 한가지니까. 애널섹스까지는 너그러운 마음으로 받아줘. 그런데 어떤 놈은 왜 물건을 꼭 입에 넣으려고 하는지. 개 같은 놈들. 세라는 마돈나의 말을 듣는 순간 구역질이 날 듯한 것을 가까스로 참았다. 마돈나는 쉬지 않고 얘기한다.

그제 밤에는 재수 없게 변태를 만났다. 식식거리면서 허리띠를 풀더니 갑자기 등짝을 때리기 시작했다. 도망가면 더 낄낄거리며 때렸다. 어머니에게는 물론 선생님한테도 맞아본 기억이 없다. 늘 모범생이었으니까. 별 더러운 놈한테 맞다니. 한참 때리더니 그 짓거리를 아무렇지도 않게 해대었다. 나가면서 매값도 포함되었다며 수표를 뿌리고 갔다고 했다. 침대 밑에 나뒹구는 수표 몇 장을 주워들며 엉엉 소리내어 울었다. 등짝이 아파서가 아니라 자신이 너무 초라하고 가여웠다고 했다. 마돈나의 눈가에 눈물이 맺혀 있다.

이번 주는 재수가 없다니까. 어제 온 놈은 섹스가 끝나자마자 담배를 피워 물었다. 섹스 후 담배 피우는 남자를 여럿 보아서 그런가보다 하고 있었다. 그런데 그놈이 돌연 담배연기를 얼굴에 길게 내뿜었다. 갑자기 얼굴에 닿는 담배연기에 잠시 당황하는 사이 담배로 허벅지를 지졌다. 너무 놀라 소리도 질러지지 않았다고 했다. 당연히 마돈나의 말소리가 빠르고 톤이 높을 만했다. 그러나 마돈나는 낮게 가라앉은 목소리로 이야기한다. 저런 끔찍한 이야기를 흐트러짐 없는 말투로 말하는 마돈나를 다시 생각하게 되었다. 나만 너무 목소리가 가라앉아서 슬픔이 흘러나오지 않을까 그 점이 염려되었다. 마돈나의 이야기를 들으며 어떤 말로도 위로를 할 수가 없다. 마돈나와 하나가 되어 듣는 거야, 라고 반복해서 되뇌었다. 허리띠로 등을 때린다는 말을 들을 때는 실제 매를 맞는 것처럼 등짝이 아팠다. 담뱃불로 지진다는 말을 들을 때에 몸서리가 쳐졌다. 그렇게 시간은 흘렀고 어느 때부터 마돈나에게서 통증이 흘러나와 자신의 몸을 지나는 것 같았다. 마돈나는 답답했던 마음이 조금 풀린 것 같다며 미소 짓는다.

"또 찾아와도 돼?"

"물론이지요. 자주 오시면 저도 위로받을 수 있구요."

몇 번을 들르다보면 가슴에 응어리진 덩어리가 잘게 부서져 다 녹아나올 거다. 마치 결석을 체외충격파쇄석술로 잘게 부수어 소변을 통해 체외로 나오게 하는 것처럼, 이라는 말을 하고 상담소를 나갔다.

9
호롱불

마돈나에게 부지배인 이야기를 털어놓아서일까. 아님, 마돈나에 비하면 '새 발의 피'란 생각을 해서일까. 부지배인과 눈이 마주쳐도 덜 껄끄럽다. 마음은 편한데 잠이 부족해서인지 몸이 무겁고 어지러웠다. 그녀가 담당한 테이블들을 수시로 쳐다본다. 테이블마다 놓인 호롱불의 밝기가 흐려졌다 밝아졌기를 반복했다. 기름이 부족하면 꺼지기 전에 나타나는 징후다. 미리 살폈어야 하는데 손님이 계속 들어오니 기름 보충할 짬을 내기가 어렵다. 다른 테이블도 살핀다. 그곳도 마찬가지다. 레스토랑 안에 있는 모든 호롱불이 동시에 기름이 떨어질 리가 없다. 동시에 기름을 보충하지 않는다. 혹시 착시 현상이라면.

"언니, 호롱불 기름 넣을 때가 된 것 같지요?"

언니가 테이블에 놓인 호롱불을 보더니 '밝기만한데' 한다. 언니는 제대로 봤을 거다. 눈을 감고 조금만 쉴 수 있다면. 따뜻한 변기 위가 그립다. 딱 5분만 자도 피로가 풀릴 것 같다. 오늘 따라 손님은 계속 들어온다. 대기석에 앉아 차례를 기다리는 손님도 세 팀이나 있다. 여기저기서 호롱불을 든다. 주문받으랴 음식나르랴 분주히 움직인다. 움직임 덕분에 졸음은 가셨지만 마치 스펀지 위를 걷는 것처럼 균형을 잡기 힘들다. 그래도 손에 익은 일이어서 접시 깨는 일도 없이 점심시간이 지나갔다.

화장실에 가고 싶다. 이제 종업원들이 교대로 식사를 할 시간이 다가온다는 징표다. 화장실로 향하는 순간 반사적으로 부지배인을 쳐다보게 되었다. 분명 부지배인과 눈이 마주쳤다. 부지배인의 몸은 물론 눈마저도 미세한 흔들림이 없다. 또 따라나서는 건 아니겠지. 쫓기듯 화장실 안으로 들어간다. 나오기 전에 손을 여러 번 씻었다. 나 좀 잠깐 보지, 라는 말을 듣고 끌려간 후부터 생긴 증세다. 그것도 찬물에 씻어야 개운했다. 얼마나 여러 번 씻었는지 손이 벌겠고 얼얼해져서 둔했다. 화장실 문 밖으로 나가기 싫다. 싫은 게 아니라 두렵고 무섭다. 가슴이 콩닥콩닥 뛴다. 그렇다고 화장실에 계속 있을 수는 없는 일이다. 잡기 싫은 문고리를 잡고 연다. 역시 앞에 그놈이 떡 버티고 서 있다. 징그럽다. 지금까지 마음 조아렸던 일이 또 다가온 것이다.

눈을 크게 떴다. 부지배인이 있던 자리에 종업원 중 가장 키가 큰 30번 테이블 담당자가 서 있다. 한 발을 막 앞으로 내밀려는 자세다. 얼른 화장실 입구 옆으로 비켜서서 사방을 두리번거린다. 곧바로 부지배인이 나타날 것 같다. 얼마간 그렇게 있다. 부지배인은 나타나지 않는다. 지금 부지배인을 기다리는 것인가. 어이가 없다. 그가 나타나기 전에 이 자리를 떠야 한다. 레스토랑 안으로 들어간다. 이유를 알 수 없는 허전함이 몰려오는 건 또 뭐란 말인가. 부지배인은 늘 있던 그 자리에 있다.

잠시 후 그는 식사를 하려는지 주방 쪽으로 간다.

"언니, 식사하고 오세요."

"오늘은 먼저 하지?"

언니는 늘 먼저라며 일단 사양을 한다. 떠밀다시피 언니를 주방 쪽으로 민다. 오늘은 다른 날과 다른 이유로 부지배인과 마주 앉기 싫다. 조금 전의 일들이 수치심으로 다가온다. 부지배인을 당당하게 못 쳐다볼 것 같다.

식사를 하지 말았어야 했나. 식곤증이 더해져서인지 졸음이 감당하기 힘들게 몰려온다. 졸음이 아니라 수마睡魔 같다. 조금 있으면 저녁식사 손님들이 몰려올 것이다. 생각나는 건 따뜻한 변기 위다. 변기는 아니야, 라고 고개를 가로젓는다. 순간 식품 보관 창고가 떠오른다. 그곳은 난방이 안 되니 졸음이 싹 사라질 거다. 아무도 없는 공간이니 잠시 쉬기도 좋은 장소다. 그곳에서 조금만 쉬고 오자 손님들이 더 들이닥치기 전에. 흘긋 부지배인의 눈치를 살핀다. 한적해서인지 카운터에 있는 지배인과 무언가 이야기를 나누고 있다. 이때다. 그녀는 식품 보관 창고로 향한다. 창고 문을 연다. 냉장고 문을 열 때처럼 한기가 훅하고 얼굴에 닿는다. 늘 이곳에 왔어도 냉랭한 기운을 느낀 적이 없다. 오히려 열이 확확 달아올랐었다. 식품 보관 창고라 해서 냉장 시설이 되어 있는 건 아니다. 냉장 식품들은 주방 옆에 있는 대형 냉장고에 보관한다. 이곳은 스파게티 같은 면이나 냉장보관이 필요 없는 식품들을 쌓아두는 곳이다. 보관이 아니라 그야말로 창고에 가깝다. 문을 열고 안으로 들어서자 냉기 때문일까 졸음은 온데간데없다.

부지배인이 섰던 그 자리 앞에 서 있다. 유령 같은 시선이 몸을 훑는다.

아주 느리게 몸의 구석구석을 핥듯이 지나간다. 찌릿찌릿 전류가 리드미컬하게 흐른다. 부지배인 앞에 서면 늘 그랬던 것처럼 두 손을 앞으로 모으고 서 있다. 환각처럼 부지배인의 시선이 보인다. 부지배인에게 받았던 기합들도 떠오른다. 그녀는 고개를 세차게 흔든다. 그 지겨웠던 것들을 그리워하고 있는 건가. 당했던 굴욕과 수치심은 어쩌고. 자신의 행동을 알 수 없다. 한 줄기 바람이 들어온다. 누군가 문을 열었는가. 부지배인이면 어떻게 하나. 얼른 고개를 돌리지 못하고 어정쩡하게 서 있다.

"토마토케첩을 가지러 왔는데, 뭐해요?"

주방보조로 일하는 남자 목소리다. 그녀는 안도의 숨을 내쉰다. 재빨리 무언가를 찾는 척한다.

"호롱불 기름을 찾으려고…."

호롱불 기름이 왜 입에서 튕겨져 나왔는지 모른다. 이곳은 식품들만 보관되어 있다. 아참 이곳에 기름이 없지, 라고 말을 바꿀 수도 없는 일이다. 이곳에 주로 드나드는 사람은 주방보조다. 말도 안 되는 말인데 그는 별 의심을 안 하는 것 같다. 대꾸가 없다. 바빠서일까. 그가 5리터들이 케첩 캔을 들고 나간다. 그녀는 곧바로 뒤따라나온다.

레스토랑 안으로 들어와서 호롱불을 본다. 호롱불이 조롱하는 듯한 눈길을 보내는 것 같다.

10

진주 귀고리 소녀

세라는 푸조를 타고 상담소로 간다. 오늘은 비너스가 오기로 한 날이다. 비너스가 수진이면 좋겠다. 비너스를 만날 생각에 설렌다. 약속 시간보다 한참 앞서 출발한다. 실내도 정리하고 여유 있게 비너스를 맞이할 생각으로 서둘러 왔다. 현관 번호기를 누른다. 현관 비밀번호는 791255다. 친구 이리 오오. 라는 뜻으로 숫자를 조합했다. 그래야 외우기 쉽고 잊어버리지 않는다. 물론 만일의 경우에 대비해서 휴대폰에 비밀번호를 저장해두긴 했다. 문을 열자 대나무 향이 훅 달려든다. 대나무 숲 앞에 선다. 수시로 들를 때마다. 숲을 향해 소리쳤다. 죽일 놈. 개 같은 놈. 부지배인을 겨냥한 거다. 그날 더럽게 한 고객이 있을 때는 그에 맞는 욕을 해댔다. 오늘은 욕이 나오지 않는다. 손으로 메가폰을 만들었지만 소리가 나오지 않는다. 잘못하면 낮에 있었던 수치스런 일 때문에 스스로에게 욕을 해댈지 모른다. 문이 잘 보이는 하얀 소파에 앉는다.

이 소파는 언제나 아무 일 없었다는 듯이 너그럽게 받아준다. 어머니 품에 안기듯이 몸을 밀어넣는다. 포근하다. 어머니의 온기가 느껴지는 것 같다. 스스로 눈이 감긴다.

나 좀 잠깐 보지. 부지배인에 이끌려 창고 안으로 들어간다. 몸 이곳저곳을 샅샅이 훑어나갈까 긴장했는데 아니다. 지금까지 한번도 본 적이 없는 온화한 얼굴을 하고 눈을 본다. 점점 몸이 나른해진다. 무언가 말을 하는데 무슨 말을 하는지 알아듣지 못한다. 곡 제목을 모르고 듣는 클래식 음악처럼 나직이 속삭인다. 오보에 연주를 듣는 것 같다. 느린 곡을 지휘하는 손놀림처럼 손을 들어 귓불을 한동안 만지작거린다. 불쾌하지 않다. 시선이 아니라 손길이 움직인다. 아주 리드미컬하고 부드럽게. 몸의 어느 한 부분도 빼놓지 않고 쓰다듬는다. 얇은 유니폼 위로 지나간다. 그의 손가락 사이로 강한 빛이 내리꽂힌다. 어디서 받아본 듯한 시선을 느끼어 소스라치게 깼다. 맞은 편 소파에 비너스가 앉아 있다.

"오래 기다리셨어요? 깨우시지."

"너무 곤하게 주무셔서요."

"반가운 마음에 미리 와서 기다리다가…."

잠든 모습이 행복해보여서 차마 깨울 수가 없었다고 비너스는 말한다. 행복, 부지배인 꿈을 꾸며 행복한 모습을 하고 있었다고. 비너스에게는 행복한 모습으로 보였는지 모른다. 사람들은 번번이 자신이 느끼는 것처럼 꾸며서 보기도 하니까. 단지 듣기 좋으라고 한 말은 아닐 거다. 오늘은 아무 일도 없이 지나갔지만 부지배인은 항상 자신의 목을 조이고 있는 놈이다. 부지배인 사이에 있었던 일을 잊으려면 오늘 같은 날이 몇 달은 계속 되어야 할 것이었다. 비너스를 대나무 숲 앞으로 안내했다. 비너스도 마돈나와 약속이나 한 것처럼 손으로 메가폰 모양을 만든다.

"나는 그녀를 사랑한다."

"나는 그녀를 갖고 싶다."

귀를 의심했다. 그녀를 사랑한다니. 비너스가 레즈비언이란 말인가. 비너스가 또 뭐라고 수없이 외쳤다. 또 의외인 것은 평소 목소리가 너무 작았었는데 마돈나보다 더 크게 외친다. 황당하다. 그렇다고 내색할 수는 없다. 그가 외치는 것을 그만두기 전에 마음의 평정을 찾아야 한다. 혼란스럽다. 침착해야 해. 그가 등을 돌려 소파로 올까 불안했다. 다행히 비너스는 계속 외치고 있다. 레즈비언이면 자신도 여자인데. 생각이 거기에 미치자 불안은 섬섬 커져만 갔다. 수진이일 것이라는 기대는 '그녀를 사랑한다'고 외치는 순간 깨졌다. 아니다, 어릴 적 수진이 생각에 머물면 안 된다. 사람은 살면서 100번 변한다고 하지 않는가. 그렇다면 마돈나의 모든 환경이 오히려 수진이에 가깝지 않은가. 그 어려움 속에서도 놓지 않는 학구열. 가족에 대한 헌신. 그럼 혹시 마돈나가 수진이. 그렇게 상황을 만들면 해당되지 않는 사람이 없겠다. 비너스도 마찬가지다. 수진이라고 레즈비언이 되지 말라는 법이 없는 것도 아니다. 이러다 수진이는 영 못 만날지도 모른다. 이 넓은 세상에서 달랑 상담소 하나 차려놓고 수진이를 만날 수 있다고 생각한 것이 잘못이다. 허탈했다.

"그녀를 사랑한다고 해서 놀라셨죠?"

"아니에요."

입으로 대답은 했지만 표정은 숨길 수 없었을 것이다. 비너스가 빙그레 웃는다. 같은 여자의 웃음인데 그 웃음이 징그럽게 느껴진다.

"이해합니다."

비너스는 허리를 꼿꼿이 세우고 레즈비언의 정당성과 성소수자의 인권에 대해, 차별에 대해, 혐오의 대상으로 보지 말아달라는 말을 할 것 같다.

"세라도 레즈비언들을 혐오하나요?"

아니라고 말할 수도 없어 대답을 못하고 있다.

"허 허 허."

갑자기 남자 목소리가 들린다.

비너스가 자신은 여자가 아닌 남자란다. 혹시 세라도 남자가 아니냐고 반문했다.

"비너스? 남자에요?"

"네, 놀라셨나요."

보라색 머리를 한 비너스, 주먹만 한 하얀 얼굴을 한 비너스의 입에서 남성 목소리가 나온다. 레즈비언이라는 사실을 받아들이려 겨우 마음을 다독여놓았는데 비너스는 오늘 두 번이나 사람을 놀라게 한다.

세컨드 라이프 세계의 시민이 되면서 바깥세상에서처럼 남자로 할까 성을 바꾸어 여자로 살아볼까 고민하다가 여자가 되어 살아보기로 했다. 기왕 여자가 될 바에는 가장 화려한 모습으로 살아보려고 비너스 모양으로 치장을 한 것이란다.

"마돈나도 못 알아보던데요."

마돈나뿐 아니다. 비너스가 첫날 오버클래스 회원으로 들어왔을 때를 떠올렸다. 모든 남자 회원들이 비너스만 보고 있었다. 이제 생각하니 그들이 모두 남자인지 아닌지 알 수 없는 일이다. 그때 비너스는 얼마나 통쾌한 회심의 미소를 지었을까. 남자인 것이 들통날까봐 그동안 말을 아꼈던 것일까. 아무리 외모를 바꾸고 목소리를 여자로 내도 남자와 여자는 말의 색깔이 다르다. 왜 눈치채지 못했을까 외모로 이미 단정하고 들어서인가. 어이가 없었다. 비너스가 혹시 수진이가 아닐까 기대했던 것이 한꺼번에 와르르 무너졌다.

세컨드 라이프 세계에 처음 발을 디뎠을 때를 떠올렸다. 비너스처럼 남자가 될까 여자로 할까 잠시 망설인 적이 있지 않은가. 비너스의 문제가 아니다. 고정관념으로 보아온 게 잘못이다. 그러고 보니 비너스처럼 반대로 남자로 살아보아도 괜찮을 것 같다. 아니다. 여자 쪽에 더 마음이 기운다. 비너스가 남자여서일 거다. 이제 비너스의 이야기를 들어줄 순비가 다 되었나. 비너스는 그걸 직감한 것 같다.

같이 근무하는 여자가 있는데 처음 그녀가 신입으로 왔을 때, 첫눈에 이끌렸다. 그녀를 보는 순간 고등학교 때 그에게 친절을 베풀어준 여자 친구가 떠올랐다. 그녀는 베르메르의 〈진주 귀고리를 한 소녀〉 그림 속 소녀를 닮았다. 커다란 두 눈과 보일 듯 말 듯한 불가사의한 미소가 순수해 보인다나. 실내 조명 아래에서 그녀는 신비롭다고 했다. 남자로서 그녀와 마주서면 말이 나오지 않는다. 일하는 사이사이 그녀와 스칠 때마다 짜릿하고 아슬아슬한 전율이 느껴진다. 지금 하고 있는 말, 그 중에서 진주 귀고리 소녀와 닮았다는 말이라도 꼭 하고 싶다고 했다. 지금이 시작하기에 가장 빠른 시간이다. 용기를 내서 말해보겠다. 사실 이런 결심은 수없이 했단다.

"내일 또 와도 될까요?"

"꼭 성공하길 바라요."

비너스와 같이 근무한다는 진주 귀고리 소녀를 닮은 여자는 행복할 것 같았다. 진주 귀고리 소녀는 어떻게 생겼을까. 베르 어쩌구 하는 화가가 그렸다고 했다. 인터넷 검색창에 진주 귀고리만 쳐도 관련된 그림과 화가의 이름이 쫙 뜰 거다. 상담소에 머물러 있지만 문을 두드리는 이가 없다. 막연히 기다릴 수만은 없어 문을 닫았다. 푸조에 올라 오랜만에 드라이브를 하기로 한다. 바깥세상에서는 늘 졸린데 세컨드 라이프 세계에서 드라이브 할 때에는 아니다. 잠은 근처에도 얼씬거리지 않는다. 더군다나 비너스가 오기 전에 잠시 눈을 부친 덕을 톡톡히 보는 것 같다.

바깥세상은 깜깜한 밤일 터인데 이곳은 대낮처럼 밝다. 이면도로를 벗어나 10차선 도로에 들어선다. 이젠 운전에 자신 있다. 망설임 없이 1차선으로 달린다. 길은 넓게 뚫려 있고 달리는 차도 드물어 한껏 속도를 내서 달린다. 주변을 볼 여유가 없는 것이 아쉽다면 아쉽다. 오래 전에 자동차 경주 게임을 할 때처럼 한껏 속도를 내서 달린다. 차선이 휙휙 다가오는가 싶다가 양 옆으로 갈라지며 지나간다. 옆에서 굉음을 내며 빨간 차가 지나간다. 얼마나 빨리 지나가는지 푸조가 좌우로 심하게 흔들린다. 빨간 차를 따라잡아야겠다. 액셀을 힘껏 밟는다. 차에 가속이 붙는다. 빨간 차에 가까워진다. 빨간 차가 뒤따라오는 것을 알아챘는지 더 멀리 달아난다. 저 차를 추월하고야 오늘 잠이 올 것 같다. 계속 액셀을 깊숙이 밟는다. 빨간 차를 제쳤다. 지나치며 운전자를 흘끗 본다. 그러고 보니 운전자 옆에 여자가 타고 있다. 둘 다 얼굴을 반쯤 가릴 만큼 알이 큰 선글라스를 쓰고 있다. 드라이브 겸 데이트를 즐기는 모양이다. 빨간 차와 앞서거니 뒤서거니를 반복했다. 차의 성능으로는 빨간 차를 따라잡을 수 없을 것 같다. 앞서가다가도 빨간 차에 번번이 추월당했다.

아마도 운전자가 옆에 있는 여자와 무슨 말을 주고받을 때에만 가까스로 빨간 차를 따라잡은 것 같다. 광활한 도로를 혼자 달리는 것보다 다른 차와 엇갈려 달릴 수 있어 드라이브의 묘미를 만끽한다. 빨간 차가 잠시 갓길에 선다면 같이 세우고 이야기를 나누고 싶을 정도였다. 빨간 차는 멈출 생각이 없는가보다. 속도를 냈다 줄였다를 반복하면서 달리기만 한다. 하긴 옆의 여자와 드라이브를 즐기는데 끼어줄 리 없다.

빨간 차를 쫓다보니 한번도 가보지 않은 낯선 길을 달리고 있다. 멀리 성城이 길 끄트머리에 웅장한 자태로 우뚝 서 있다. 성의 첨탑은 길고 뾰족해서 하늘을 찌를 듯하다. 빨간 차는 마치 그들 자신의 성을 향하여 달리는 것 같았다. 길은 어느 곳에서부터인가 왕복 4차선 도로로 좁혀져 있다. 방심한 사이 빨간 차가 저 멀리 앞서 달린다. 세라도 그 뒤를 쫓는다. 그런데 도로 가장자리에는 아무것도 없다. 안개로 병풍을 두른 것처럼 보인다. 건물도, 자연 풍경도 아님 어떤 생물체라도 보였으면 했는데 온통 안개뿐이다. 어느 순간 안개에 덮일지도 모른다. 이대로 안개에 갇히는 것은 아닐까. 불안하다. 차의 속도를 줄이고 고개를 돌려 안개를 흘깃흘깃 보며 운전한다. 안개는 마치 폭포가 흘러내리듯 위에서 아래로 흐른다. 안개 뒤로 무언가 언뜻언뜻 실루엣이 보이는 것도 같았다. 연무인지 농무인지 여하튼 짙은 안개에 가려서 안개 너머의 풍경이 가려져 있는지도 몰랐다.

안개 사이를 뚫고 드라이브를 하는 맛은 색다르다. 마치 안개터널을 지나는 기분이다. 잠시 불안했던 마음이 포근함으로 다가온다. 다시 정면을 응시하며 속도를 내기 시작한다. 빨간 차는 시야에 없다. 속도를 늦추는 사이 멀찌감치 달아나 있는 모양이다. 멀리 보이는 성은 아직 그 모습 그대로다. 액셀을 힘껏 밟는다. 차가 속도를 내기 시작했다. 도로 가장자리뿐만이 아니라 앞도 안개로 덮여 있다. 성은 구름 위에 떠 있는 모습으로 비친다. 안개 때문인지 길이 끊긴 것처럼 보인다. 마치 앞에 가파른 절벽이 나타날 것처럼. 그녀는 순간 브레이크로 발을 옮긴다. 길이 나타난다. 그녀가 달린 거리만큼 길은 계속 이어진다. 다시 액셀을 밟는다. 길은 끊일 듯 끊일 듯, 하지만 길은 계속 앞으로 뻗어 있다. 그녀는 짙은 안개 때문일 거라며 계속 달린다. 액셀을 최대한 깊숙이 밟았다. 한참을 달렸다. 빨간 차가 보일만도 한데 보이지 않는다. 그들은 이미 성에 도착한 걸까.

정면을 응시한다. 성은 아직도 저 멀리에 있다. 계속 달렸는데 도무지 가까워진 것 같지 않다. 달리다 또 성이 있던 곳을 본다. 성이 보이지 않는다. 그녀는 고개를 세차게 흔든다. 다시 성이 있던 곳을 본다. 성이 보인다. 저 멀리에. 부지런히 달렸다. 길을 보며 달리는 것이 아니라 성을 보며 달린다. 성은 조금도 가까워지지 않는다. 거리가 좁혀지지 않는 것이 문제가 아니다. 가끔 성이 보이지 않는다. 마치 사막에서 오아시스를 보고 달려가면 오아시스는 없고 다시 저 멀리 오아시스가 나타나는 신기루처럼 말이다. 가도 가도 끝이 보이지 않는 길. 목적지인 성이 도저히 가까워지지 않는 길. 머리가 아파온다. 피로가 덩달아 몰려온다. 갓길에 차를 세운다. 꼭 성에 도착하고 싶지만 이젠 포기해야 할 것 같다. 빨간 차라도 보인다면 생각이 바뀔지도 모르지만 말이다. 이쯤에서 그만두자 언젠가 기회가 올 거다. 세컨드 라이프 입구까지 자동운전을 선택한다. 차가 차선을 하나씩 바꾸어 1차선으로 들어선다. 이제 차는 유턴 지점을 찾아갈 거다.

세컨드 라이프 세계를 빠져나오자마자 그녀는 인터넷 검색창에 '진주 귀고리를 한 소녀'를 쳤다. 검색란을 클릭한다. 예상대로 진주 귀고리로 시작하는 것들이 화면 가득 찬다. 맨 위는 '진주 귀고리를 한 소녀'라는 제목의 영화가 뜬다. 영화도 있었나. 트레이시 슈발리에의 소설 『진주 귀고리 소녀』를 바탕으로 피터 웨버가 감독한 영화라고 소개한다. 소설가는 베르메르의 명화 〈진주 귀고리를 한 소녀〉를 보고 이야기를 구성했다고 한다. 그림 한 점 안에 소설이 들어 있던 셈이다. 소설 속 진주 귀고리 소녀의 신분은 하녀다. 네덜란드 델프트. 16세 소녀 그리트는 아버지가 사고로 시력을 잃자 화가 베르메르 집의 하녀로 들어간다. 베르메르의 작업실을 청소하기 위해 방에 들어선 순간 그리트는 다른 세상에 온 것만 같은 말할 수 없는 감동을 느끼게 되고 그런 그리트를 본 베르메르는 신선한 영감을 얻게 된다. 베르메르는 그리트에게 색을 보는 법과 만드는 방법을 가르쳐주면서 가까워지고 그리트를 모델로 한 명화가 완성된다. 배경에 주인인 화가와의 허락될 수 없는 사랑이 그려진 영화라고 쓰여 있다. 진주... 제목은 카페, 블로그, 소설웹 등의 사이트마다 떠 있다. 그림 속의 진주 귀고리를 한 소녀의 모습이 궁금하다. 명화에 커서를 옮겨 더블클릭한다. 그림이 확대된다. 어디선가 본 그림이다. 그러고 보니 레스토랑에 걸린 그림이다. 물론 원작일 리는 없고 복사본이지만 말이다. 늘 걸려 있었을 터인데 눈여겨본 적이 없다.

명화 밑에는 그림에 대한 설명이 장황하게 쓰여 있다. 그녀는 미술에 대해 문외한이다. 도움이 될까 싶어 설명을 꼼꼼히 읽어나간다. 어두운 배경 덕분인지 얼굴이 도드라져 보인다. 해설에는 눈동자와 입술과 진주 귀걸이. 세 부분이 빛나 보인다고 한다. 설명을 읽어서일까. 설명에

눈높이를 맞추려 하고 있다. 미술 감상을 하려고 검색한 게 아니다. 설명을 마저 읽지 않는다. 그냥 어떤 모습일까만 보기로 한다. 가장 먼저 눈에 들어오는 것은 소녀의 커다란 눈이다. 시선을 아래로 향하게 두고 어느 한 곳을 응시하고 있다. 어딘지 모르게 연민에 찬 눈빛이다. 서양 여자인 것을 감안한다면 콧날은 그리 높아 보이지 않는다. 눈처럼 돋보이는 곳은 도톰한 입술이다. 입술은 약간 벌어져 있다. 하지만 벌어진 입보다는 눈망울로 무엇을 이야기하려는 것 같아 보였나. 얼굴은 창백한데 입술은 붉게 빛난다. 제목답게 귀에 진주 귀고리가 걸려 있다. 머리에는 파란 터번을 두르고 있다. '북구의 모나리자'라고 불린다고 했다. 다빈치의 모나리자와는 판이하게 다르다. 다빈치의 모나리자는 신비한 미소를 지니고 있고 예쁘다고는 할 수 없어도 고귀해 보인다. 진주 귀고리의 소녀는 아무리 들여다보아도 예쁜 얼굴은 아니다. 귀품 있어 보이지도 않는다. 터번을 둘러서인지 얼굴이 갸름해 보이지 않는다. 오히려 둥근 편에 가깝다. 그림 속 소녀와 닮았다는 여자의 무엇에 비너스가 이끌렸는지 의아할 정도였다.

레스토랑에 출근하자마자 지난 밤 검색했던 그림이 맞는지 확인하려고 그림을 보았다. 똑같은 그림이다. 이렇게 가까이 걸려 있는 것이 명화인 줄 몰랐다. 레오나르도 다빈치의 〈모나리자〉 못지않은 북구의 모나리자라고 한단다. 모나리자라는 말에 맞춰 자꾸 보니 미소가 모호한 것도 같다. 등 뒤에 꽂히는 시선이 느껴져 고개를 돌린다. 부지배인과 눈이 마주친다. 매의 눈을 하고 그림을 보려고 한 건 아닐 거다. 연수반을 준비부터 안 한다고 눈총을 주는 거다. 종업원들은 다 출근하지 않았다. 다른 사람이 출근할 때까지 기다리면서 그림을 본 거다. 자유로운 시간까지 간섭하려 들다니. 부지배인 때문에 아침부터 기분이 엉망진창이 되어버렸다.

점심시간이 한바탕 지나니 슬슬 불안해진다. 어제처럼 부지배인이 그놈의 '나 좀 잠깐 보지'라고 하지 말아야 할 텐데. 교대로 식사를 할 시간은 점점 다가온다. 닥치면 닥치는 수밖에. 화장실에 들른다. 여러 번 손을 씻는다. 화장실 문을 열고 나온다. 문 앞에 부지배인이 서 있다. 분명 그다. 어제처럼 착시가 아니다.

"나 좀 잠깐 보지."

오늘은 네놈이 무슨 짓을 해도 못 본 체할 거다. 은밀한 곳을 보면 네놈이 그곳을 도을 픈고 쏘아줄 거다. 꼭 해낼 거다. 그녀는 마음을 단단히 먹고 그의 뒤를 따른다. 역시 식품 보관 창고다. 그가 문을 열자 어제처럼 찬바람이 얼굴에 훅 닿는다. 마음을 단단히 먹어서인지 여느 때처럼 긴장되지 않았다. 그가 그녀 앞에 섰다. 그녀는 고개를 들고 그를 똑바로 쳐다본다. 부지배인이 흠칫 놀란다. 당황해하는 기색이 역력하다. 그는 눈을 어디에 둘지 모르는 것 같다. 그녀는 속으로 회심의 미소를 짓는다. '이제 네놈은 이 짓거리를 못할 거다!' 환호하고 싶지만 속으로만 큰소리칠 수밖에 없다.

"스파게티 한 상자 들어요. 난 케첩 캔이 든 상자를 들어야 하니까."

주방보조도 아닌 부지배인이 웬 케첩을. 어제 주방보조가 케첩을 들고 나가는 것을 분명히 보았다. 오후 늦은 시간에 가져간 케첩을 벌써 다 썼을 리 없다. 설사 그렇다 해도 그 일은 보조가 할 일이다. 그는 이 어색한 상황을 모면하려는 것이다. 그녀는 아무것도 모르는 척 스파게티 상자를 든다. 가벼울 줄 알았는데 무겁다. 주방까지 나르고 나면 몸에 남아 있는 힘이 다 빠져나갈 것 같다. 그가 무거운 케첩 상자를 들고 앞서나간다. 스파게티를 주방에 가져가면 도로 창고에 갖다놓아야 할지 모른다. 그녀는 들었던 상자를 도로 내려놓는다. 그는 주방으로 가져간 케첩을 어디에 놓았을까.

레스토랑 안으로 들어서면서 부지배인을 보았다. 부지배인과 눈이 마주쳤다.

"스파게티 상자는 왜 안 가져왔어?"

그녀는 당황했다. 정말 스파게티가 필요해서 그가 불렀던 건가.

"아, 가져올게요."

말은 쉽게 했지만 발걸음은 무겁다. 상자 무게가 만만치 않았다. 식품보관 창고로 다시 간다. 바닥에 내려놓았던 상자를 도로 든다. '하필 왜 나야. 내가 제일 만만해.' 부지배인 얼굴을 떠올리며 오기로 들고 나왔다. 주방에 갖다준다. 주방의 누구도 그녀가 상자를 내려놓는 것에 관심이 없다. 힘이 쭉 빠진다. 다리도 후들거린다. 때맞추어 부지배인이 식사를 하려고 주방을 지난다. 그와 마주치다니. 그가 매의 눈으로 쏘아보는 것 같다. 아니다. 그가 싫어서 혼자 그렇게 느끼는 것인지 모른다. 부지배인과의 사이에 있었던 일이 모두 환청이거나 환각일 수도 있다. 혼란스럽다. 전에는 이런 일이 없었다. 거슬러보면 세컨드 라이프 세계의 시민이 되고부터다. 일이 꼬이기만 한다. 하루에도 수없이 그만두고 싶은 생각이 불쑥불쑥 든다. 비너스를 생각하자 오늘 또 들른다고 했었지. 오늘 그는 고백을 했을까. 아직 못했을지 모른다. 용기가 부족하면 어두어지길 기다릴지 모른다. 어떻든 그가 상담소를 찾았을 때에 그의 입에서 고백했다는 말을 듣고 싶다.

11

비너스의 고백

피곤하다. 잠이 자꾸 몰려온다. 그제처럼 잠자는 모습으로 비너스를 맞지 않으려고 안간힘을 쓰며 잠을 쫓아내고 있다. 비너스는 아직 나타나지 않는다. 어제처럼 나타나지 않을지 모른다. 친구끼리 술을 주거니 받거니 하다 만취했거나, 야근을 했는지 모른다. 오늘도 나타나지 않으면 내일은 기다리지 않을 거다. 아니다. 생각과 달리 또 오늘처럼 기다릴 거다. 특별히 할 일도 없으니까. 잠이 악마처럼 달려든다. 잠들지 않더라도 눈만이라도 감고 있으면 피로가 조금은 풀릴 거다. 눈을 감는다. 눈까풀이 무겁게 눈을 덮고 있지만 귀는 활짝 열어두고 있다. 아니 문에 촉수를 뻗고 있다. 멀리서 들리던 발자국 소리가 문 앞에서 멈추거나, 누가 문을 두드리면 곧바로 눈을 뜨고 허리를 곧게 세울 거다. 밖은 고요하다. 잠든 건 아니겠지. 자면서 이런 생각을 하는 사람은 없다. 깨어 있는 거다. 눈을 뜬다. 조금 전까지도 눈꺼풀이 무거워 들어올리지 못할 줄 알았는데 가볍게 떠진다. 언뜻 그림자가 스친다. 그녀는 소스라치게 놀란다. 비너스가 실내를 서성이고 있다.

"이런, 또…."

세라가 미안해하며 말을 얼버무리자 비너스가 도리어 미안해한다. 어제 약속을 못 지켜서 오늘은 기대도 않고 그냥 들러봤다고 한다. 상가 아래에서 상담실을 올려다보았다. 창문으로 불빛이 새어나와 얼마나 반가웠는지 모른다. 마치 구원의 빛을 보는 것 같았다. 오늘 상담실을 열고 있어 고맙다는 말을 덧붙인다.

"어제나 오늘, 이틀 간이니 뭔가 일이 잘 되었겠지요?"

비너스가 소파에 와서 앉는다. 비너스의 옷차림이 평소와 다르다. 검은 바지와 재킷의 정장차림이다. 보라색 머리카락이 아니었으면 쉽게 알아보지 못했을 정도다. 어제보다 더 굳은 표정을 짓고 있다. 비너스가 사실은 그보다 더 자신에게 근원적 문제가 있다고 말한다. 누구에게도 감히 털어놓지 못한 문제라 한다. 누구에게가 아니라 들어줄 친구 하나도 갖고 있지 못하다. 세라에게 말을 할 수 있는 건 아마도 비너스라는 가면이 있기 때문일 거라며 이야기를 시작했다.

비너스는 소리에 대한 노이로제 증세가 있다. 하나는 문고리 소리에 과민하게 반응한다. 다른 하나는 귀신 소리보다 더 소름이 돋게 하는 어머니의 발자국 소리이다. 실내에서 조용히 걸어오는 발자국 소리는 대개 웬만한 소음에 묻힐 만한데 자신의 귀에는 마왕의 걸음걸이처럼 쾅쾅 울림으로 다가온다. 다른 어떤 소리도 어머니의 발자국 소리보다 더 강하게 들려오는 소리는 없다. 어머니의 발자국 소리가 들려오기 시작하면 몸에 있는 모공이 일제히 돋기 시작한다. 그는 일생의 반만 살아가고 있다. 반이 아니라 껍데기만 자신으로 살아간다. 집에서 기르는 고양이나 강아지보다 못한 삶이다. 특히 날짜가 홀수인 날만 돌아오면 흔적도 없이 어디론가 사라지고 싶다. 홀수인 날엔 일을 마치면 곧바로 집에 가야 한다. 마트에 십 분 정도 들르는 것도 허용되지 않는다. 집에서 시간을 재듯이 기다리고 있는 어머니 때문이다.

어머니의 기다림이 시작된 것은 초등학교 때부터다. 초등학교 일학년 때에는 교문 밖에서 늘 기다렸다. 처음 학교에 입학할 때 어머니의 손을 잡고 학교에 갔다. 입학 후 얼마간 학교 강당이나 운동장에서 간단한 율동과 노래를 하는 교과과정이 있다. 딱딱한 공부만 하는 곳이 아니라 학교생활은 즐거운 것이다, 라는 생각이 들 정도였다. 돌이켜보면 학교생활을 즐겁게 시작하게 한다는 뜻도 있고 잘 적응시키기 위한 일종의 워크숍인 셈이었다. 어머니는 한눈팔지 않고 시작부터 끝까지 늘 자신의 움직임을 지켜보았다. 뭐 그때는 대부분의 엄마들이 그렇게 했으니까. 당연히 그런 줄 알았다. 그 과정이 지나고 교실에 들어가 공부하기 시작했다. 그 무렵이 되면 엄마들은 등교까지만 동행한다. 물론 직장생활을 하는 엄마들은 율동과정도 지켜보지 못한다. 집에서 살림만 하는 엄마들도 수업을 마치면 소수만 교문에서 자기 자녀를 기다린다. 그 소수의 엄마들 틈에 비너스 어머니가 있었다. 일학년 1학기가 끝나갈 무렵에도 어머니는 교문에서 자신을 기다렸다. 2학기가 되자 모든 엄마들은 교문에 서 있지 않았다. 자신의 어머니만 꿋꿋하게 교문 기둥 옆에 서서 기다렸다. 장소도 바뀌지 않았다. 운동장에서 보아 교문 오른쪽에서 서 있다. 수업이 끝나면 담임선생님이 교문까지 아이들을 데리고 하교시킨다. 교문 앞 횡단보도에서 아이들이 무사히 건너는 것을 지켜보고 교실로 돌아간다. 어머니가 굳이 교문 앞에서 기다릴 이유가 없었다.

"어머니 이렇게 매일 안 오셔도 됩니다. 횡단보도에 무사히 건너도록 제가 바래다주니까요."

담임선생님은 아이가 스스로 자기 안전을 지킬 수 있게 해주어야 한다고까지 말했지만 어머니는 흔들리지 않았다. 그 후로 여러 번 같은 말을 어머니에게 했지만 소용이 없었다. 하교하러 운동장으로 나오면 그는 교문부터 쳐다보았다. 어머니는 장승처럼 항상 서 있었다. 교문을 나오자마자 어머니는 자신을 손을 잡고 횡단보도를 건넜다. 갑자기 비가 내리는 날에는 어머니는 우산을 들고 회심의 미소를 지으며 그 자리에 있었다. 그는 갑자기 내리는 비를 맞더라도 친구들과 같이 하교하고 싶었다. 친구들과 어울릴 기회가 없었다. 하굣길에 문구점에 들러 뽑기도 하고 두더지를 때려잡으며 친구들과 한껏 떠들고 싶었다. 길에 뒹구는 돌멩이를 함께 걷어차기도 하고 전봇대에 누가 먼저 손을 터치하나 달리기도 하고 싶었다. 기다림은 초등학교 3학년이 되자 멈추었다. 3학년 때 담임이 남자 선생님이었는데 어머니에게 화를 내다시피 나무랐다. 자녀를 지나치게 과잉보호하는 어머니는 유명인사가 되어 있을 터였다. 어머니의 비정상적인 사랑에 대해 선생님들 사이에 입소문이 나 있었을 것이었다. 어머니가 담임에게 야단맞다시피 모욕을 당하고 있을 때 얼마나 속이 후련했는지 잊을 수가 없다. 막 웃고 싶었지만 어머니를 의식해서 가까스로 참았다. 집에 도착하자 어머니는 내일부터 학교에서 기다리지 않겠다. 학교 끝나는 시간과 집까지 걸어오는 시간을 알고 있으니 곧장 집으로 와야 한다. 엄마와 약속하자며 어머니는 새끼손가락을 내밀었다. 그는 어머니가 학교에 나타나지 않는다면 천 번이라도 새끼 손가락을 걸 수 있었다. 다음날 공부를 마치고 운동장에 나며 교문을 쳐다보았다. 어머니가 보이지 않았다. 날아갈 듯이 기뻤다. 탱탱볼처럼 제자리에서 뛰었다. 선생님이 은은한 미소를 띠며 그를 보았다. 선생님에게 무작정 인사를 자꾸 했다. 선생님의 배웅을 받으며 교문을 나서는 기쁨은 남달랐다. 어머니와의 약속을 지키려고 한눈팔지 않고 곧장 집으로 갔다. 어머니는 이젠 교문이 아닌 대문 앞에 서 있었다. 집이 있는 골목에 들어서자 어머니가 보였다. 어머니가 두 팔을 벌린다. 어머니를 향해 달려갔다. 어머니가 그를 안고 얼굴에 뽀뽀를 마구 했다. 그렇게 3학년 한해가 갔다.

4학년 때, 어린이날 기념행사로 학교에서 반 대항 피구대회가 있었다. 선수를 뽑아서 대회를 하는 것이 아니라 반 구성원 전원이 참여하는 대회다. 담임도 적극적이었고 친구들도 옆반에 질 수 없다며 수업이 끝난 후 피구 연습을 하였다. 학교에서 하는 행사라 당연히 어머니가 이해할 줄 알았다. 저녁때가 되어서야 집에 도착했다. 골목에 들어서도 어머니가 서 있을 거라 생각을 못했다. 멀리 어머니의 실루엣이 보였다. 운동을 많이 해서 지치기도 했고 어머니가 팔을 벌리지 않고 있어서 천천히 걸어갔다. 그를 마주한 어머니는 아무것도 묻지 않고 말없이 그의 귀를 잡고 질질 끌듯이 화장실로 데려갔다. 샤워기로 물을 뿌려 적신 뒤 사정없이 때렸다. 한번도 매를 든 적이 없어서 그는 아픈 것 못지않게 정신적으로 충격을 받았다. 태어날 때부터 어머니와 단 둘이 살아왔다. 어머니가 이혼을 한 것인지. 아버지가 일찍 돌아가셨는지 어머니는 말해주지 않았다. 어머니는 늘 그가 다칠세라 다독여주고 말만 꺼내면 무엇이

든 다 들어줄 것처럼 대했다. 그러던 어머니가 아무 말 없이 때리기만 했다. 잘못했다고 빌면 때리던 것을 멈출 수 있다는 것을 암시하지도 않았다. 그러다 어머니는 때리는 것을 멈추었다. 아마도 팔에 힘이 다 빠져나간 때문일 것이었다.

"대문에서 3시간이 넘도록 서 있었다."

어머니는 그 말만 했고 왜 늦었는지 묻지 않았다. 그도 변명 따위를 하고 싶지 않아 입을 닫고 말았다. 그날 저녁은 어머니도 그도 굶었다. 아프기도 하고 온몸에 힘이 빠져 침대에 널브러져 있었다. 어머니가 슬리퍼를 끌며 그의 방문손잡이를 돌리고 들어왔다. 그는 어머니가 들어온 것을 모르는 척 눈을 감고 있었다. 어머니는 바지를 내리더니 벌겋게 부어 있을 아님 피멍이 들었을 엉덩이에 얼굴을 대고 한참을 있었다. 어머니의 입에서 나오는 날숨이 부어 있는 살을 통해 전해졌다. 얼마간의 시간이 흘렀고 어머니는 무슨 연고를 엉덩이에 발랐다. 늦으면 왜 늦게 되는지 미리 말해야지, 나직이 어머니는 말했다. 그 위로 물방울이 떨어졌다. 서서 기다릴 어머니를 위해 집에 전화를 했어야 했다. 어머니의 눈물이라 생각하자 그의 눈에서도 눈물이 주르르 흘러내렸다. 어릴 때의 자극은 무척이나 강하다. 그 후로 고등학교에 갈 때까지 한번도 어머니와 약속을 어기지 못했다.

사춘기에 접어들 무렵, 어머니가 조용히 할 얘기가 있다면 방에 들어왔다. 이젠 대학에 들어가기 위해 공부에 전념할 때이다. 그럴 리 없겠지만 여자 친구는 대학에 입학한 후 사귀도록 해라. 어머니 앞에 있으면 그는 아무 말도 못한다. 어릴 때의 기억은 질기다. 단 한번 맞은 일이 이렇게 5년이 넘도록 영향을 미치는지 몰랐다. 키가 어머니보다 20센티미터는 더 컸어도 어머니가 냉정한 얼굴로 말하면 감히 어길 생각을 못했다. 어머니가 사랑하는 내 아들하며 포옹하더니 얼굴에 뽀뽀를 하고 나갔다. 이제 그는 턱에 가슬가슬한 수염이 솟고 음모도 꼬불꼬불 나오고 있었다. 다 큰 아들에게 서슴없이 뽀뽀를 하고 포옹하는 어머니가 싫어지기 시작했다. 여자 친구 한번 만들어서 어머니의 속을 뒤집고 싶은 생각이 가슴으로부터 불쑥 치밀어올랐다. 어머니가 초등학교 4학년 때처럼 때리지 못하리라는 생각도 한몫을 했다. 이제 그는 어머니보다 덩치도 크고 어머니가 휘두르는 팔도 막을 힘이 있다고 생각했다. 어머니는 그때까지 골목에서 그가 오기를 기다리는 일을 계속하고 있었다. 골목 입구에서 여자 친구와 가볍게 손을 흔들며 헤어지는 장면만 보여주어도 충분한 시위가 될 터였다.

어머니 앞에서 뭔가 보여주겠다고 결심을 했지만 행동으로 옮기기에는 바탕에 깔려 있는 두려움이 있었던 거다. 하루 이틀 미루게 되었다. 어머니라는 거대한 벽을 무너트리는 일이 쉽지 않았다. 벼르기만 한 달여 했다. 이번에 어머니를 넘지 못하면 영영 어머니에게 복종하며 살아야 한다. 뛰어넘어야 한다. 매일 매일 다짐이 드디어 큰힘을 이루어냈다. 반에서 인정이 많기로 소문이 난 미화 담당 여학생에게 부탁이 있다며 꼭 들어주어야 한다고 말을 걸었다. 하굣길에 집 앞까지 함께 가줄 것을 간청했다. 그 여학생은 별 어려운 일도 아니라며 흔쾌히 부탁을 들어주었다. 집까지 걸으며 이런저런 사소한 이야기를 주고받았다. 뭐 남이 보면 사귀는 줄 알겠다느니. 그래도 그는 괜찮지만 여자는 거리낄 수 있다느니, 여학생은 친구끼리 길에서 포옹도 할 수 있는데 길 하나 걷는 게 뭐 어떠냐면 말을 받았다. 마음씨는 고운데 외모가 자기네 스타일이 아니라고 친구들이 했던 말을 곱씹으며 여학생을 보았다. 얼굴이 둥글고 귀엽기만 했다. 오물오물 말하는 입에서 끊임없이 이야기가 나왔다. 그는 집까지 함께 가자고 부탁했지만 길을 걷는 내내 여학생을 지루하게 하면 어떻게 하나가 가장 큰 문제였다. 여학생이 계속 조잘거리자 모든 우려가 사라지고 그녀의 입이 사랑스러웠다. 어느덧 골목 어귀에 이르렀다. 어머니에게 보여주고 인사를 할 시간이 다가온 것이다. 헤어지기 싫었다. 매일 그녀와 같이 집까지 걸었으면 좋겠다는 생각을 했지만 그녀에게 말하지 못했다. 골목 끝 집 앞에 어머니의 모습이 비쳤다. 그는 그녀에게 가볍게 손을 흔들며 헤어졌다. 어머니가 늘 하던 대로 양팔을 벌리지 않을 게 뻔했다. 그냥 무시하기로 했다. 어머니에게서 찬바람이 쌩 불었다. 어머니는 앞서서 집안으로 들어갔다. 어머니가 매를 들더라도 절대 이번에 굽히면 안 된다고 되뇌었다.

집에 들어서자 곁눈으로 어머니 눈치를 살폈다. 어머니가 방에 들어가 꿈쩍도 안 했다. 난리가 벌어질 줄 알았는데 조용하니까 공연히 더 두려웠다. 가만히 어머니 방 앞에 가서 귀를 기울였다. 방에서는 어머니의 숨소리조차 들리지 않았다. 불안해지기 시작했다. 거실을 서성이다 불길한 예감이 스쳤다. 무작정 어머니 방문을 열었다. 어머니는 방 한가운데 무릎 꿇고 앉아서 칼로 허벅지를 스윽스윽 베고 있었다. 선홍색의 핏방울이 허벅지를 타고 내려와 방바닥에 고여 있었다. 얼마나 베고 있었는지 양쪽 허벅지가 모두 피로 덮여 있었다. 이것저것 생각할 겨를도 없이 어머니에게서 칼을 뺏어들었다. 그리고 무조건 항복을 하고 말았다. 그 후론 어머니의 말에 아니오, 의 아 소리도 내지 못했다. 어머니에게 복종을 잘했지만 공부에는 관심이 없었다. 어머니도 성적이 오르지 않는 부분은 어찌할 수 없었다. 어머니가 홀로 키우기 때문에 경제적인 어려움도 있고 취업도 쉽다고 해서 전문대에 외식 관련 학과에 입학했다.

대학에 입학하자 어머니는 데이트 신청을 하기 시작했다. 마치 연인과 산책을 하듯이 어머니는 그와 함께하는 시간 내내 무척 즐거워했다. 어머니와 외식하고 영화를 보았다. 어머니는 하루 종일 아들과 어떻게 데이트를 할까 계획을 짜는 것인지 데이트의 장소와 방법이 매번 달랐다. 애인이 생긴다고 해도 어머니와 했던 데이트를 다 못할 것 같다. 가끔 여자 친구가 있냐며 자신의 마음을 엿보기도 한다. 여자와 사귈 틈도 안 주면서. 여자 친구가 없기를 간절히 바라는 게 눈에 보였다. 데이트하면서 어머니는 사소한 스킨십을 해왔다. 손을 잡고, 볼을 살짝 건드리고, 도깨비집에 들어가서는 무섭다며 안기었다. 그 후로 스킨십은 더 자주 일어났다. 볼에 뽀뽀하는 횟수가 빈번해졌다. 초등학교 때부터 해오던 뽀뽀라 거부감은 없었다. 수염이 거뭇하게 올라오고 있어도 어머니는 전혀 개의치 않는 눈치였다. 그러던 어느 날, 그는 과 친구들과 술자리를 하게 되었다. 늘 그랬던 대로 어머니에게 사전에 허락을 받기 위해 전화를 했다. 곧장 집으로 돌아오랄 줄 알았는데 어머니가 흔쾌히 허락을 했다. 그는 모처럼 자유를 만끽하며 술을 마셔 만취가 되어 돌아왔다. 어떻게 집까지 왔는지 기억이 나지 않았다. 물론 방에 들어와 침대에 누운 기억도 없었다. 새벽녘에 몽정을 한 후 잠에서 깼다. 무거운 머리를 들어올리다 옆에 누워 있는 어머니를 보고 소스라치게 놀랐다. 더 놀라울 일은 어머니와 알몸으로 같은 이불을 덮고 있다는 것이었다. 살갗이 모두 갈기갈기 찢기어 솟아오르는 것 같은 전율이 일었다. 그는 어떻게 대응해야 할지 어찌할 바를 몰랐다. 그냥 눈을 감고 꼼짝도 할 수 없었다. 신열이 있는 것처럼 몸이 떨렸다. 침대에 진동이 느껴질 정도였다. 진동 때문에 어머니가 깼을 것이다.

"괜찮아, 괜찮아."

어머니는 자장가를 부르듯이 가슴을 도닥이며 말했다. 어머니가 스르르 침대를 빠져나간 후 어떻게 어머니를 얼굴을 볼지 난감했다. 한 시간이 지나고 등교할 시간은 다가오고 있었다. 노크 소리가 들렸다. 어머니는 아무 일도 없었다는 듯이 학교 갈 준비를 해야 하지 않느냐고 독촉했다. 평상시의 말투로. 그는 옷을 주섬주섬 챙겨 입고 거실로 나갔다. 옷이란 것은 참으로 묘하다. 옷이 몸만 가려주는 게 아니었다. 옷을 입으니 신기하게 한 시간 전에 알몸이었던 일이 어느새 감쪽같이 감추어졌다. 늘 하던 대로 샤워를 하고 어머니와 아침을 먹었다.

정신이 또렷한 어느 날 어머니는 그의 방에 들어와 그의 옷을 벗겼다. 어머니의 손은 생활비를 버느라 수세미처럼 거칠었다. 그 억센 손으로 유리그릇이 깨질세라 조심스레 설거지하듯이 그의 몸을 부드럽게 어루만졌다 두 손으로 어머니를 밀쳐야 하는데 손은 이미 굳어 있었다. 낯선 전율이 느껴졌다. 전율을 억누르려고 필사적으로 눈을 허공에 두었지만 허사였다. 방의 가구도 쳐다보고 책장의 책들을 쳐다보아도 의식을 날려버리지 못했다. 하는 수 없이 눈을 감았다. 죄책감이 회오리처럼 요동쳤다. 죄책감을 느끼는 사이사이 숨소리가 거칠어졌다. 어머니의 숨소리도 절정을 향해 달려가듯이 헐떡였다. 또 죄의식이 밀려왔다. 거친 숨소리와 죄의식이 교대로 오고갔다. 그렇게 얼마쯤 지났을까. 어머니는 통렬히 작렬하듯 괴성을 질렀다. 숨소리는 이내 잦아들었다. 어머니는 눈을 감고 있는 그의 얼굴을 어루만지며 '미안하다'라고 말하고 한동안

흐느꼈다. 땀인지 눈물인지 모를 물방울이 그의 가슴팍에 떨어졌다. 그의 가슴도 죄의식과 연민으로 아팠다.

그 후, 어머니는 아주 자연스럽게 방으로 들어왔다. 이때만은 노크를 안 한다. 그를 침대에 누이고 애무하기 시작했다. 그는 그때마다 눈을 어디에 두어야 할지 난감했다. 그저 가만히 눈을 감고 어머니에게 몸을 맡겼다. 괴롭기만 했는데 본능적으로 어머니의 몸에 들어갈 준비가 되고, 때가 되면 어머니는 주도적으로 자신의 몸에 아들을 받아들였다. 한참의 흔들림이 끝나고 어머니는 아무렇지도 않게 그의 이마에 뽀뽀를 하고 방을 나갔다. 날이 갈수록 어머니가 그의 방을 찾는 횟수가 잦아졌다. 어머니의 손놀림도 더 리드미컬하고 강해졌다. 어머니가 자신을 애무하면 그는 눈을 감고 만화책의 여주인공을 떠올렸다. 어머니의 모든 움직임이 만화 속 여주인공으로 대체되었다. 괴로움에서 벗어나게 되었고 얼마간은 자신의 숨소리도 가빠졌다. 그의 숨소리가 거칠어지자 어머니는 살쾡이처럼 기이한 신음소리를 냈다. 참으로 알 수 없는 것은 자신의 마음이다. 추악하고 역겨웠던 어머니가 점점 가엾어졌다. 하루 일로 지친 어머니의 몸을 안마해주듯이 어머니의 욕구를 들어주는 것은 마음을 마사지해주는 것이라고 자신을 위안했다. 이제 이 짓을 받아주는 것이 군복무기간을 빼고 5년이 훌쩍 넘었다. 아무리 어머니가 가련해도 이젠 벗어나고 싶다. 더군다나 마음에 드는 여자를 찾았다. 여자에게 다가가야 하는데 다가가는 방법을 모른다. 다가가기 전에 먼저 어머니와의 관계를 정리하는 것이 여자에게 다가가는 첫 과정임은 안다. 어머니가 다가오면 눈 딱 감고 세차게 밀어낼 거다.

비너스가 말을 멈추었다. 이제 지나간 이야기는 모두 마친 모양이다. 세라는 지금껏 도저히 상상할 수도 없던 이야기를 듣고 패닉 상태에 빠졌다. 아버지가 딸을 성폭행한다는 이야기는 특히 양아버지일 경우 종종 들어왔다. 친부가 그 짓거리를 하는 것은 상당히 드물었다. 그런데 어머니가…. 모성애는 부성애를 훨씬 뛰어넘는 사랑이라고 늘 생각해왔다. 비너스에게와 같은 일도 있구나. 비너스가 한없이 애처로워졌다. 세라는 아무 말도 할 수 없었다. 이곳이 그냥 들어주는 곳이기는 해도 약간의 조언 비슷한 말이라도 해주고 싶은데 떠오르는 말이 없다. 그의 말대로 어머니와의 비정상적인 관계는 정리하는 것이 일을 풀어가는 첫 번째 순서인 것은 분명하다. 뭔가를 말해야 할 것 같다.

"저랑 드라이브 하시겠어요?"

"드라이브요?"

비너스가 세라의 제안에 당황한 눈치다. 잠시 머뭇거린다.

"차가 있습니까?"

"네, 건물 앞에 주차해놓았어요. 나가시죠."

세라는 순간 좀 엉뚱한 제안을 했다고 생각했는데 아니다. 드라이브를 즐긴다면 답답한 마음이 의외로 예기치 않게 풀릴지 모른다. 비너스도 싫지 않은 모양이다. 순순히 따라나선다. 비너스가 운전석에 가려다 방향을 돌린다. 어머니하고 데이트 할 때 늘 자신이 운전을 해서 저절로 발길이 운전석을 향했다고 한다.

"다음에 또 같이 드라이브 하게 되면 운전해주세요. 오늘은 제가 봉사합니다."

세라가 운전석에 앉았다. 마음에 드는 드라이브 코스가 있는지 비너스에게 묻는다. 비너스는 세컨드 라이프 세계에서는 드라이브를 한 적이 없다고 말한다. 드라이브 코스는 운전자 마음 아니겠느냐 한다. 세라는 불현듯 며칠 전에 경쟁적으로 드라이브를 즐겼던 일이 떠올랐다. 그래 그곳을 가보자. 안개 속에 거대한 성이 보였던 곳으로 가능하면 성 앞까지 가고 싶다. 내비게이션에 지난 번에 갔던 코스를 기억장치에서 끌어낸다.

드라이브가 처음이라는 비너스를 위해 내로라하는 디자이너들이 건축한 건물들이 즐비한 거리를 먼저 간다. 그녀가 처음 여유를 갖고 드라이브를 할 수 있을 때 달렸던 도로이다. 비너스가 충분히 감상할 수 있게 저속으로 달린다. 그녀도 그 건물들을 보았을 때의 감동을 다시 음미한다. 원추 모양, 피라미드 모양, 로마 콜로세움 같은 건물들, 비너스는 다양한 건물들을 보며 연신 감탄이 섞인 신음소리를 낸다. 세컨드 라이프에 이런 거리가 있는 줄 몰랐다고 덧붙인다.

바깥세상은 시간의 흐름에 따라 밤과 낮이 존재하지만 이곳에서는 시간의 흐름이 비슷한 것 같지만 밤처럼 깜깜한 적은 없다. 밤 시간이 되어도 북극의 백야보다 더 환하게 대낮처럼 밝다. 비가 오지 않고 눈도 내리지 않는다. 물론 바람도 불지 않는다. 세라는 비나 눈은 아니어도 살랑거리며 부는 바람을 있었으면 좋겠다는 생각을 종종 한다. 건물의 전시장 같은 도로를 벗어나 10차선 도로에 들어선다. 지난 번 빨간 차와 경쟁적으로 달리던 도로이다. 이젠 운전에 자신 있다. 망설임 없이 1차선으로 달린다. 길은 넓게 뚫려 있고 달리는 차도 드문드문 보인다. 세라는 지난 번 그 남녀가 탔던 빨간 차를 찾는다. 무슨 우연의 일치로 그 차를 만나겠는가. 자동차 경주하듯이 전 속력으로 달린다. 비너스를 곁눈질로 흘긋 본다. 비너스는 창밖에 스치는 광경을 보느라 여념이 없다. 세라는 이 길은 자주 올 것 같지 않아 주변을 주의 깊게 본다. 지난 번에는 빨간 차와 경쟁하듯이 날려서 주변을 잘 보지 못했다. 길은 넓게 뚫려져 있는데 어딘지 모르게 같은 건물과 풍경들이 반복해서 나타나는 것 같다. 세라는 운전에만 집중하기로 한다. 신나게 달린다. 알 수 없는 쾌감이 몰려온다. 한참을 그렇게 달린다. 이 길 어느 지점에서 안개 낀 도로로 빠져 나갔는지 몰랐다. 빨간 차만 따라갔기 때문이다. 내비게이션에서 기억장치를 꺼내어 세팅했으니 일단 믿고 마냥 달렸다.

"세팅했던 도로를 달리겠습니까?"

언제 들어도 매력이 넘치는 장의 목소리다. 장의 목소리라 반가웠고 장이 지난 번 간 길을 알려줄 것 같은 예감에 더욱 기뻤다. 세라는 그렇다고 소리로 답한다. 장은 알겠습니다, 한다.

"전방 500미터 앞에서 빠져나가십시오."

세라는 서서히 차선을 맨 끝 차선으로 바꾼다.

"전방 100미터 앞에서 램프를 타고 돌아나가십시오."

도로 안내표지도 없다. 전방에 갈림길이 나타난다.

"오른쪽 길로 나가십시오."

길은 왕복 4차선 도로이다. 지난 번에는 어디서부터 4차선으로 줄었는지 몰랐었다. 주변 풍경은 한적한 시골길을 연상케 했다. 시골길은 대부분 왕복 2차선인데 이곳은 4차선이다. 바깥세상에서의 시골길은 대부분 이리저리 구부러져 있다. 굽이마다 마을의 정을 고스란히 품고 있다. 세컨드 라이프 세상에서의 길 가장자리에는 드넓은 평원이 펼쳐져 있다. 분명 시골길 같은데 도심에 나 있는 도로처럼 곧게 직선으로 뻗어 있다는 점이 다르다. 특이한 것, 아니 메마른 것은 인가人家가 없다. 이 세상이 아직 번창하지 않아서일까. 장차 인구가 늘어나면 지상에서처럼 세컨드 라이프 세계에도 시골에 집이 들어설 날이 올지 모른다. 지난 번에 달릴 때는 빨간 차만 열심히 쫓아가느라 아무 생각도 없었고 풍경을 음미하며 드라이브를 하지 못했다. 그저 모든 것을 스치듯 지나쳤었다. 비너스가 이곳에서 지평선을 볼 수 있겠다고 좋아한다. 세라는 비너스에게 안개에 대해 또 안개에 둘러싸인 성에 대해 말하지 않았다. 비너스의 응어리진 마음을 조금이라도 풀어주기 위해서다. 평원이 끝없이 펼쳐진 도로를 달린다. 언제쯤 안개가 나타날까, 혹시 나타나지 않는다면. 세라는 조금씩 불안해지기 시작했다. 평원의 초록이 점점 옅어진다. 연두가 되더니 안개로 변한다. 땅부터 하늘까지 온통 안개다.

멀리 성城이 길 끄트머리에 웅장한 자태로 우뚝 서 있다. 성의 첨탑이 길고 뾰족해서 하늘을 찌를 듯한 것은 지난 번과 똑같다.

"성이다!"

비너스가 탄성을 지른다. 세라는 흐뭇한 표정을 짓는다.

"저 성을 향해 가보려고요. 며칠 전 이 길을 우연히 가게 되었는데 중간에 그만 포기했어요. 처음에는 같이 달리는 차가 있어서 의지가 되었는데 어느 순간 그 차가 안개 속에 사라졌어요. 아무리 주변을 둘러보아도 보이지 않는 거예요. 이 자옥한 안개 속을 혼자 달리니 무드가 좋다는 것은 잠시고 점점 무서워졌거든요. 안개 속에서 불쑥 유령이라도 나타나지 않을까 갑자기 온몸이 쇳덩어리처럼 굳어지는 것 같았어요. 망설이지 않고 곧장 바깥세상으로 나갔어요. 오늘은 둘이 함께 드라이브하니까 두렵지도 않고요."

성으로 통할 것 같은 도로를 달린다. 블라인드처럼 내려져 있는 안개를 바라본다. 안개는 물 흐르듯이 위에서 아래로 흐른다. 비너스가 잠시 차에서 내려 안개 속에 있고 싶다고 말한다. 세라는 안개가 둘을 삼킬지 모른다며 농담조로 말했다. 말은 장난처럼 했지만 사실 그런 막연한 불안은 있었다. 갈 길이 멀다. 그냥 달리자고 말한다. 다른 곳은 늘 밝지만 이곳은 안개가 짙어서 해질녘처럼 어둑하다. 헤드라이트를 켜고 달려도 시계視界는 50미터 이상 나가지 않는다. 장애물이 없겠지만 바짝 긴장하여 두 손으로 핸들을 꽉 잡고 액셀을 밟는다. 둘이 함께 연무 사이를 뚫고 달리는 기분은 밀월을 즐기는 것처럼 감미롭다. 한참을 달렸는데 성은 아직 저 멀리에 있다. 도무지 가까워지지 않는 것 같다. 한참을 달리다 성을 보고 또 달리고 성을 본다. 지난 번과 같다. 비너스가 성이 보이는 것보다 멀리 있는지 모른다고 말한다. 하긴 거대한 성이 저 멀리 있다. 마치 밤하늘에 있는 달처럼. 달을 보며 밤길을 가본 사람은 알 것이다. 한참을 걸어가 달을 보면 달은 늘 그 자리에 있었다. 성도 그런 것일까.

갑자기 성이 보이지 않는다. 비너스가 성이 사라졌다고 말한다. 지난번과 같은 현상이다. 구름 속에 달이 잠시 숨어 있듯이 성이 사라졌다. 얼마큼 달리다보면 달이 구름 사이에서 나타나듯이 성이 나타날 것이다. 그녀의 예상은 들어맞았다. 성이 또 보인다. 길은 끝없이 이어져 있다. 가고 또 가도 안개는 그 모양으로 자욱하게 온 세상을 덮고 있다. 아무리 달려도 성에 가까워지는 것 같지 않다. 세라는 비너스에게 미안한 마음이 든다. 이번에도 성까지 갈 수 없을 것 같은 불안이 엄습한다. 머리가 지근거린다. 피로감도 몰려온다. 포기하고 싶지만 비너스를 위해 더 달려본다. 가끔 탄성처럼 숨을 뿜던 옆자리가 조용하다. 정면을 응시하던 시선을 옆으로 잠시 돌린다. 비너스가 무표정하게 앉아 있다. 세라는 차의 속도를 줄이고 비너스를 흔들어본다. 비너스가 잠들었으면 깨우려 했다. 파리 여행에서 비너스가 세라를 깨웠던 것처럼. 한참을 흔들었다. 잠들었으면 충분히 깰 만큼. 비너스는 반응이 없다. 바깥세상에서 할 일이 있는 모양이다. 한마디라도 남길 일이지…. 세라는 차를 세우고 눈을 감았다. 잠깐이라도 졸고나면 피로도 풀릴 것이고 비너스가 돌아오면 그가 자신을 깨울 거다.

12

부지배인의 자리

"일어나, 일어나!!"

오늘 따라 알람 소리가 요란하다. 잠에서 깨니 또 책상에 엎드린 채다. 갑자기 지난밤 일이 떠올랐다. 지금껏 잤다면 비너스가 돌아오지 않았던 거다. 그녀는 컴퓨터를 본다. 모니터는 검게 죽어 있다. 마우스를 흔든다. 화면이 열린다. 옆자리에 앉았던 비너스는 보이지 않는다. 오늘 밤이나, 아니면 내일 비너스가 올 것이다. 그때 왜 자리를 떴는지 묻지 않아도 그가 먼저 말할 거다. 로그아웃을 클릭한다. 몸이 찌뿌듯하다. 최대한 15분의 여유가 있다. 10분 간만 매트리스에 눕자. 알람을 10분 후에 다시 울리게 세팅하고 눕는다. 다리를 쭉 펴고 눕는다. '아, 편하다'라고 혼잣말을 한다. 반수면 상태가 되도록 최면을 건다. 세컨드 라이프에 드나들면서 부족한 수면시간을 메우려고 잠을 잔 것 같은 효과가 나는 법을 배웠다. 지금 또 그 방법을 쓰려 한다. 평소에 잘 듣던 최면이 걸리지 않는다. 잠은 근처에도 얼씬거리지 않는다. 지난 밤 비너스의 이야기가 자꾸 떠오른다. 도저히 일어날 것 같지 않은 일도 이 세상에서는 일어난다. 그녀가 모르는 무수히 많은 일들이 지금도 일어나고 있는지 모른다. 그런데 왜 갑자기 레스토랑 부지배인이 떠오르는 걸까. 그가 뭘 어쨌다고. 그 이상한 놈이 오늘도 창고로 불러낼 것인가. 항상 출근하려면 부지배인과 부딪칠 일들이 온통 머릿속을 헤집고 다닌다.

레스토랑에 들어선다. 부지배인은 종업원들 중 가장 먼저 출근한다. 그가 그동안 움직이는 동선은 정해져 있다. 직원들이 출근하는 순서를 눈여겨보듯이 홀 안을 서성인다. 그녀는 출근하면서 그의 뒤통수를 먼저 보길 바란다. 이상하게 뒤통수를 먼저 본 날은 하루 종일 마음이 평안하다. 어쩌다 눈을 정면으로 마주친 날은 종일 마음이 들떠 불안하다. 연이어 테이블에 부딪치고 스치는 사람들과 부딪히고 손님들의 요구를 잘 알아듣지 못하고 우왕좌왕할 때가 많다. 그와 처음 어떻게 만나게 되느냐로 하루 운세를 보는 꼴이 되었다. 레스토랑에 들어서며 먼저 와 있는 동료들에게 의례적으로 인사한다. 눈길이 가는 곳은 부지배인이 있을 법한 곳이다. 그의 얼굴은 물론 뒤통수도 보이지 않는다. 그가 잠시 화장실에 들른 것일까. 오늘 운세는 대박날 운인 것 같다. 그의 그림자도 보지 않았으니 말이다. 연수할 시간이 다가오는데 동료들은 홀 중앙에 모일 생각을 않는다. 충분히 화장실에 다녀왔을 법한 시간이 흘렀는데 부지배인이 보이지 않는다.

"오늘 웬일로 연수를 안 하죠?"

"부지배인이 아직이야."

그녀는 처음에 아직이라는 말이 무엇을 뜻하는지 몰랐다. 다시 물으니 아직 출근을 하지 않았다고 한다. 그녀가 입사하고 지금까지 부지배인은 결근은 물론 지각 한번 한 적이 없다. 그가 출근하는 것을 본 사람이 없으니 직원들 중 가장 먼저 출근하는 거다. 그녀를 비롯해 종업원들은 연수가 없자 무엇부터 일을 시작해야 할지 갈피를 잡지 못하고 있다. 제일 큰언니가 일단 테이블을 세팅하자고 했다. 세팅을 하고 있을 때 지배인이 출근했다. 지배인은 세팅이 다 끝나면 늘 나타나곤 했었다. 부지배인이 결근이라는 말을 듣고 서둘러 출근한 것 같았다. 어쨌거나 오늘 연수가 없어 좋았다. 세팅이 끝났고 손님들이 오려면 상당히 여유가 있다. 그녀는 동료들과 부지배인이 왜 결근했을까 하고 이런저런 이야기들을 했다. 무슨 돌발사고가 났거나 급한 일이 생겼을 거라 수군거렸다. 그녀는 부지배인이 교통사고라도 당했으면 했다. 죽기를 바라면 죄 짓는 것 같아 그 말은 차마 입에 올리지 않았다. 팔이 다치면 그 성격에 기브스를 하고 출근할 것이다. 다리를 다쳐서 한 석 달쯤 나타나지 않았으면 좋겠다. 하긴 지난 겨울에도 그가 눈에 미끄러지거나. 술에 취해 계단에서 굴렀으면 좋겠다는 생각을 수없이 했다. 그녀의 바람에 아랑곳않고 그런 사고는 일어나지 않았다. 그녀는 멀쩡하게 출근한 그에게 감기라도 걸려라라고 저주라면 저주를 퍼부었지만 겨울철에도 그는 감기 한번 걸리지 않았다.

"부지배인 어머니가 응급실에 가셨다는데…."

누군가가 부지배인이 결근한 까닭을 말했다. 하지만 응급실에 가게 된 궁금증은 풀어주지 못했다. 부지배인 어머니가 평소에 혈압이 높았는지, 연세가 많은지, 쇼크받을 일이 있었는지 종업원들은 응급실에 갈 여러 가지 경우의 수를 다 들먹이며 걱정 반 호기심 반으로 수군거리고 있다. 부지배인에게 퍼부었던 저주 때문에 그의 어머니가 응급실에 간 것은 아닐 거다. 부지배인이 그저 가벼운 부상 정도 입었으면 하는 저주를 했을 뿐이다. 더구나 어머니가 응급실로 갈 정도의 불상사가 일어났으면 하는, 그런 생각 근처에도 가지 않았다. 치명적인 사고는 아닐 거야라고 애써 마음을 다독인다.

손님이 하나둘 늘어나자 종업원들은 아무 일도 없었던 것처럼 서빙하기에 여념이 없다. 그녀도 주문받고, 식사를 마친 테이블을 정리하고, 다시 세팅하느라 바쁘게 움직인다. 그 사이사이 그녀는 자꾸 부지배인이 서 있던 곳을 쳐다보게 되었다. 습관은 참 무섭다. 오늘 부지배인이 결근한 것 알고 있는 것과 상관없이 주기적으로 부지배인 눈치를 보고 있다. 그의 보이지 않는 그림자가 움직이고 있는 그녀를 지배하고 있는 것이다. 그녀는 그럴 때마다 고개를 가로저었다. 그녀가 의식하지 않는 사이 또 부지배인이 있던 곳을 보았다. 무엇이 자신을 구속하고 있는 것일까. 잠재해 있는 억압된 감정을 허공에 날려버려야 한다. 비너스를 생각하자. 그는 왜 아무 말도 하지 않고 자리를 뜬 것일까. 급한 상황이 아니면 내일 오겠다는 말이라도 했을 거다. 혹, 그의 어머니가 나타난 것일까.

그녀는 식사를 하고 있는 남자 손님들을 한번 휘둘러본다. 여자와 마주앉아 다정하게 이야기를 나누며 식사하는 사람을 제외시킨다. 구석진 자리에 남자가 혼자 식사하고 있다. 저 남자는 가끔 혼자 와서 피자 한 판을 해치운다. 키가 180센티미터를 훌쩍 넘어 보인다. 190센티미터에 가까울 거다. 큰 키와 어울리지 않게 몸은 홀쭉하다. 운동선수 같지는 않다. 아마 고깃집에 가면 2,3인분은 거뜬히 해치울 거다. 저렇게 많은 양의 음식은 어디로 가고 살이 붙지 않는 것일까. 많은 양의 음식을 먹는 내내 얼굴은 늘 무표정하다. 오히려 어두운 쪽에 가깝다. 저 남자도 비너스처럼 어머니에게…. 스트레스 때문에 폭식을 하는 거고 아마 잠시 후면 다 토해낼지 모른다. 그래서 살이 붙은 수 없다. 식사하는 일이 얼마나 즐거운 일인데 저렇게 일을 하듯 먹어대는 것도 그런 까닭일 거다. 그녀가 얼마나 그를 응시했던 것일까. 그가 그녀를 본다. 왜 식사를 방해하냐는 듯이. 그녀는 재빨리 시선을 거두었다. 지금 무슨 엉뚱한 상상을 하는 것인가. 멀쩡한 손님을 향해. 이러다 모든 손님을 이상한 눈으로 보게 될지 모른다. 그녀는 고개를 세차게 흔든다.

불현듯 부지배인이 떠오른다. 그렇지. 오히려 부지배인이 비너스 같은 어머니를 두었다는 게 더 합당한 것이다. 항상 쏘아보는 듯한 눈. 마음이 메마른 사람에게서나 나올 눈빛을 줄기차게 쏘아대지 않는가. 매일 창고로 불러들이는 것은 어떻고. 모든 여자 종업원에게 그 짓거리를 하고 있는지 모른다. 누가 언제 화장실에 가는지 그는 이미 간파했을 거다. 화장실 가는 주기에 맞추어 여자들을 창고로 불러들일 거다. 모두 그가 폭행을 일삼는다고 누구에게 하소연하지 못하고 있는 거다. 구체적인 증거를 댈 수 없으니까. 레스토랑 안에는 cctv가 설치되어 있지만 창고 안에는 없다. 휴대폰으로 그의 부당한 행동을 촬영을 해놓아야 한다. 그러나 출근하면 휴대폰을 카운터에 맡기고 퇴근할 때 찾아야 한다. 어떻든 사진을 찍을 수 없다는 게 문제다. 게다가 촬영을 한다고 해도 사진기가 그의 쏘아대는 눈빛을 담을 수는 없다. 그놈은 그걸 악용하고 있다. 공연히 부지배인이 어떻고 떠들어댔다가는 오히려 이상한 여자로 내몰릴 수 있다, 부지배인은 지금 위독한 어머니를 지켜보며 응급실에 있다. 평소 싫어하는 사람이라도 이럴 때 그에 대해 악의적 상상을 하는 것은 안 된다.

누가 어깨를 살짝 건드린다. 또 지나가는 손님과 부딪친 줄 알았다. 머리를 조아리고 죄송합니다, 라고 말하려 했다. 지배인이 손가락으로 어느 지점을 가리킨다. 그의 손끝에 닿은 곳을 보니 혼자 식사를 하고 있는 바로 그 남자의 테이블이다. 남자가 호롱불을 들고 있다. 남자는 콜라를 리필해달라고 말할 것이다. 손님을 주의 깊게 살피지 않아 공연히 지배인에게 미안했다. 가볍게 목례를 하고 종종걸음으로 남자의 테이블로 간다.

"콜라 리필 되지요?"

남자는 리필 되는 걸 묻는 게 아니다. 처음 남자에게 서빙할 때 곧이곧대로 네 됩니다, 라고 대답했었다. 이제는 갖다드리겠습니다, 한다. 유리잔을 가져와 목이 차도록 가득 담아 테이블 위에 놓는다. 남자의 태도로 보아 겸연쩍어하지 않겠지만 무한리필 됩니다, 라고 덧붙인다. 말을 듣지 않은 것처럼 남자는 여전히 무표정한 얼굴을 하고 있다. 대부분의 사람들은 리필해달라고 하곤 반 정도 마시기 일쑤다. 남자는 다르다. 피자 한쪽 남기지 않고 먹어치우고 콜라 한 모금도 남기지 않는다. 남자의 가장 마음에 드는 부분이다. 이런 손님은 열 번이라도 피자까지 리필해주고 싶다. 표정만 좀 더 밝았으면 한다. 표정을 밝게 하면 마음도 밝아질 거고 피자가 더 맛있을 터다. 남자에게 말해주고 싶어 입이 근질거린다.

부지배인이 없으니 마음이 평온하다. 이 테이블 저 테이블에서 손님들이 자주 불러도 발걸음이 가볍다. 비위를 거스르는 말을 해도 음악 소리로 들릴 것 같다. 졸리지 않아서일까 화장실도 딱 한번 다녀왔다. 찬물을 눈가에 묻히지 않았고 손이 벌겋게 되도록 씻는 짓도 안 했다. 다음 비번 날이 돌아올 때까지만이라도 부지배인이 나타나지 않았으면 좋겠다.

'위독한 정도는 아니고 적당히 그의 어머니가 아파야 한다!'

그녀는 몇 번이고 주문을 외우듯이 반복해서 되뇌었다.

'지금 무슨 짓을 하는 거지? 부지배인도 아니고 나를 괴롭힌 적도 없는 그의 어머니에게.'

못된 부지배인이지만 자기 어머니가 위독하길 바라진 않을 거다. 비록 비너스처럼 비정상적인 어머니라도 말이다. 비너스는 자신이 레스토랑에 출근하기 싫은 것처럼 퇴근하기 싫을 것 같다. 직장으로 맺어진 인연이야 끊어버리면 된다. 그것도 쉽지는 않지만 비너스에겐 잘라버릴 수 없는 어머니다. 낳고 길러주고 피로 맺어진. 비너스는 오히려 지금 모든 것을 잊고 일하고 있을 거다. 퇴근시간이 다가오기를 바라지 않으면서. 그녀는 늘 그랬던 것처럼 시계를 자주 쳐다본다. 퇴근시간이 기다려진다. 부지배인이 있을 때에는 그의 손이 미치지 않게 벗어나기 위해서였지만 오늘은 빨리 세컨드 라이프 세계에 들어가 비너스를 만나고 싶어서다. 그가 무슨 이유로 말도 못하고 사라졌는지 혹 어제 어머니와의 관계 때문이었는지 궁금하다. 만약 그 일 때문이라면 그가 어떻게 대처를 했는지, 이 점이 사실 가장 중요하다. 어머니의 그늘에서 벗어나지 못하면 그는 온전한 자신의 삶을 살 수 없다. 그가 용기를 갖기 바란다. 고등학교 다닐 때 여학생을 데리고 와 시위를 벌였던 것처럼 시도는 잘했는데 결과가 자신을 더욱 옭아매게 되어서는 안 된다. 최악의 경우 그의 어머니가 자해 정도가 아니라 자살을 기도한대도 그가 끄떡도 하지 않아야 할 터인데 잘 해낼 수 있을까. 그녀는 생각이 너무 비약하고 있다고 느낀다. 여학생을 어머니에게 먼발치에서 보이는데 한 달이 걸렸다고 했다. 어머니에게 쿠데타에 버금가는 반기를 드는 일은 몇 년이 걸릴지도 모른다. 희박하지만 평생 못 벗어날 확률도 1퍼센트는 될 거다. 복종만 하고 살던 사람이 그 틀을 깬다는 것은 죽었다 살아날 만큼 불가능에 가깝다. 이 세상에서의 일이라면 벌써 비너스에게 전화를 했을까. 이럴 때에는 세컨드 라이프 세계에서만 만날 수 있다는 사실이 답답하다.

13

안개의 땅

세컨드 라이프 세계로 들어오자마자 곧장 상담소로 갔다. 조금이라도 빨리 가려고 푸조를 타고 갔다. 791255 버튼을 누른다. 비너스가 과연 올까. 비너스가 오길 바라지만 비너스가 오늘은 나타나지 않을 것이다. 홀수 날은 어머니가 그의 방을 찾는 날이다. 지금쯤 어머니가 그의 방에 와 있는지 모른다. 그의 어머니가 그를 애무하고 있을까. 그가 어제 다짐했던 대로 어머니를 밀쳐냈을까. 쉽지 않은 일이다. 이르면 내일 알 수 있을 거다. 비너스 외엔 찾아올 사람도 없고 오랜만에 쇼핑을 즐기자. 상담소에 컴퓨터가 한 대 필요하다. 아직은 고객이 별로 없어서 기억으로 해결하지만 장차 고객이 늘면 정보를 컴퓨터에 입력해서 관리해야 한다. 인터넷으로 유용한 정보를 얻을 수 있다. 아무리 듣기만 한다고 해도 어떤 방법으로도 조언을 하게 될 상황이 올지 모른다. 이곳을 잘 운영하려면 심리학이나 상담에 관한 책도 읽어야 한다. 이 세상의 책은 e-book으로 되어 있다. 저렴하게 책을 사서 원 없이 읽어야겠다. 덤으로 지금처럼 아무것도 할 수 없고 무료할 때에는 게임을 하며 시간을 보낼 수 있다. 예전에 했던 게임들이 스친다. 로드러너, 금캐기, 테트리스, 쥬키퍼 모두 스트레스도 없애주고 시간 보내는 데 최고다. 이렇게 머무적거릴 게 아니다. 컴퓨터를 사러 나가자. 데스크 탑으로 되어 있는 컴퓨터보다 늘 갖고 싶었던 노트북으로 하나 마련하자. 이곳에도 바깥처럼 전자상가가 있을까. 아니 꼭 전자상가일 필요는 없다. 중개사무소를 찾아갈 때 전자제품대리점이 있는 것을 본 듯하다. 그곳으로 가보자. 못 찾으면 중개사무소에 들러 물어보자. 탤런트처럼 잘 생긴 중개인의 얼굴을 보는 것도 나쁘지는 않다.

중개사무소가 있던 이면도로로 접어들었다. 불빛이 환한 곳이 눈에 들어온다. 멀리서도 알아볼 수 있다. 전자제품대리점이다. 중개사무소보다 한 블록 앞에 자리하고 있다. 못 찾은 척하고 중개사무소에 들르기에는 민망하다. 다음에 땅을 사고 싶어왔다고 들르는 편이 훨씬 낫겠다. 전자제품대리점 안으로 들어간다. 앳된 종업원이 맞는다. 전자제품대리점 안은 햇빛이 드는 앞마당처럼 밝고 매장은 대형 마트처럼 넓다. 시선을 당기는 것은 역시 텔레비전이다. 텔레비전마다 채널이 다르다. 마치 채널 경쟁이라도 하는 것 같다. 영화가 상영되고 쇼가 벌어지고 교육방송도 나오고 있다. 교육방송에서는 꽃이 만개하는 과정을 천천히 보여준다. 한 가지 꽃이 아니라 계속 꽃이 바뀌고 있다. 한동안 화면을 쳐다보게 되었다. 마치 텔레비전을 사러온 것처럼.

"텔레비전 사시게요?"

종업원의 말이 없었다면 무엇을 사러온 건지 잊을 뻔했다.

"아니오. 컴퓨터 보려고요."

종업원이 앞서가며 컴퓨터가 진열되어 있는 곳으로 안내한다. 컴퓨터 코너는 가장 안쪽에 있다. 컴퓨터 맞은편은 대형 냉장고들이 진열되어 있다. 컴퓨터가 진열된 곳도 텔레비전이 진열된 곳과 별반 다를 게 없다. 모니터 화면은 마치 텔레비전인 양 각양각색의 영상을 내보이고 있다.

"모니터가 텔레비전 같은데요?"

"네, 요즈음엔 모니터가 텔레비전 역할도 합니다. 컴퓨터를 켤 때는 모니터가 되고, 텔레비전 모드로 돌리면 방송이 나오는 거죠."

종업원이 리모컨으로 컴퓨터 모니터와 텔레비전 모드로 전환하는 것을 보여준다. 잠시 후, 컴퓨터 모니터 화면으로 전환하는가 싶더니 모니터를 자세히 보란다. 모니터 오른쪽 상단에 아주 작은 텔레비전 화면이 뜬다. 신기했다.

"부화면을 선택하면 컴퓨터 작업을 하면서 텔레비전 방송을 동시에 시청할 수 있지요. 부음성을 선택하면 부화면의 소리를 들을 수 있고요."

"노트북은 그런 기능이 없나요?"

"물론 데스크 탑에서만 가능하지요. 노트북에 모니터를 연결하는 방법이 있기는 하지만."

모니터를 따로 사면서 노트북을 살 수 없다. 데스크 탑을 살까. 무료할 때 텔레비전도 볼 수 있고. 노트북을 꼭 갖고 싶었는데. 텔레비전도 함께 볼 수 있다는 말에 결국 노트북은 다음 기회에 사기로 했다. 덕분에 돈도 절약했다.

상담소에 가져온 컴퓨터를 설치했다. 컴퓨터를 켜고 부화면으로 텔레비전을 켰다. 딱히 보고 싶은 채널은 없다. 텔레비전은 귀로 듣고 눈은 메인 화면을 본다. 윈도가 설정되면서 프로그램이 시작된다.

어느새 게임을 하고 있다. 하트 금캐기 게임을 한다. 오랜만에 해서 그런지 화살이 자꾸 빗나간다. 5단계도 못 넘기고 게임이 끝난다. 플레이 어게인 화면이 뜬다. 예전에도 마지막 단계까지는 가지 못했다. 그래도 12단계까지는 통과했다. 오기가 생긴다. 오랜만에 하는 거니까 적어도 9단계까지는 가야 한다. 게임은 이게 문제다. 한번만 더가 두 번 더, 그리고는 끝내 목표에 도달할 때까지 하게 된다. 강박증 때문에 화살은 더 빗나가고 즐겁기는커녕 짜증만 난다. 손가락 마디도 뻣뻣해진 것 같다. 비너스는 정말 오늘 오지 않는 걸까. 예전에 테트리스 게임을 할 때 ▮자 모양의 블록이 떨어지길 기다린 적이 있었다. 오랜만에 테트리스를 해보자.

Z자 모양의 블록이 내려왔다. 맨 끝의 한 칸이 길게 비어 있었다. ▮자 모양의 블록이 나오면 4칸 이상이 없어질 것이었다. ▮자 모양의 블록보다 더 유용한 블록은 없었다. 컴퓨터는 블록을 잘 쌓지 못하도록 프로그램된 것이 분명했다. 필요한 블록은 떨어지지 않고 엉뚱한 블록을 계속 떨어뜨린다. ┻자 블록이 5개째이다. 긴 ▮자 모양의 블록이 떨어져야 하는데 자꾸 엉뚱한 블록만 떨어졌다. 고집스럽게 기다렸던 것을 포기해야 하는지, 끝까지 ▮자 모양의 블록을 기다려야 할지 망설였다. 한 줄을 포기하면 될 일을 가지고 그녀는 공연히 고집을 피웠다. 탑처럼 높이 쌓아올리다가 결국 한 칸을 띄고 블록을 쌓았다. 쌓자마자 원하던 ▮자 블록이 떨어졌다. 고집을 피우는 바람에 1단계에서 2단계로 간신히 넘어갔다. 2단계에는 화면 양 끝에 장애 블록이 5칸 쌓여있다. ┻자

블록이 떨어지고 있었다. 블록을 한쪽 가장자리로 떨어뜨릴까 가운데로 떨어뜨릴까 잠시 주춤했다. 이상하게도 블록을 가장자리부터 채우려는 습성이 있었다. 또 장애 블록 바로 옆에 붙여서 떨어뜨렸다. 다음 블록도 ㅗ자이다. ㅗ자 블록이 계속 나오는 것도 나쁘지는 않다. 아래 칸은 바로 놓고 다음 칸은 뒤집어 쌓으면 딱 맞아떨어진다. 그저 게임에 불과한 줄 알지만 줄이 없어지면 일이 잘 풀릴 것 같아 기분이 좋았다.

언뜻 노크 소리가 들린 것 같다. 게임을 잠시 멈추고 귀를 기울인다. 다시 노크 소리가 들린다. 비너스가 온 것인가. 가슴이 울렁거린다. 게임은 안중에 없어졌다. 벌떡 일어나 문을 연다.

공인중개사가 잘생긴 얼굴에 미소까지 띠고 서 있다. 비너스가 아니라 실망했지만 방문자가 있으니 무료하진 않을 것이다.

“들어오세요.”

“안녕하시죠?”

소파에 앉기를 권했다. 그는 한번 와본다면서 오늘에야 들르게 되었다고 말한다.

“요즈음 중개 일은 잘 되시나요?”

“네 세컨드 라이프 세계가 점점 알려지면서 거래량이 늘고 있습니다. 사무실에서 나서다 세라 씨를 먼발치에서 보게 되었습니다.”

“아, 조금 전에 컴퓨터를 사러 대리점에 들렀어요.”

“서운합니다. 사무소 가까이 오셔서 들르지도 않고.”

“컴퓨터도 빨리 설치해야 하고 상담소도 오래 비울 수 없어서요.”

“이 건물을 사용하면서 불편한 점은 없으신지요?”

그는 자신이 중개로 인연을 맺은 고객에게 가끔 들른다. 중개한 집이

나 땅이 마음에 흡족한지 여부를 알아본다고 했다. 세라는 매우 만족한다. 관심을 가져주어 고맙다고 인사한다. 그는 잠시 머뭇거리더니 좋은 땅이 있는데 투자를 하지 않겠냐고 한다. 세라는 경제적으로 그렇게 여유가 없다고 말한다. 그는 요사이 부쩍 세컨드 라이프 세상이 활성화되는 것 같다며, 지금 당장 세라의 상담소를 팔면 12억은 받을 수 있다고 한다.

"정말요! 그럼 팔아볼까요?"

"왜 지금 팔아요? 지난 번 얘기했던 것처럼 100배로 뛸 건데요. 운이 좋으면 500배 1,000배가 될지도 모른답니다."

세라는 건물 값이 불과 얼마 사이에 그렇게 올랐다는 말을 듣고 몸이 붕 떠오르는 같았다. 중개사는 세라의 마음을 간파한 듯 땅을 사두라고, 땅은 건물보다 더 전망이 밝다며 유혹한다. 세라도 어느새 구미가 당기고 있다.

"당장 결정하라는 건 아닙니다. 이왕 제가 여기까지 왔으니 땅을 한번 보기만 하시죠."

"살 형편은 아직 안 되고, 구경만 합니다."

세라는 구경이라는 말에 힘을 주어 말했다. 그는 물론이라며 세라를 끌다시피 하며 밖으로 이끌었다. 푸조 옆에 그의 차가 있다. 빨간 차다. 그가 차 문을 열어준다.

그는 내비게이션 검색 지명에 '안개의 땅'이라고 친다.

"안개의 땅이요?"

"네 임시 지명이에요. 제가 지었다면 약속의 땅이라 지었을 텐데. 황금을 쥐게 해줄 약속 말이죠."

그는 말을 마치며 껄껄껄 호탕하게 웃었다. 세라도 앞이 잘 보이지 않는 안개보다는 약속이란 지명이 더 마음에 들었다.

광활하고 뻥 뚫린 도로를 날린다. 그는 운전에 능숙하다. 차의 성능이 좋아서인지 그가 운전을 잘해서인지 차는 마치 공중을 나는 것처럼 쌩쌩 달린다. 차와 공기의 마찰음이 굉음으로 들린다. 마치 야간에 폭주족이 거리를 난폭하게 달리는 것 같다.

"늘 이렇게 달리시나요?"

"네 신나지 않습니까. 일 때문에 운전하지만 저는 이 순간만은 그냥 드라이브하는 기분으로 즐긴답니다. 가슴이 뻥 뚫리고 스트레스를 다 날려보내주지요."

"무서워요. 속도 좀 줄이세요."

그는 속도를 줄이더니 선글라스를 쓴다. 선글라스는 얼굴의 반을 덮는다. 지난 번 경쟁하듯 달리던 차가 떠오른다.

"이 길을 자주 달리시나요?"

"네 거의 매일 가게 되지요. 일 때문에 어떤 날은 두세 번도 달립니다. 이젠 자동운전 모드를 선택한 것처럼 길에 전혀 신경을 안 써도 잘 가고 있다니까요. 운전하는 쾌감은 여전합니다."

가끔 속도를 줄이던 바로 그 차가 중개사의 차였구나. 그때처럼 고객이 속도를 줄여달라고 할 때에 속도를 줄인 것이다. 세라는 그때 두 남녀가 데이트하는 줄 알았다.

세라는 주변 풍경을 본다. 운전하면서 흘끗흘끗 보았던 풍경과는 사뭇 다르다. 보는 상황에 따라 풍경이 달라보인다. 서서히 달리던 차가 다시 속도를 내기 시작한다. 세라는 속도를 내게 두었다가 다시 속도를 줄이라 말한다. 세라가 말하면 그는 잠시 속도를 줄이다. 다시 속도를 내서 달린다. 남자는 속도를 내는 게 이미 몸에 밴 거다. 자신이 말한다고 고쳐질 일이 아니다. 세라는 속도를 줄이란 말을 할까 말까 망설인다. 넓은 길을 달리던 차가 옆으로 빠져나간다.

"개발이 아직 안 된 곳이라 시골 분위기가 날 겁니다."

눈에 익은 곳이다. 어디였더라. 기억을 끄집어낸다. 어제 비너스에게 성을 보여주려고 갔던 길과 흡사하다. 넓은 평원이 펼쳐져 있고 인가가 없던 바로 그 길이다. 이대로 달리면 안개가 나타나는 그 길, 중개사가 소개하려는 곳 그곳이 안개의 땅인가. 왠지 그 안개가 자욱하던 곳과 겹칠 것 같다.

초록이던 평원이 연두가 되고 연둣빛이 살짝 감도는 안개가 나타난다. 우려했던 것이 앞에 펼쳐진다. 성城도 보일까. 세라는 성이 나타날까 앞을 뚫어지게 보고하고 있다.

"여기서부터 안개의 땅입니다."

세라는 안개라는 말이 중개사 입에서 나오자 그만 아연해졌다. 희미한 시야에 성도 나타났다. 중개사는 성에 대해 알고 있을까.

"저기 성이 보이시죠? 선생님에게도."

"물론입니다. 껄껄껄."

그냥 그가 또 웃었다. 그 웃음이 무엇을 뜻하는 것일까. 세라는 땅보다는 그 성의 실체에 대해 묻고 싶었다. 그가 먼저 말해주면 좋겠다는 마음으로 뭉긋거리고 있다.

"세컨드 라이프 세계에 대해 감은 좀 잡으셨지요. 이 세계는 숫자의 세계처럼 끝없는 무한의 세계입니다. 뫼비우스의 띠처럼 돌고 도는 곳도 있고요. 이곳은 아직 개발이 안 되어 안개로 덮여 있지만 장차 어떤 환상적인 세계가 될지, 상상 그 이상의 세계가 펼쳐지게 될 겁니다."

세라는 개발이 안 되어 안개로 덮여 있다, 라는 중개사의 말을 되새김하듯이 생각하고 또 생각했다. 불현듯 아, 하고 머리를 때리는 듯한 깨침이 들려왔다.

'그렇구나!'

중개사는 세라가 감을 잡은 걸 알아채고 환한 미소를 보냈다. 중개사는 더 이상 설명을 안 한다.

"혹시 성에 대해서는?"

"성이요? 옛날 사람들에게 달이 주는 존재, 그런 상징적 의미의 같은 존재라 할까, 다른 점은 달은 조물주의 피조물이고 성은 사람이 만든 것이 다를 뿐."

옛 사람에게 달과 같은 존재, 달을 보고 기원을 하던, 토끼가 방아를 찧고 있다고 상상하던 그런 저 높은 곳, 닿지 않는 곳, 동화 속 이야기에 나오는, 천상의, 무릉도원 같은 곳, 그럼 성도 닿을 수 없는 어떤 상징 같은 존재, 아마 이곳이 개발되면 다른 어떤 피조물로 대체될지 모른다.

"이곳은 도메인처럼 선점이 투자의 성패를 가르죠. 심사숙고해서 투자를 결정하지만 너무 오래 시간을 끌지는 마십시오."

세라는 그러겠노라고 했다. 그녀가 어제 그리고 또 한 차례 이곳에 왔었다는 이야기를 하지 않았다. 중개사는 어느새 차를 유턴시키고 있다.

14

시선

알람이 울리지 않아도 잠이 깼다. 부지배인이 출근하지 않으니 피로가 반감된 거다. 출근 준비하는 내내 몸이 가벼웠다. 세컨드 라이프 세상에서 드라이브를 즐겼었다. 운전해주는 차를 타고 드라이브를 해서일까 여가를 즐긴 후의 개운함도 한몫을 한 거다. 언덕을 반달음으로 내려왔고 전철을 타러 지하로 내려왔다.

"열차가 도착하고 있습니다. 승객 여러분께서는 안전선 밖으로 한걸음 물러나주시기 바랍니다."

안내방송 여자의 목소리는 한낮이거나 밤중에도 변함이 없다. 전동차가 헤드라이트 두 개를 켜고 눈부신 빛을 내면서 홈으로 미끄러져 들어온다. 그녀는 안전선 밖으로 한걸음 물러선다. 어두운 터널로부터 쉿내 나는 바람이 한바탕 홈을 쓸고 지나간다. 주변에 자신을 갑자기 밀어낼 사람도 없고 매일 타면서 익숙해질 만도 한데 안전선 밖에서도 불안하다. 시골에서 오래 산 티를 벗지 못하는 때문일까 바람의 위세 때문일까 잠시 비슬거려진다. 열차가 멈췄다. 문이 열린다. 그녀는 열차 안으로 몸을 넣는다. 세컨드 라이프 세계에서는 발자국 모양에 두 발을 올려놓고 클릭하면 그 세계로 들어간다. 장차 이 세상도 〈스타트랙〉이라는 영화처럼 물체나 사람이 원반에 올라 스위치를 누르면 원자 분해되어 원하는 곳에 이동되는 날이 올까. 현재는 SF영화에서나 가능할 일이다. 글자나 그림이 메일을 통해 전송되듯이 생명체든 물건이든 목적지에 정확하게 재결합되어 나타난다면 육체의 피로가 덜 쌓일 거다. 이동수단이 문제가 아니다. 레스토랑에서 서빙하는 일은 어쩌고. 그 일을 로봇이 한다면. 그럼 실업자가 되는 거다. 지금 무슨 얼토당토않은 상상을 하는 건가.

전동차 안에 놓인 긴 의자에 앉아 있는 사람들의 연령은 다양하다. 하는 일도 다 다를 것이다. 그런데 한결같이 모두 눈을 감고 있다. 그녀가 번번이 써먹는 반수면 상태로 눈을 감으면 바로 저 모습이리라. 그녀는 고개를 돌려 창밖을 본다. 창밖의 터널은 까맣다. 언뜻언뜻 차창 불빛에 어둠 속 콘크리트 벽이 스러지듯 비친다. 기나긴 세월 동안 어쩌면 지구 태생 이래로 지하에 묻히어 미동도 못하던 바위들이 어느 날 깨어지고 다시 콘크리트 벽에 갇히리라고는 생각도 못했던 일이다. 묵음의 공간에 굉음이 들리기 시작하더니 하루에도 수백 번 레일에 저항하듯 바퀴의 마찰음을 들으리라 상상인들 했을까. 평생을 살아가면서 한번도 스치지 못하는 사람들은 많다. 한번도 스치지 못하는 지상의 사물들은 더 많다. 더더욱 지하의 사물들은. 지하 세계의 흙과 바위 사이를 매일 통과할 수 있다는 것은 일종의 경이라고 느낄 때가 있다. 그럴 때면 그들과 마주하고 싶은 충동을 느끼지만 그들은 벽에 갇혀 있다. 자신은 전동차에 실려 빠른 속도로 그들을 지나칠 수밖에는 없다. 벽에 갇히기 전 그들이 인간을 마주한 것은 그들의 시간으로는 찰나일 것이다. 어떻든 굴이 뚫리고 철로가 놓인 곳에 있던 바위와 흙과 돌들은 영원한 굴레에서 벗어나 지상의 어느 곳에서 주춧돌이 되었거나 간척지를 매립하는 돌과 흙으로 자리잡기도 했을 것이다.

긴 터널의 똑같은 벽들을 보니 병풍처럼 둘러 있던 안개의 땅이 떠오른다. 그 안개의 땅이 이 세상에서라면 태초의 땅일까. 지하에 길이 뚫리고 역사가 들어서듯이 안개의 땅에 어떤 건축물과 피조물들이 들어서게 될까. 몇 백 년 전에 우리 조상들이 땅 속을 달리는 전동차를 상상이나 했을까. 안개의 땅에도 거대하고 가공할 만한 세계가 만들어질 것이라는 걸 수많은 사람들은 상상조차 하지 못할지도 모른다. 중개사의 말대로 투자할 가치가 있다는 생각이다. 하지만 그녀는 그곳에 투자할 자금이 없다. 무리해서라도 투자를 해볼까. 머지않아 지하가 뚫려 전동차가 다니듯이 그곳이 다른 세상이 된다면 그녀 앞에 어떤 황홀한 인생이 펼쳐질지 모른다. 꼭대기 옥탑방에서 레스토랑을 오가던 자신도 안개의 땅을 눈이 부시도록 바라보면서 지낼 날이 올 수도 있다. 불과 수 미터의 공간이 그들의 운명을 갈라놓았다는 걸 아는지 모르는지 전동차는 빠른 속도로 지나간다. 전동차가 사당역에 도착했다. 환승역이어서일까. 전동차를 기다리는 사람의 수가 엄청나게 많다. 전동차가 숨을 고르는 듯이 정차하면 희끗희끗 빛바랜 흑백 사진 속 얼굴처럼 창백한 얼굴들이 우르르 들어온다. 이제 세 역 남았다. 잠시 그녀도 눈을 감았다. 아무 생각도 하루의 계획도 없다.

"이번 정차할 역은 강남, 강남역입니다. 내리실 문은 오른쪽입니다."

전동차에서 내리는 것도 일이다. 빡빡한 틈을 비집고 내리면 옷이 이리저리 비틀려있다. 겨울철인데도 비지땀이 흘러내린다. 계단을 올라 지상에 오른다. 거센 바람이 한바탕 그녀의 얼굴을 때린다. 그녀는 그 바람이 시원하다고 느낀다. 매번 같은 바람일 리 없지만 같은 바람이라도 그날그날 그녀에게 와닿는 느낌은 다르다. 지상에 오르자 예외 없이 부지배인이 떠오른다. '오늘도 결근이면 좋겠다.'

레스토랑 문을 열며 부지배인이 있을 법한 곳을 본다. 없다. 그가 없다. 그녀는 야호하고 환호를 지를 뻔했다. '그래 한 3일 만이라도 안 왔으면 좋겠다.' 동료들과 인사를 나누었다. 모두들 어제처럼 부지배인이 화젯거리다. 굉장히 위독한가보다, 별로 위독하지 않아도 그가 효자라 어머니 곁은 지키는 것이다, 빨리 완쾌되었으면 좋겠다. 다른 형제나 누이는 없나, 그가 꼭 병상을 지킬 사정인가 등등 그녀도 그들에게 가세하여 이야기를 보태었다. 오늘 아침 연수는 부지배인 이야기를 나누는 것으로 대체한 듯 떠들어댔다. 이야기의 전개를 듣고 있으면 모두 부지배인을 염려하고 보고 싶다는 뉘앙스가 풍겨 나오는 말들이다. 그녀도 말은 그렇게 했다. 다들 그런 것이다. 부지배인이 그녀에게 했던 짓들을 다른 여자 종업원에게도 했을 터인데 겉에 드러나는 말을 들으면 완전 딴판이다. 그들과 그녀는 모두 속내를 꼭꼭 숨겨두고 있는 거다. 부지배인이 좋은 일을 해서 신문기자라도 와 인터뷰한다면 그는 아주 훌륭한 인간으로 둔갑해 있을 정도이다.

평상시 연수를 마칠 시간이 되었다. 지배인이 일찍 나왔다. 지배인이 나타나자 그가 어떤 지시를 내리지 않았는데 수다 떨던 소리들이 모두 공중에 흩어졌다. 바지런히 영업 준비를 한다. 맡은 구역을 청소한다. 그녀가 담당한 곳은 현관 유리와 그 앞에 있는 거울이다. 처음 유리를 닦을 때에는 요령이 부족하여 입김을 호호 불며 닦았다. 보다 못한 언니가 요령을 알려주었다. 우선 약간 물을 묻힌 걸레로 먼저 닦은 다음 재빨리 마른걸레로 닦는 방법이다. 신기하게 유리가 맑아졌다. 먼지가 묻을 때마다 걸레를 몇 번이고 빨아 와서 닦았다. 왠지 유리를 닦는 걸레는 새하여야 될 것 같았다.

"그렇게 걸레를 빨아가며 짧은 시간에 언제 다 닦아? 물 묻힌 걸레는 약간 더러워도 유리가 맑아지는데 아무 영향이 없다고. 한번 해봐."

정말 신기했다. 유리에 도로 먼지를 묻힐 것처럼 시커먼 걸레로 닦아도 마른걸레질만 잘하면 되었다. 도로변에 위치한 레스토랑이어서인지 매일 닦아도 새까만 매연이 묻어나왔다. 언니에게 방법을 배우기 전에는 유리를 닦는 시간보다 걸레 빠는 데 시간이 더 걸렸다. 이젠 유리와 거울을 닦는데 10분 남짓밖에 걸리지 않는다. 유리를 닦고 맑은 창을 통해 거리를 볼 때만큼은 어두웠던 마음이 맑아진다. 유리를 닦은 후 거울을 닦는다. 거울을 닦을 때에는 얼굴을 원 없이 비춰본다. 화장실에 있는 거울보다 이 거울을 통해 얼굴을 볼 때 가장 예뻐 보인다. 전신을 비출 만큼 큰 거울 속 자신은 늘씬하고 몸매가 쭉쭉 뻗어 보인다. 아마도 거울이 실제보다 길게 비추는 모양이다. 착시인 줄 알면서도 닦는 내내 날씬한 몸을 보는 즐거움을 만끽한다. 거짓말이라도 미인이신데요, 라는 말을 들을 때처럼. 오늘은 부지배인이 안 보이니 닦는 일이 더 흥겹다. 콧노래라도 나올 지경이다. 손님들은 레스토랑 입구에 있는 연예인들의 사진과 사인을 들여다보고 예외 없이 거울에 자신을 비춰본다. 그들은 자신의 날씬하고 갸름한 얼굴을 보고 레스토랑 안으로 들어온다. 그들은 아마도 맛있는 음식을 먹기 전에 이미 기분이 업되었을 것이었다. 거울이 매상을 올리는 데 큰 몫을 하고 있는 셈이다.

오늘은 다른 날에 비해 손님이 많다. 연말이 가까워져서인가보다. 요즈음에는 연말에 만날 사람을 분산시켜 미리미리 만나기 때문에 12월 중순부터 레스토랑이 무척 붐빈다. 현관에 7,8명 앉을 수 있는 대기용 소파가 마련되어 있다. 소파에 앉아 있는 사람들 외에 두세 명이 서성이며 기다리고 있다. 이 레스토랑에서만은 불경기라는 말이 무색할 정도이다. 그녀는 지배인이라도 된 양, 음식을 다 먹고 노닥거리는 사람에게 눈총을 준다. 다른 사람이 기다리고 있는 것을 뻔히 알면서도 그들은 아랑곳 않는다. 눈치채지 못하게 그녀가 주는 눈총 따위에 신경쓸 리 없다. '지가 뭐 지배인이라도 되나? 매상이 오른다고 월급을 더 주는 것도 아닌데.' 생각이 여기에 이르자 쏘아대던 눈총을 거둔다. 서빙하랴 바쁜데 무슨 여유로 눈총을 줄 엄두를 냈는지 스스로 생각해도 어이가 없다. 좋지 않는 텔레파시는 전달이 더 잘되게 마련이다. 손님이 눈치채지 않길 정말 다행이다. 이런 가당치도 않은 짓은 하면 안 된다. 더군다나 부지배인이 쏘아대던 게 눈총 아니던가. 나쁜 병은 전염이 잘 된다. 한두 번 하다보면 습관처럼 행동하게 된다. 부지배인처럼 된다면, 생각만 해도 끔찍하다. 우연이라도 그런 행동을 따라하면 안 된다. 마음을 다잡아야 한다. 눈총을 준 손님에게 미안한 마음이 들어 공연히 미소를 날린다. 그녀가 미소를 날리는데 어딘가에서 날아오는 날카로운 시선이 느껴진다. 아까 눈총을 주었던 손님일까. 고개를 돌린다. 부지배인이다. 그가 출근했다. 이 시간에.

그는 자로 잰 듯이 좌우를 둘러본다. 하는 일은 평소와 같은데 얼굴에 어두운 그림자가 드리워져 있다. 언니가 툭 치며 부지배인이 왔다고 귀엣말을 한다. 알고 있어요, 라고 개미 소리로 답한다. 부지배인이 나타난 것을 본 후로 몸이 자꾸 삐거덕거려진다. 손님에게 갈 시선을 부지배인에게 빼앗기고 있다. '내일만 충실히 하면 되지 눈치 보지 말자' 다짐을 해도 소용없다. 사실은 눈치 보는 게 아니다. 그가 자꾸 쳐다보니까 신경이 쓰이는 것이다. 그러다보니 눈은 계속 마주치게 된다. 이 악순환의 고리를 끊어야 한다. 아무리 송곳으로 찌르는 듯한 시선이 느껴져도 돌아보지 말자. 어쩌면 자신이 쳐다보니까 오히려 그가 신경이 쓰여 쳐다보는 것일 수도 있다. 아니다. 아무리 생각해도 그건 아니다. 그가 시선을 쏘았고 그 날카로운 시선을 느껴 쳐다보게 된 거다. 여하튼 먼저 시선을 거두자. 박수도 마주쳐야 소리가 나듯이 이쪽에서 반응이 없으면 그도 그만둘 거다. 참자 시선을 거두게 하면 못된 짓거리도 못하게 될지 모른다. 왜 여태 이 생각을 못했을까. 그녀의 두 눈은 손님만 보게 세팅된 것처럼 손님들을 번갈아 바라본다.

수없이 날아오는 시선을 느꼈지만 그녀는 꿋꿋하게 돌아보는 일 없이 오후를 보냈다. 화장실에 몇 번 다녀왔지만 부지배인과 마주치지 않았다. 영업시간이 끝날 때까지 부지배인이 혹시 나 좀 보자고 할까봐 조마조마하였다. 그런 일 없이 영업시간이 지났다. 여느 때보다 긴 오후였다. 뒷정리하는 시간이 되자, 동료들은 너나없이 부지배인 주변에 다가가 안부 묻는다. 그녀도 의례적으로 안부는 물어야 할 것 같다.

"어머님은 좀 괜찮으신가요?"

"며칠 안정을 취하면 된데요."

뻣뻣하던 평소의 말투는 어느 구석에도 없다. 어머니 병상 옆에서 자신을 돌아보고 반성을 많이 한 사람처럼 느껴질 정도다. 언니와 전철역까지 걸으며 자연히 부지배인에 대해 이야기를 나누게 되었다.

"언니, 부지배인이 많이 부드러워졌지요?"

"글쎄, 며칠 더 두고 봐야 해, 결근하고 늦게 출근했으니까 저러는지."

전동차를 타고 오는 내내 며칠 더 두고 봐야 안다고 했던 언니 말이 걸렸다.

15

힐링 비너스

오늘은 비너스가 나타날지 모른다. 일찌감치 상담소에 나와 그를 기다리고 있다. 그는 아직 나타나지 않는다. 기다리는 일은 막연한 일인지 모른다. 비너스에 대해 아는 것은 없다. 그가 어떤 남자인지, 그런데 비너스에게 신경이 쓰인다. 그의 안쓰러운 처지 때문일까. 직업의식 같은 것, 아니다. 자신은 인정이 많은 사람이어서일 거다. 그가 올 가능성이 있는 시간까지 기다려보자. 어제는 예기치 못하게 부동산중개사와 안개의 땅에 갔었다. 그 바람에 금캐기 게임을 조금밖에 못했다. 오늘은 얼마나 할 수 있을지 모르지만 비너스가 올 때까지 게임을 하며 시간을 보내자.

우선 전철 안에서 알았던 쥬키퍼를 해보자. 컴퓨터 검색란에 '쥬키퍼'를 입력하고 검색 키를 눌렀다. 게임을 할 수 있는 사이트가 좍 뜬다. 모두 몇 년 전 사이트다. 이젠 이 게임도 추억의 게임이 된 모양이다. 사이트는 8년 전부터 3년 전까지다. 가장 빠른 3년 전 사이트를 클릭한다. 원숭이, 토끼, 코끼리, 사자, 판다 곰 등이 서로 엉키어 뜬다. 엇갈려 있는 것을 세 마리가 한 줄로 서야 그 칸이 없어진다. 오랜만에 해서 처음에 게임을 어떻게 하는지 헷갈렸다. 자판기 화살표 버튼을 사용하는 줄 알았는데 순전히 마우스만을 움직여 게임을 하는 거였다. 세 마리가 되게끔 해당되는 동물을 클릭하고 끌어간다. 세 마리가 되지 않으면 끌어간 것이 도로 제자리로 돌아온다. 손놀림이 예전 같지 않다. 레벨 1, 2단계의 속도는 워낙 느려서 그런대로 다음 단계로 넘어갔다. 속도가 빨라지면서 매번 실패한다. 금캐기 게임과 달리 눈이 뻣뻣해져온다. 한 단계, 한 단계 올라가는 쾌감을 느끼려고 게임을 한다. 번번이 실패하니 피로가 겹쳐 잠이 몰려온다.

잠시 눈을 감았다. 눈에 눈물이 마른 것처럼 빡빡하다. 금캐기 게임이나 할까보다. 하트 금캐기 게임을 클릭한다. 빨간 바탕에 하트 문양이 물방울처럼 올라간다. 스타트 버튼을 누른다. 누가 당신의 마음을 녹이겠습니까, 라는 문장과 함께 마르코라는 남자와 수잔이라는 여자의 캐릭터가 뜬다. 예전에 주로 수잔을 선택했었다. 아마 보통 남자들이 수잔을 선택할 텐데 그녀는 여자지만 수잔을 선택했었다. 이번에는 마르코를 선택한다. 마르코를 선택하자 게임이 시작된다. 하트 모양의 금덩어리와 무엇이 들어있는지 모를 주머니 하나가 뜬다. 큐피드의 화살을 쏜다. 조준 실력은 줄지 않았다. 화살이 덩어리에 꽂히면 낚시하듯이 들어올린다. 우선 커다란 금덩어리 두 개를 끌어올렸다. 덩어리가 큰 만큼 그 무게가 손에 느껴진다. 125점씩 두 개니 250점을 얻었다. 그리고 작은 금덩어리도 몇 개 들어올렸다. 큰 덩어리는 올리는 데 대략 15초가량

시간을 쓴다. 한 단계 게임 시간은 60초이다. 할당 점수를 채운 다음 얻는 점수만 다음 단계까지 이월된다. 이월 점수는 50점이다. 회색 하트 한 조각이 빨갛게 채색된다. 2단계로 넘어간다. 주머니를 올려야 달러가 쌓인다. 깜박 잊고 올리지 못해 화살의 속도를 빠르게 해줄 약을 살 돈이 없다. 그냥 2단계로 넘어간다. 2단계에서는 잊지 말고 달러가 든 주머니를 먼저 낚아 올려야겠다. 2단계에는 주머니가 1개 있다. 주머니부터 낚아올린다. 75달러가 적립된다. 적립 점수는 292점이 되었다. 하트 한 조각이 또 빨갛게 변한다. 바윗돌에 잘못 화살이 꽂히면 시간을 절약하기 위해 폭탄을 써야 한다. 늘 게임을 하면서 폭탄은 서너 개 사두었다. 이번에도 폭탄을 사려했는데 폭탄 값이 125달러이다. 적립한 75달러로는 살 수가 없다. 이번에도 그냥 3단계로 넘어간다.

3단계 주머니에는 82달러가 들어 있었다. 달러는 157달러가 되었다. 4단계 시작 전에 폭탄을 51달러를 주고 샀다. 조금 비싸긴 하지만 비상용이 하나 있어야 했다. 박쥐를 잡으면 점수가 3배 쌓이는 약도 샀다. 4단계부터는 박쥐가 등장한다. 4단계로 넘어간다. 4단계에서는 모처럼 l.o.v.e 알파벳 하나씩 새겨진 작은 하트를 모두 낚았다. 하나씩은 10달러이지만 넷이 모여 love 글자가 되면 300점이 쌓인다. 금도 캐 올려 무려 점수가 535점이나 이월되었다. 4단계에서는 게임이 잘 풀려 달러 주머니도 3개나 가져왔다. 달러도 491점이 되었다. 5단계에는 박쥐들이 4마리 나온다. 박쥐 몸값을 올려주는 약을 사야 하는데 돈은 넉넉한데 약이 화면에 뜨지 않으면 살 수가 없다. 다행이 약이 떴다. 88달러이다. 약을 사고 5단계 넥스트 레벨을 클릭한다. 5단계 화면이 열린다. 오늘은 게임이 잘 풀린다. 박쥐를 3마리를 낚아 450점을 얻었다. l.o.v.e 하트를 낚는데 실패했지만 커다란 금덩어리를 캐어 올려서 점수는 충분히 적립되었다.

6단계는 달러 주머니가 즐비하게 늘어져 있다. 여기서 달러를 많이 적립해야 한다. 주머니가 어찌나 무거운지 몇 개 들어 올리지 못했다. 이 단계에서 적립금이 1000달러를 넘어야 하는데 885달러밖에 안 된다. 다음 단계에서 점수를 많이 얻으려면 보물상자를 사야 하는데 보물상자가 화면에 뜨지 않았다. 그냥 7단계로 넘어갔다. 단계가 높아질수록 다음 단계로 넘어갈 충족 점수가 올라간다. l.o.v.e를 낚았고 큰 금덩어리를 낚았지만 할당점수를 다 채우지 못했다. 하트는 6개만 붉게 칠해졌을 뿐이다. 언제나 하트 금캐기는 성공하지 못했다. 여기서 만족을 할까. 한 번 더해볼까. 아니 일반 금캐기 게임을 할까. 아님 쥬키퍼를 다시 해볼까 잠시 망설인다. 이때 누가 노크를 한다. 비너스가 왔나보다. 얼른 일어나 현관문을 연다. 비너스다. 이렇게 반가울 수가 애인이라도 만난 것 같다. 그녀가 누굴 이렇게 반긴 적이 있던가. 마돈나도 이렇게 반갑지는 않았다.

"어서 오세요. 오늘은 오실 줄 알았어요."

"지난 번에 죄송했어요. 말없이 사라져서."

세라가 자리에 앉길 권할 틈도 주지 않고 비너스는 소파에 앉았다. 그는 감색 슈트 차림이다. 요즈음에는 여자도 스커트를 입은 두 피스 차림보다 슈트 정장 차림을 하는 사람이 많다. 슈트가 걸리는 것이 아니라 비너스가 남자라는 걸 알기 때문에 슈트 차림이 눈에 확 들어왔다. 아바타는 비너스 그대로지만 아마도 그녀 앞에서 만큼은 숨기고 싶지 않은 뜻인지 모른다.

"별일 없으셨지요?"

"별일이 있었습니다."

그는 담담하게 입을 열었다.

안개가 병풍처럼 드리워져 있는 길을 달릴 때, 갑자기 어머니가 문을 열고 들어왔다. 전날 어머니가 들어왔기 때문에 그날은 마음놓고 세라에게 왔다. 연이어 이틀간 방에 들어온 적은 세 번도 안 된다. 너무 뜻밖이었다. 순간 당황했고 자신도 모르게 벌떡 일어났다. 세라에게 말할 겨를이 없었다. 어머니의 행동은 빨랐다. 어머니가 모니터 전원을 끄고 침대 헤드에 있는 스탠드 불을 켰다. 이어 형광등까지 끄는 데 걸린 시간은 불과 수 초다. 스탠드 불빛은 붉은색이다. 조도가 낮아 방안은 붉은 안개가 자욱한 것처럼 고혹적인 분위기를 자아냈다. 어머니가 붉은색에 취한 모양이다. 그가 어안이 벙벙하는 사이 어머니는 그를 침대에 누였다. 순식간에 역습을 당해 반전의 기회도 잡지 못한 씨름 선수 몰골이었다. 어머니의 손이 그의 몸을 기어갔다. 그는 역겨워 울렁증이 일었다. 조금 전 세라와 나누었던 지난 일들이 스쳐지나갔다. 초등학교 때, 고등학교와 대학 시절까지. 세라에게 다짐했던 말도 상기시켰다. 어머니와의 일을 정리하지 못한다면 그는 누구를 사랑할 자격조차 없는 사람이다. 생각이 여기에 이르자 팔뚝의 근육이 불끈 일어났다. 그리고 그가 무슨 짓을 했는지 순간 패닉상태가 되었다. 쿵하는 소리에 정신이 돌아왔다. 어머니는 침대 밑으로 내동댕이쳐져 있었다.

어머니가 잠시 정신을 잃은 것 같았다. 전혀 예기치 못한 일이라 그랬을 터였다. 이내 정신을 차렸는지 벌떡 일어나더니 상의가 반쯤 벗겨진 채로 그의 방을 나갔다. 그는 잠시 쫓아나가야 되는지 어떨지 생각하느라 골이 지근거렸다. 지금 쫓아가면 어머니의 벽을 넘지 못한다. 어머니가 자해하는 이상한 행동을 해도 못 본 척해야 한다. 스스로 목숨이야 끊겠는가. 겁만 주겠지. 그는 안절부절못하고 방안을 빙빙 돌았다. 아니다. 분을 삭이지 못하고 칼로 가슴을 찌를지도 모른다. 무모한 일을 저지를 만큼 어머니는 독하다. 그는 참지 못하고 방문을 열고 나갔다. 거실에서 어머니가 피를 흘리고 쓰러져 있었다. 손에는 과도가 들려져 있다. 어떻게 수습해야 할지 앞이 깜깜하고 어지러웠다. 간신히 정신을 가다듬고 119에 전화를 했다.

119 구급차가 엥엥 소리를 내며 아파트 내로 들어왔다. 이어 응급구조요원들에 의해 차에 올려졌다. 같은 동에 사는 주민들이 모두 얼굴을 내밀고 쳐다보고 있었다. 그도 함께 구급차에 올라탔다. 어머니는 기절한 상태였다. 다급한 마음에 구조요원에게 어머니의 상태에 대해 물었다.

"위험하진 않겠죠?"

"글쎄요. 상처가 가슴이라, 어떨지. 지혈을 위해 응급조치를 해서 일단 피가 흐르는 건 멈췄습니다. 상태가 어떨지는 병원에 가봐야 확실히 알겠는데요. 상처의 깊이가 그리 깊지 않은 것 같기는 합니다만."

눈을 감고 있는 어머니 손을 잡았다. 다시는 어머니를 밀치지 않겠다는 말이 목구멍까지 올라오는 걸 온 힘을 다해 토해내지 않았다.

응급처치를 한 의사는 상처의 깊이가 3센티미터쯤이다. 피하층을 조금 지났을 뿐 생명에는 지장이 없다. 하지만 깊이와 관계없이 동맥을 아슬아슬하게 비켜가서 천만다행이라고 말했다. 마취는 2시간 후면 풀릴 것이다. 마음의 안정을 위해 마취에서 깨어나면 신경안정제를 주사한다고 했다. 그러면 어머니는 아침까지 깊은 잠에 빠질 거라고 했다. 어머니는 마취상태로 보기에는 아주 평화롭게 잠들어 있었다. 잠들어 있는 어머니를 보며 가엽다는 생각에 가슴이 먹먹했다. 어머니라고 아들과 관계하는 일이 편하였겠는가. 어떻게 해야 어머니가 이 멍에를 벗어던지게 할 수 있을까. 어머니가 굴레에서 벗어나면 평화로운 나날이 펼쳐질 거다. 그걸 어머니는 상상하지 못하는 것이다. 어머니가 행복한 생을 살도록 역할을 해야 한다. 어떻게 해야 하나. 어머니가 잠든 사이 의사와 면담을 해야겠다. 우선 응급처치를 한 의사를 먼저 만났다. 그 의사에게는 어머니가 자살을 기도했다는 선까지만 이야기했다. 또 있을지 모를 자해를 방지하기 위해 정신과 전문의의 진료가 필요한가를 물었다. 의사는 정신과 의사를 소개시켜주겠다고 했다. 정신과 진료는 아침 9시가 되어야 시작된다. 정신과로 이첩할 수 있게 조치를 취해놓겠다고 했다. 아침식사가 끝나고 간호사의 안내를 받으라고 하였다.

아침이 되자 어머니는 잠에서 깨어나듯 의식이 돌아왔다. 여전히 그를 쳐다보지 않았다. 어쩌면 쳐다볼 수 없었는지도 몰랐다. 식사시간이 되었다. 조무보조원이 어머니의 이름을 부르며 식판을 가져왔다. 그는 침대에 달린 식사대를 펼치고 그 위에 식판을 올려놓았다. 밥그릇과 국그릇, 반찬그릇 모두 뚜껑으로 덮여 있었다. 그는 뚜껑을 하나하나 열었다. 좁쌀이 섞인 밥에 무국이다. 반찬은 계란찜, 갈치구이 한 토막, 물김치, 김이다. 150밀리 짜리 우유도 한 팩이 놓여 있다. 어머니가 식사하기 좋게 침대 레버를 돌려 등받이가 되게 침대 머리맡 부분을 올렸다. 수저를 어머니 손에 쥐어주며 '엄마, 식사하세요'라고 작은 소리로 말했다. 어머니는 식사를 할 뜻이 없는 것처럼 수저를 도로 내려놓고 뚜껑들을 도로 덮었다. 다시 권한 대도 어머니가 식사를 할 것 같지도 않아 어머니와 함께 아침을 걸렀다. 9시경이 되자 간호사가 '진료 가셔야죠'라고 말했다. 어버니를 휠체어에 태우고 간호사를 따라갔다. 간호사가 앞서 간 곳은 정신과 진료실이었다.

의사가 먼저 그와의 면담을 요청했다. 진료실 안의 풍경은 다른 진료실과는 달랐다. 안락한 소파가 놓여 있었다. 가운을 입지 않은 의사가 소파에 앉아 있었다. 의사는 안경 너머에 맑은 눈동자가 빛났고 머리가 희끗희끗하여 50대 중반으로 보이는 남자였다. 의사가 경륜을 많이 쌓은 것 같아 신뢰가 갔다. 어머니가 자살을 기도했다는 것은 알고 있다며 의사가 말문을 열었다.

"어머니에 관한 한 하나도 숨김없이 말해야 치료를 제대로 할 수 있습니다."

'하나도 숨김없이'라는 의사의 말이 비수처럼 가슴에 꽂혔다. 어머니에 대해서는 세라를 제외하고는 아무에게도 말하지 않았다. 세라에게는 자신을 온전히 숨길 수 있어 가능했다. 의사와 멀쩡히 마주앉아 말할 수 있을까. 얼굴이 화끈거려 도저히 말을 못할 것 같다. 하지만 어머니를 제대로 치료하려면 용기를 내야 한다. 털어놔야 자신도 굴레에서 벗어나는 거다. 자신도 이미 병들어 있거나 깊은 곳에 어떤 상흔이 남아 있을 터였다. 어머니와 함께 치료를 해야 할지 몰랐다. 어머니와의 관계는 일반사람에게서는 상상도 할 수 없는 일인데 아무리 의사라도 그 상황을 담담히 들어줄 수 있을까.

"의사의 명예를 걸고 환자에 대하여 들은 이야기는 발설하지 않습니다. 대략 짐작하셨지만 난 의사 경력이 30년이 넘어요. 그간 환자에게서

들은 이야기는 보통 사람에게는 절대 일어날 것 같지 않은 이야기도 수없이 들었어요. 나를 한번 믿어보시지요."

차분한 어투로 말하는 의사에게 믿음이 갔다. 안도의 숨도 새어나왔다. 그래도 선뜻 이야기를 꺼내지 못하고 망설였다. 온몸에서 진땀이 나기 시작했다. 얼굴도 예외 없이 땀이 삐죽삐죽 솟아나는 게 느껴졌다. 입은 벌어지지 않고 몸에 신열까지 오르고 있다. 주머니를 뒤졌다. 늘 가지고 다니던 손수건이 손에 잡히지 않는다. 병실에 두고 온 모양이었다. 손등을 이마에 가져가 닦았다. 손등에 땀이 묻어나온다. 자신도 모르는 사이 입에서는 말 대신 옅은 신음소리가 새어나왔다. 의사는 재촉하지 않고 참을성 있게 기다리고 있다. 미안한 생각이 들었다. 다른 환자도 있을 거고 의사가 한가한 사람은 아니다. 빨리 말해야 하는데 도저히 입이 떨어지지 않는다. 계속 땀만 훔치고 있다. 5분, 10분 시간이 흘렀다. 몇 시간이 흐른 것처럼 길게 느껴졌다.

"말로 하기 힘들면 종이에 쓰시겠어요? 아니면 녹음을 해도 되고."

"네, 선생님 녹음도 힘들 것 같고 쓰는 건 할 수 있을 것 같습니다."

"쓰는 것이라면 꼭 내 앞에서 할 필요는 없겠지요. 참고가 될 만한 것 모두 솔직하게 써주십시오."

의사가 간호사를 불렀다. 간호사가 진료실 한쪽 벽에 나 있는 문으로 안내한다. 문을 여니 작은 방이 연결되어 있다. 공간은 진료실보다 작지만 분위기는 진료실처럼 온화하게 꾸며져 있다. 방 중앙에 하얀 탁자와 노란 소파가 놓여 있었다. 탁자 위에는 앙증맞은 하얀 도자기 화분에 바이올렛이 연보라 꽃을 피우고 있다. 작은 꽃이 실내를 향으로 가득 채우고 있다. 간호사가 A4용지 서너 장과 볼펜을 준다. 벽 한쪽에 자리하고 있는 문서함을 가리키며 더 필요하면 둘째 칸에서 꺼내라고 말한다. 이내 간호사는 방 밖으로 나갔다.

어미니가 자신과 관계를 맺게 되기까지의 과정에 해당하는 말과 행동들을 머릿속에 하나씩 정리했다. 세라에게 이미 한번 털어놓은 터라 정리하는 데 그리 오래 걸리지 않았다. 그는 서슴없이 써내려갔다. 이야기의 순서는 어긋나지 않았다. 세라에게 말했던 것을 그대로 글로 옮긴 것 같았다. 기억나는 것은 하나도 빠트리지 않고 더하지도 않고 모조리 적었다. 세라에게 하지 못했던 이야기는 그가 어머니의 요구를 받아들이지 않고 밀어냈다는 부분이다. 그 이야기까지 썼고 그 일로 어머니가 자살기도를 한 것까지 썼다. 적고 나니 A4용지 두 장 반이나 되었다. 그는 의사에게 내밀기 전에 한번 읽어보았다. 신기하게 의사와 마주 앉았을 때의 수치심은 온데간데없다. 한번 훑어보았을 때 간호사가 들어왔다. 마치 어디선가 CCTV로 지켜보기라도 한 것처럼 타임이 딱 맞아떨어졌다. 그는 순간 흠칫 놀랐다.

"다 쓰셨으면 주시겠어요?"

그는 쓴 것을 간호사에게 내밀며 내부를 한번 휘둘러보았다. 흘깃 보았지만 어느 구석에도 카메라 같은 것은 없었다. 간호사가 들어왔던 문을 연다. 그는 그 문을 지나 처음 의사와 마주 앉았던 진료실로 나왔다. 그 진료실에서는 조금 전 그가 앉았던 자리 옆에 어머니가 휠체어에 앉아 있고 의사도 바로 그 자리에 앉아 있었다. 어머니의 얼굴은 하얗다 못해 창백했다. 피를 많이 흘려서인지 의사와 이야기를 나누며 극도로 긴장해서인지 알 수 없었다. 그가 종이에 적는 내내 의사는 어머니와 면담을 하고 있던 것일까. 의사가 어머니에게서 어떤 이야기를 끄집어냈을까. 어머니는 말할 수 있었을까. 아들과의 관계에 대해서. 아마도 자신처럼 입을 열지 못했을 터였다. 그가 나오자 어머니는 당황한 빛이 역력했다. 순간 불안한 듯 눈동자가 가늘게 흔들리고 있었다. 의사는 처방을 내주겠다면 먼저 어머니를 진료실 밖으로 내보냈다. 그가 어머니의 휠체어를 밀고 진료실 밖으로 나와 긴 의자에 나란히 앉았다. 의사가 처방을 하기까지 시간이 좀 걸렸다. 처방을 하기 전에 그의 글을 읽었을 것이고 그에 맞는 처방을 하느라 늦어지는 것 같았다.

간호사가 보호자님 잠시 들어오시죠, 한다. 조금 전과 똑같은 곳에 앉았다. 그는 의사의 표정에서 무엇이라도 읽고 싶었지만 의사를 정면으로 쳐다볼 수 없었다.

"얼마간 입원 치료가 필요합니다."

그 순간 그는 영화에서 보았던 정신과 병동 입원실이 스쳤다. 미친 사람이라는 말도 불쑥 떠올랐다.

"입원을 꼭 해야 합니까?"

"또 자해를 할 가능성이 있어서요. 한시도 떨어지지 않고 누군가가 지킬 수 없지요. 입원이라고 해서 겁내지 마세요. 영화나 드라마에 나오는 그런 곳이 아닙니다. 호텔처럼 편하다고 하면 과장일까. 그리 오래 입원하지 않아도 될 겁니다. 우선 가슴 상처를 치료하는 동안은 외과병동에서 병행치료를 하도록 하지요. 상처가 퇴원할 정도로 아물게 되면 이곳 병동으로 옮기게 됩니다."

"제가 직장에 나가야 하는데 혹시 그 사이 어머니가…."

"염려마세요. 오늘부터 약물치료를 할 거고 병원에 계시는 동안에는 그런 불상사는 없을 겁니다."

"감사합니다. 잘 부탁드립니다."

의사는 그가 쓴 글을 읽지 않은 것처럼 동요됨이 없이 차분하고 냉정한 어투로 자세히 설명했다. 약은 몸이 아픈 사람에게만 쓰는 줄 알았다. 사람의 마음까지 치료한다는 사실이 놀라웠다. 늘 어머니 옆에서 지킬 수도 없는 일이고 또 지킨다고 근본적으로 해결될 일이 아니었다. 이번 기회에 어머니의 몸과 마음에 침전되어 있는 상처가 깨끗이 사라지게 해야 한다.

"약은 하루에 두 번 식후 30분에 드셔야 합니다. 아침에 드실 약과 저녁에 드실 약이 달라요. 약 봉지에 표시를 할 겁니다. 꼭 그대로 복용하게 하십시오."

간호사가 약의 복용에 대해 꼼꼼히 설명해주었다.

외과병동으로 돌아오니 11시가 되었다. 어머니가 얼마간 입원을 해야 한다. 간호사에게 간병인을 소개해줄 것을 부탁했다. 부탁한 지 30분도 되지 않아 아주머니 한 분이 오셨다. 그는 간병인에게 간호사가 그에게 했던 것처럼 약 복용에 대해 설명했다. 어머니의 가슴 상처뿐 아니라 자살기도 사실을 털어놓으며 가능한 한 어머니에게서 눈을 떼어놓지 않기를 부탁했다.

이야기를 마친 비너스는 세라에게 고맙다고 한다. 세라에게 미리 터놓고 말했기 때문에 의사에게 조리있게 전달할 수 있었다. 그보다 앞서 어머니라는 거대한 벽에 맞설 용기가 생겼다고 했다. 세라는 비너스의 인사를 받으며 자신이 한 일이 없는데 고맙다고 하니 도리어 미안한 마음이 들었다. 한편으로는 정말 이 일을 하기 잘했다는 생각이 들었다.

불현듯 비너스와 갔던 안개의 땅이 떠올랐다. 다시 그곳을 같이 가보고 싶다. 가서 장래를 위해 투자하면 어떨지 상의하고 싶어졌다. 생각이 거기에 미치자 그녀는 순간 움찔했다. 비너스와 자신의 일을 상의해볼 생각을 하다니. 더구나 비너스는 지금 어렵사리 시간을 내서 상담실에 들렀을 것이다.

"그만 어머니께 가보셔야지요?"

"네, 어머니가 잠든 걸 보고 들렀어요. 혹, 깰지 모르니 오래 있기는…."

"틈을 내서 주무세요. 같이 병나면 안 되잖아요."

비너스에게 일이 잘 풀릴 거라고 덧붙인다. 세라는 비니스를 등 떠밀어 내보냈다.

16

비너스의 정체

부지배인이 출근할 거다. 식당으로 향하는 발걸음이 무겁다. 그래도 그게 밥줄이니 나가야 한다. 고향집에서는 어머니가 월급 날짜를 손꼽아 기다리고 있을 터다. 그녀는 의도적으로 두 팔을 휘저으며 힘차게 걸어본다. 한결 마음이 가벼워진다. 그래 무엇이든 긍정적으로 생각해보자. 긍정적 마인드가 성공의 지름길이라는 것을 어디선가 읽었다. 부지배인에 대한 생각도 될 수 있으면 좋은 방향으로 생각하자. 어쩌면 부지배인의 의도와 달리 그녀 자신이 엉뚱한 방향으로 생각하고 있을 수도 있다. 지난 번 그가 눈을 감고 있던 것처럼. 그의 눈도 매의 눈이 아니라 정의감 넘치는 무사의 눈이라 생각하자. 그러고 보니 예전에 보았던 무협만화의 주인공 눈과 흡사하다. 그 무사는 홍길동처럼 의적이었다. 탐관오리의 재물을 빼앗아 가난한 서민들에게 나눠주었다. 탐관오리일수록 그를 잡으려 혈안이 되었지만 무예가 뛰어난 그에게는 누구도 적수가 못되었다. 무사의 눈이 날카로워 웬만한 조무래기들은 그의 눈에 곧바로 제압되어 칼 한번 휘두르지도 도약도 제대로 못했다. 날카로운 외모와 달리 무사는 정의롭고 정이 많은 사람이었다. 부지배인의 이면에도 그런 면이 있을지 모른다. 지레 겉모습으로 그를 판단하고 막연히 싫어했는지 모른다. 그녀는 출근하는 내내 긍정적적으로, 라는 말을 수없이 되뇌었다. 어제처럼 앞으로 아무 짓도 안 한다면 부지배인에 대한 나빴던 일들을 지워버리자.

레스토랑 문을 열었다. 열자마자 부지배인과 마주친다. 정말 그는 벌써 출근해 있다. 어머니가 위독했어도 하루 반만 홀을 비웠다. 독한 사람 같으니라고. 한 일주일 결근할 것이지. 어머니가 편찮은데 누가 무어라 할 사람이 있다고. 매와 같은 눈을 보고 진작 알았었다. 그가 얼마나 철저히 지독한지를. 사장은 책임감이 강한 직원이라고 칭찬할지 모른다. 다음 지배인 자리는 그의 차지가 될 게 뻔하다. 안녕하세요, 인사하며 그의 눈을 보게 되었다. 순간 주춤한다. 어제 잠시 누그러졌던 눈매는 예전처럼 꼿꼿이 되살아나 있다. 출근하는 내내 수없이 주문처럼 외웠던 말은 순간 어디론가 사라졌다. 그냥 그 얼굴이 보기 싫다. 얼른 고개를 돌리고 탈의실로 걸음을 옮긴다.

그제 자유로웠던 그 기분은 꿈속의 일같이 아득하다. 이제 겨우 오전 일을 마쳤을 뿐인데 어깨에 힘이 잔뜩 들어가고 고개가 뻣뻣해져 온다. 손님이 점점 많아진다. 그녀는 의도적으로 손님을 살피듯이 고개를 좌우로 돌린다. 몇 번을 반복해도 부드러워지지 않는다. 어깨도 누가 짓누르는 것처럼 묵직하다. 양손을 번갈아가며 가슴을 위로 들어올리듯이 힘을 주고 어깨를 쫙 펴본다. 시원해지지 않는다. 마음을 다독이려 홀 중앙에 걸려 있는 '진주 귀고리의 소녀' 그림을 본다. 비너스가 좋아한다는 그 여자는 그림 속 여자를 닮았다고 했다. 비너스의 이야기를 듣고부터 하루에도 몇 번씩 그림을 보게 되었다. 아무리 보아도 예쁜 구석은 어디에도 없다. 그림 속 여자는 볼을 비벼주어야 할 것 같은 창백한 얼굴을 하고 있다. 어깨 너머로 시선이 느껴진다. 부지배인이 분명할 텐데, 고개를 돌리지 말아야 하는데 어느 결에 그를 보았다. 그가 자신을 쳐다보는 줄 알았다. 아니다. 그의 시선이 닿는 곳은 분명 그림이 있는 곳 같다. 그가 그림을 본다. 그림을 보고 있다고 생각해서일까. 그의 눈은 미풍처럼 부드러워 보인다. 늘 그림을 보듯 보드라우면 얼마나 좋을까. 그가 시선을 그녀에게로 옮기는 것 같아 그녀는 얼른 고개를 돌린다.

화장실에 들러 손을 또 씻었다. 수도꼭지 레버를 냉수 쪽으로 돌리고 한참을 물이 흐르게 두고 손을 대었다. 손이 얼얼하고 벌겋다. 냅킨 두 장을 꺼내 손을 닦는다. 문을 열고 나온다. 부지배인이 서 있을 줄 몰랐다. 한 이틀 그와 마주치지 않아 잠시 잊었었다.

"나 좀 잠깐 보지."

빌어먹을 또 보잖다. 그를 따라간다. 또 창고겠지. 그가 창고 안으로 들어간다. 그가 상자 두 개를 가져온다. 상자를 소파처럼 마주 보이게 놓는다.

"여기 좀 앉아."

웬일인가. 늘 앞에 세워두고 온몸을 뱀이 기어가듯 샅샅이 훑지 않았던가. 어머니 병간호를 하면서 반성을 많이 했나. 그럼 먼저 사과부터 해야지. 그가 어떻게 말을 꺼낼지 지켜보자. 그가 먼저 상자에 앉는다. 그의 눈이 상자로 간다. 얼른 앉으라는 뜻이다. 그녀는 여전히 불안하긴 했지만 마음을 단단히 먹고 앉았다. 그가 그동안 자신의 몸을 훑은 것이 사실인지, 아님 그녀의 착시인지 오늘은 꼭 되짚고 확인해야 한다. 그녀는 부지배인을 쳐다보지 않았지만 그 전처럼 눈부터 감지는 않았다. 서 있는 것보다 앉으니 바닥은 더 잘 보였다. 콘크리트 바닥에 군데군데 얼룩이 보인다. 마치 추상화를 보는 듯 무늬가 있다. 구체적으로 어떤 형상을 나타내는지 도무지 알 수 없다. 지금 부지배인의 의도를 알아볼 수 없는 것과 닮았다. 그의 시선이 느껴진다. 오늘은 어떤 일이 있어도 알아내야 한다. 착시인지 아닌지. 그녀는 과감하게 눈을 들어 부지배인의 시선을 따른다. 부지배인의 시선은 분명 자신의 입술에 머물러 있다. 입술이 간지럽다. 왜 하필 입술일까. 입술을 잘 보려고 앉자고 했나. 왜 번번이 창고로 불러들이는지 한마디 하려고 했는데 그가 자신의 마음을 꿰뚫어본 것일까. 그의 시선이 입술에 꽂히자 입술이 얼어붙어서 벌어지지 않는다. 그런데 그의 시선도 얼어붙은 것일까. 도무지 움직이지 않는다. 계속 입만 보고 있다. 그녀도 그의 입을 흘긋 보았다. 그의 입이 가늘게 떨리고 있다. 무슨 까닭으로 그의 입술이 경련을 일으키는 것인가.

모든 게 다 안개 속이다. 그녀는 작정을 하고 부지배인의 입을 노려보았다. 그녀의 기세에 그는 눌릴 사람이 아니다. 그런데 입이 떨고 있다. 미안하다는 말이 하고 싶지만 나오지 않는지 모른다. 얼마나 다행한 일인가. 그깟 사과 따위는 안 해도 그만이다. 그동안 미안했다는 말 대신 다신 창고로 불러내지 않으면 된다. 앞으로 지켜보면 될 일이다. 그렇게만 해준다면 그동안의 행동을 모두 용서할 준비가 되어 있다. 하지만 지금까지의 일이 그녀 혼자의 망상이라면. 아니다. 그럴 리 없다. 우선 창고로 불러낸 것은 누가 뭐라고 해도 납득이 가지 않는 행동이다. 분명 착시는 아니라고 그녀는 확신한다.

"일어서!"

예전의 못된 짓거리가 또 나온다. 아니 무슨 체육시간도 아니고 완전히 구령조로 말했다. 그녀는 고등학교 시절도 돌아간 듯 구령에 곧바로 벌떡 일어났다. 일어서는 순간 어이가 없었다. 절대로 밀려서는 안 된다.

"지금부터 일어서 앉아 200번 실시!"

"그렇게는 못해요!"

그녀는 있는 힘을 다해 소리를 질렀다. 동시에 바람을 휙 일으키며 밖으로 뛰쳐나갔다. 탈의실에서 옷을 갈아입고 곧바로 거리로 나왔다.

어이없게 또 상담소에서 게임을 하고 있다. 바깥세상에서의 버릇이 이곳까지 이어지고 있다. 책을 읽겠다고 했는데 언제 나타날지 모르며 기다리는 막간의 시간에는 글이 눈에 들어오지 않는다. 모처럼 인터넷을 뒤지다가 처음 발견한 로드러너가 하고 싶어졌다. 1980년대에 가장 인기 있던 게임을 현대에 맞게 새 버전으로 꾸민 게임이다. 쫓고 쫓기는 긴장감 속에 추적자들을 교묘히 따돌리는 재미에 푹 빠졌었다. 그때의 재미가 되살아날까. 검색 창에 로드러너 게임을 찾아냈다.

레벨1 화면에 러너가 나타난다. 추적자는 셋이다. 몇 년 전에 게임했던 생각이 난다. 부지런히 방향키 버튼을 오른손가락으로 누른다. 손가락 움직임이 둔하다. 예전 같지 않다. 화면 위에 널려 있는 아이템을 모두 먹기 위해 계속 달린다. 추적자들이 따라온다. 그들에게 잡히면 게임은 끝난다. 추적자를 해치울 능력은 없고 따돌릴 수 있게 프로그램 되어 있다. 러너는 망치로 함정을 판다. 함정은 왼손가락을 사용해서 판다.

자판기의 X와 Z 자판을 눌러서 판다. 러너의 왼쪽에 함정을 팔 때는 Z를 오른 쪽에 팔 때는 X를 누른다. 왼쪽에서 추적자가 따라온다. 열심히 X 자판을 누른다. 한번 누르면 한번 도끼질을 하는 거다. 빠르게 누른다. 함정을 파고 그 옆에서 추적자를 기다린다. 우둔한 추적자는 백발백중 함정에 빠진다. 물에 빠진 것처럼 허우적거리기만 할 뿐 빠져나오지 못한다. 옴짝달싹 못하게 된 추적자 위를 유유히 지나 다음 아이템을 향해 계속 달린다. 또 다른 추적자가 따라오기 때문이다.

러너의 달리는 방향은 자판기의 방향키를 이용한다. 오른손가락으로 왼쪽으로 갈 때는 왼쪽 방향키를 누른다. 방향키와 움직이는 방향이 같으니 헷갈리지 않는다. 화면에는 군데군데 위로 오르는 사다리가 있다. 사다리를 지나야 아이템을 먹을 수 있다. 사다리를 오르는 것은 위로 화살표가 그려진 방향키를 사용한다. 게임을 처음 시작한 얼마간 가장 어려웠던 것은 방향을 바꾸는 일이었다. 길을 가다가 사다리를 타고 올라가 추적자를 따돌려야 할 때 타임을 맞추기가 까다로웠다. 지금도 그때와 같다. 추적자가 가까이 다가올수록 미처 사다리에 오르지 못하고 잡히곤 했다. 사다리에 올라야 하는데 손가락이 제대로 움직이지 않는다. 사다리에 오르지 못하고 추적자에게 잡혔다. 화면에 있는 아이템들을 모두 먹어야 다음 단계로 넘어간다. 다시 한번 해본다. 또 잡혔다. 이러다간 2단계도 못 올라가겠다. 한 단계 올라갈 때마다 추적자의 수가 많아지고 그들의 추격 속도도 빨라진다. 예전의 쾌감을 맛보기 힘들겠다. 아이템을 먹을 때보다 추적자를 함정에 빠뜨릴 때의 쾌감은 남달랐었다. 부지배인을 꼼짝 못하게 가두는 기분이 들었었다.

예전에 100회를 넘어갈 때까지 성공한 적이 있다. 100회부터는 아이템이 벽 속에 있었다. 벽을 부수어야 아이템을 먹을 수 있다. 러너의 손을 빌려 열심히 도끼를 휘둘러 벽에 구멍을 낸다. 그리고 그 구멍을 지나 아이템을 먹고 다음 아이템이 있는 곳을 향해 달렸다. 벽돌을 격파할 때는 마음에 들지 않는 부지배인을 후려친 것처럼 마음이 후련해졌었다. 벽을 부수어 구멍을 내고나면 갑갑했던 마음이 뻥 뚫리는 것 같기도 했었다. 러너는 달렸고 아무리 달려도 지치지 않았다. 그때는 얼마나 게임을 잘했는지 추적자는 러너를 따라잡지 못했다.

비번 전날 밤 로드러너를 하느라 밤을 새운 적이 있다. 게임 성공률이 최고조에 달했을 때다. 도대체 로드러너의 게임화면이 몇 번이나 바뀔까 궁금했다. 기적처럼 계속 임무를 완성하고 다음 화면으로 넘어갔다. 198회를 성공하고 199회로 넘어갔다. 로드러너 1회 때 화면과 같았다. 의아해하며 방향키를 눌렀다. 러너가 반대 방향으로 움직였다. 아마도 199회부터는 화면은 같고 러너를 움직이는 방향키가 반대로 세팅한 모양이었다. 자연스레 반대로 키를 누르는 일은 쉽지 않아보였다. 화면은 198회가 끝이었다. 더 이상 새로운 화면이 나타나지 않을 건 뻔했다. 다음 화면에 대한 호기심이 사라졌다. 아마도 그때부터 로드러너 게임을 안 했던 것 같다. 예전의 쾌감을 되살리려고 한번만 더 해보자. 다시 시작 버튼을 클릭했다. 조금 전보다는 손가락이 부드러워졌다. 간신히 1단계를 마쳤다. 2단계에는 추적자가 5명으로 늘었다. 그들을 따돌리려고 열심히 달린다.

"게임 재미있나요?"

비너스가 들어오는 것도 몰랐다. 그는 노크도 여러 번 했다고 한다. 도끼로 함정을 팔 때 우연히 박자에 맞추어 노크하진 않았을 거다. 세라는 얼른 게임 화면을 내려놓는다. 비너스는 연속극을 들려주듯이 자연스레 이야기를 이어나간다.

그녀의 관심을 끌려고 쏘아보고 괴롭히기도 여러 번 했다. 그녀가 자꾸 쳐다보는 것으로 보아 관심 끄는 데는 성공한 것 같다. 그녀의 마음도 떠볼 겸 매일 그녀를 은밀한 장소를 불러냈다. 그녀를 지휘 감독할 위치에 있어 그걸 이용했다. 그녀는 실수를 많이 하는 편이어서 실패하더라도 주의를 주려고 불러냈다면 그만이다. 그녀에게 잘 대해줘야 하는데 번번이 그녀를 괴롭히게 된다. 그녀의 행동을 문제삼아 학생들 벌세우듯이 기합을 줬다. 그녀가 기합을 받으면서 괴로워하면 묘한 쾌감이 몰려왔다. 그녀는 직장에서 잘릴까봐 순종하는 게 틀림없다. 이제 어머니와의 관계도 정리가 되었다. 고백할 때가 된 줄 알았다. 그녀에게 고백해야겠다고 마음먹었다, 이제는 말할 수 있을 것 같았다. 늘 주의를 주는 것처럼 앞에 세워뒀었다. 어제는 분위기를 부드럽게 하려고 그녀를 앉게 했다. 그녀를 마주보고 앉아 말을 꺼내려했다. 그녀는 여태 안 하던 행동을 했다. 빤히 입술을 쳐다보고 있어 입이 얼어붙는 줄 알았다. 앞에 앉아 고백은커녕 입도 벙긋 못했다. 1분 또 1분 시간은 흐르는데 입술이 마르고 경련이 일었다. 다음날 하기로 하고 그만 일어났다. 일어나면서 아무것도 시도하지 않은 것처럼 하려고 큰소리로 명령하듯이 말했다. 일어나라고. 그 말만 했으면 좋았을 것을 또 그녀에게 200번 앉았다 일어나라고 기합을 주듯이 말했다. 그런데 예기치 않은 일이 벌어졌다. 그녀가 반항을 하고 뛰쳐나갔다. 그리고 레스토랑에 돌아오지 않았다. 점점 일이 꼬여간다. 이제 모든 것이 다 틀린 것 같다.

비너스가 부지배인이라는 건가. 부지배인이 했던 행동과 일치하지 않는가. 설마 비너스가 부지배인은 아닐 거야. 아니 비너스가 부지배인인 것이 분명해. 아르바이트하던 대학생이 세컨드 라이프 이야기를 했을 때 그도 같이 들었나, 대학생 주변에는 여럿이 있었지만 누구누구가 그의 말을 들었는지 기억에 없다. 부지배인이 같이 들었으니 이 세계의 회원이 되었겠지. 그때 이야기를 들은 사람 모두 세컨드 라이프 회원이 된 건 아니겠지. 도무지 알 수 없는 일이다. 게다가 부지배인은 오버클래스 회원이 되려고 자신처럼 비번 날짜도 바꾸었다, 이렇게 가까이 있는 사람일 줄이야. 마돈나도 주변 인물일까. 수요일이 비번인 사람은 직원 중에는 나뿐이고 간부 중에는 부지배인이 다니까 마돈나는 아닐 거다. 어떻든 진주 귀고리 소녀 그림을 보았을 때의 장면도 떠오른다. 관심 끌려고 그동안 괴롭혔다고. 이해가 안 간다. 관심 있으면 잘해주어야지. 뭔가 뒤틀려 있다. 쳐다보는 게 다였다고, 온몸을 벌레가 기어가듯이 훑은 걸 숨기고 있다. 은밀한 곳마다 시선을 꽂은 듯 쳐다본 것도 말하지 않고 있다. 어머니와의 비정상인 관계 때문에 여자를 정상적인 방법으로 대하는 법을 모르는 거다. 세라는 그만 아연해졌다. 비너스가 전혀 관계없는 사람이라도 그에게 무슨 말을 할지 찾을 수 없을 터다. 게다가 비너스가 부지배인인 것이 분명한데. 그가 말하는 상대가 자신임이 분명한데 어떤 말도 할 수 없다.

"듣기만 한다고 했죠?"

비너스가 고개를 끄덕였다. 탁자를 사이에 두고 둘은 한참을 그렇게 앉아 있다. 비너스가 조용히 일어선다. 그래도 털어놓으니 어제보다 더 용기가 생긴다. 고백하면서 주려고 진주 귀고리도 준비했다. 내일 또 마음을 전해보겠다는 말을 남기며 나간다. 진주 귀고리를 준비했다고, 그는 명화 속 허상을 사랑하는 것인지 몰랐다. 그건 일종의 집착일 수도. 귀고리를 걸어주고 동일시하려는, 자신을 사랑하는 게 아니다. 정말 사랑했다면 알지 못하는 파동이 자기장처럼 전해져왔을 것이다. 그를 보기도 싫은데. 그는 머지않아 파란 터번까지 두르라 할지도 모른다. 소름이 돋는다. 몸이 오돌오돌 떨린다. 진주 어쩌고, 에서 벗어나려고 처음 비너스를 만난 기억을 되짚는다. 밍크코트를 입고 말이 없던 비너스, 비너스에게서 수진이를 보았던 일, 에펠탑에서의 일, 모든 것이 영상처럼 비쳤다. 처음 비너스를 만난 날처럼 우울했다. 게임도 드라이브도 하고 싶지 않다. 로그아웃을 한다.

17

결근

끈질기게 몰려오던 잠이 확 달아났다. 아무것도 하는 일없이 빛이 죽어 있는 모니터를 보고 있다. 얼마나 시간이 흘렀을까. 창문이 희뿌옇게 밝아오고 있다. 오늘 또 부지배인이 잠깐 보자고 하겠지. 모든 걸 알면서 그에게 끌려갈 수는 없다. 정말로 품었던 말을 한다면. 대처할 방법이 없다. 그 일이 아니라도 같은 공간에서 얼굴을 맞댈 수 없다. 출근하기 싫다. 일자리 구하기도 쉽지 않은데. 어떻게 해야 하나. 수중에는 몇만 원밖에 없다. 통장 잔고도 비슷하다. 이럴 줄 알았으면 상가를 사는 게 아닌데. 방 월세 25만 원을 낼 날짜는 다가온다. 그만둔 대도 이번 달 월급은 나올 거니까 한 달 정도는 버틸 수 있다. 레스토랑을 그만두게 되면 집에 송금을 중단해야한다. 상담소 진료비로는 어림없다. 인터넷 검색을 해보니 정신과 진료비도 일반 치료비와 비슷했다. 만 원 전후란다. 진료비가 올라가는 경우는 심리검사나 뇌파검사 등을 할 경우라고 한다. 그때도 30만 원에서 50만 원 사이란다. 세컨드 라이프에서 30만 원이면 이 세상 돈으로 30원이다. 30원으로는 껌 한 통도 못 산다. 게다가 상담하러 오는 사람도 없다. 머리가 지근거린다. 그냥 무시하고 출근을 해야 하나. 도저히 나가고 싶지 않다. 어쨌든 오늘 하루만이라도 쉬면서 고민해보는 수밖에.

집에 먹을거리도 없다. 매일 레스토랑에서 주는 한 끼로 하루를 보냈다. 그래서 좋은 점은 있다. 체중이 많이 줄었다. 통통한 볼살이 빠져서 갸름해졌으면 했는데 얼굴은 그대로다. 혹시나 하는 마음으로 냉장고를 열어보았다. 엄마가 보내준 김치통만 냉장고 한 칸을 차지하고 있다. 싱크대 서랍과 다용도 선반을 샅샅이 뒤졌다. 어쩌면 라면 1개도 없다. 당장 내려가서 빵이나 라면이라도 사야 한다. 빨간 파카를 입고 회색 목도리를 두른다. 일어서는데 현기증이 인다. 헛발을 디디지 않으려고 계단을 조심스레 내려온다. 언덕이 가팔라서 몸이 앞으로 기운다. 다리에 가속이 붙는다. 애써 몸을 뒤로 젖히고 걷는다. 가까이에 편의점이 있다. 편의점 물건값은 슈퍼마켓보다 십에서 이십 퍼센트 비싸다. 조금 멀지만 슈퍼로 향한다.

마트에 들어서니 음식 냄새가 풍겨온다. 냄새를 잘 맡지 못했는데 코가 언제 이렇게 예민해졌나. 속이 비니 냄새에 민감해진 모양이다. 특공대 군인들을 훈련시킬 때 며칠을 굶기면 멀리 떨어진 인가에서 피우는 냄새만으로 그곳을 찾아간다는 말이 실감난다. 비교적 이른 시간인데도 여기저기에 시식 코너가 있다. 쇼핑은 미루고 그녀는 절약도 할 겸 시식 코너마다 들른다. 물만두, 군만두 시식 코너에서 판매원이 만두를 반쪽을 내서 접시에 올려놓는다. 김이 모락모락 난다. 군침이 돈다. 몇 개

집어 먹는다. 조금 떨어진 곳에는 묵무침을 올려놓았다. 묵의 종류도 다양하다. 도토리묵, 청포묵, 물방개묵, 검은깨묵도 있다. 청포묵은 흰색, 분홍, 쑥색 세 가지다. 청포에 백련초, 쑥을 넣어서 그렇단다. 모두 한 쪽씩 먹는다. 색이 다른 만큼 맛도 조금씩 다를 것이다. 판매원은 다양함을 느끼려고 모두 먹는 줄 알 거다. 사실 배를 채우려고 모두 먹었다. 묵 옆 코너에서 두부도 먹었다. 사람들은 대개 이쑤시개로 한 조각씩 찍어 먹는다. 그녀는 점원이 눈총을 주건 말건 두세 쪽을 한번에 찍어 먹는다. 멀리서 고기 굽는 냄새가 난다. 그쪽을 향해 부지런히 간다. 돼지주물럭구이 시식 코너다.

"더 먹어도 되죠?"

판매원은 상냥하게 웃으며 많이 드시라고 한다. 체면 따위는 집어던졌다. 며칠 굶은 사람처럼 막 집어먹었다. 다행히 판매원은 상냥한 얼굴빛 그대로다. 어쩌면 한 팩 정도 구입할 손님으로 보았을 거다. 잘 먹었습니다라는 인사만 하고 돌아서는데 뒤통수마저 부끄럽다. 어쨌든 시식 코너에서 먹은 것으로 한 끼는 충분히 해결했다. 시식 코너가 늘 있는 건 아니다. 매일 있다면 이렇게 하루 끼니를 해결할 수 있다. 오늘은 운이 좋았다.

진열대마다 먹을거리는 풍성하게 쌓여 있다. 마트 한 편에는 제과점이 있다. 빵이 맛있어 보인다. 값을 본다. 식빵 한 뭉치가 2천 원이 넘는다. 제일 싼 단품인 단팥빵, 소보로빵, 슈크림빵, 도넛도 9백 원씩이다. 손을 뻗지 못한다. 식품공장에서 나오는 빵이 진열되어 있는 곳에 간다. 제과점 빵의 반 값 미만이다. 그녀는 손쉽게 먹을 수 있는 식빵, 동굴이 팥빵을 바구니에 담았다. 라면 코너로 발길을 옮긴다. 라면 종류가 다양한 만큼 가격도 차이가 크다. 라면 하나에 천 원이 넘는 것도 있다. 일본 라면은 삼천 원 가까이 된다. 그녀는 라면 진열대 밑에 쓰인 가격을 훑는다. 다양한 맛을 상상하며 고르는 게 아니다. 제일 싼 라면을 찾는다. 원조라면이 가장 저렴하다. 게다가 다섯 개들이 뭉치 겉에 라면 하나가 더 붙어 있다. 다섯 개 값으로 여섯 개를 사는 거다. 원조라면 한 뭉치를 바구니에 담았다. 더 사고 싶지만 만 원으로 살 수 있는 개수는 적다. 더구나 만 원을 다 쓸 수도 없다. 속으로 암산한다. 5천8백 원이다. 카운터로 간다. 7개 미만만 계산하는 곳으로 간다. 그 곳에는 줄 서 있는 사람이 없다. 곧장 계산을 치렀다. 4천2백 원을 거슬러 받았다. 이것들로 며칠을 먹을 수 있을까.

언덕을 오른다. 오랜만에 등산을 하는 것처럼 숨이 가빠온다. 다리도 뻐근하다. 언덕 중간에서 한번 쉰다. 뒤를 돌아다보았다. 몇 년 이 길을 올랐다. 환한 낮에 오르는 건 참 오랜만이다. 늘 낮에는 내려왔고 깜깜한 밤에 올랐었다. 내려갈 때는 출근하느라 빠르게 그저 길 따라 내려갔었다. 같은 길도 내려갈 때와 올라갈 때의 풍경은 달라 보인다. 내려다보니 길은 가늘고 이리저리 구부러져 있다. 이리 구불거리는 길을 올랐었구나. 자신의 살아온 길처럼 굴곡져 있는 것이 닮아 있다. 가쁜 숨이 잦아들었다. 이어진 언덕을 오른다. 3층 계단을 오른다. 바깥으로 나 있는 옥탑에 이르는 계단도 오른다. 쇠로 되어 있는 계단을 보니 녹색 페인트 칠은 가장자리에 무늬처럼 남아 있고 칠이 벗겨진 곳은 녹슬어 있다. 발자국 디딜 때마다 삐걱거리는 소리가 오늘 따라 요란하게 들린다. 방안에 들어오니 시식 코너에서 먹은 게 다 소화된 것처럼 속이 허전하다. 먹을 게 궁하면 소화도 빨리 된다. 빵은 컴퓨터 옆에, 라면은 싱크대 서랍에 놓고 컴퓨터를 켠다.

세컨드 라이프 세계로 통하는 다리를 건넌다. 푸조를 타고 상담소로 간다. 이젠 이 세계에 들어오면 출근하듯이 상담소로 간다. 낮이건 밤이건 언제 들러도 보금자리처럼 편안하다. 항상 레스토랑에서 퇴근한 후 들렀다. 오늘처럼 낮에 들른 건 비번 날을 빼고 처음이다. 낮 시간에 상담소를 열었으니 일반 손님이 오길 기대해본다. 지금까지 상담을 해준 건 마돈나와 비너스가 다다. 오버클래스 모임이 있는 날에는 모임에 참석하느라 낮 시간의 대부분을 회원들과 보냈다. 낮에 오롯이 이 세계에 들어온 건 처음이다. 한 시간은 상담소를 지키고 한 시간은 거리를 활보하자. 상담실 안을 둘러본다. 보는 것만으로도 가슴이 부풀어오른다. 대나무도 쓰다듬어본다. 대나무의 숨결이 손바닥에 전달되는 것 같다. 고해소 안에 들어가 앉아 있다가 나온다. 무엇을 하건 마음이 평화로워진다. 별일도 안 했는데 한 시간이 후딱 지나갔다. 상담실 문을 열고 밖으로 나온다. 나오던 걸음을 멈추고 되돌아서서 건물을 쳐다본다. 대바구니 모습의 건물은 그렇게 서 있다. 거리를 걷는다. 이 세계에서는 걷는 것만으로도 행복하다. 몇 시간을 산책, 쇼핑, 드라이브를 하면서 보냈다. 언뜻 휴대폰 전화벨이 울린 것도 같다. 휴대폰을 본다. 레스토랑 전화번호가 찍혀 있다. 그녀는 무시하기로 한다. 아예 휴대폰 전원을 꺼놓는다.

밤낮 가리지 않고 몇 날 며칠을 그렇게 지냈는지 가물가물하다. 세컨드 라이프 세상에 폭 빠져 지냈다. 하루만이라고 했는데, 레스토랑에는 가기 싫다. 모든 걸 무시하고 출근하려면 첫날했어야 한다. 날이 갈수록 출근하기 더 힘들다. 어느새 세컨드 라이프 세상에 들어와 상담소에 들어와 있다. 누가 노크한다. 일반 손님일까.

"들어오세요."

일어서서 맞는다. 놀랍게도 비너스다. 비너스를 보자 부지배인이 겹쳐 떠오른다. 한 걸음 뒤로 물러선다.

"어떻게 오셨어요."

엉뚱한 말이 나왔다. 비너스에게 오지 마라고 한 적은 없지 않았던가. 당황하기는 비너스도 마찬가지인 듯했다. '이곳에서는 세라일 뿐이다.' 스스로 마음을 다잡는다. 얼른 비너스에게 잘 오셨다고 고쳐 말하면서 앉기를 권했다. 잠시 주춤했던 비너스가 소파 맞은편에 앉는다.

"하려던 일은 잘되었나요?"

세라로서 시침떼고 물었다. 당연히 비너스는 고개를 가로저었다.

"지난 번 상담한 다음날, 꼭 말하려고 했거든요. 보통 때보다 이른 시간에 직장에 나갔어요. 그녀가 출근하기를 기다렸죠. 전 직원이 다 출근했는데 그녀가 안 보이는 겁니다. 요즈음 늦게 출근하는 날이 많아서 얼마간 그녀가 안 보여도 곧 오겠지 했어요. 일할 준비가 끝나고 한 시간이 지나도 그녀가 출근을 안 하는 거예요. 혹시 감기가 심해서 출근을 안 한 건가 했지요. 전화라도 와야 하는데 전화도 없었어요. 하루 종일 일손이 잘 안 잡히더군요. 어찌어찌하여 하루가 지났어요. 불안한 건 다음날, 또 그 다음날도 그녀가 나타나지 않는 거예요. 종업원들에게 그녀에 대하여 들은 게 있냐고 물었죠. 가장 친했던 그녀의 파트너도 영문을 모르겠다는 거예요. 전화를 해도 휴대폰은 꺼져 있고. 그만둘 이유가 자신 때문인 거 같고요. 만나야 사과를 하든 무슨 이야기라도 할 텐데. 답답하네요. 아님 그녀가 사고를 당한 건 아닌지 걱정이에요. 이번 수 비번인 날 비상연락 주소로 찾아가려다 못 갔어요. 답답할 뿐입니다. 여기 온다고 달리 해결되는 것은 아니지만 그냥 와봤어요."

"무슨 사정이 있겠지요. 찾아간다고 해결되겠어요?"

부지배인이 집에 찾아올까봐 조바심이 났다.

"무단결근 3일이면 무조건 해고예요."

"그럼 이미."

"4일 동안은 제가 막아봤지만…. 아마 마지막 월급도 입금됐을 겁니다."

그만둘 각오를 했는데도 가슴이 철렁 내려앉았다. 취직을 할 수 있을까. 취직 안 되면 어떻게 하나. 앞이 캄캄해졌다. 비너스도 눈에 들어오지 않았다. 아니 들어오지 않는 게 아니라 쳐다보기 싫다. 이젠 예전의 비너스가 아니다. 부지배인으로만 보인다. 아무리 바깥세상과 구별하려고 해도 안 된다.

"세라, 내 말 들어요?"

비너스가 무슨 말을 했던 모양이다. 대꾸하기 싫다. 반응이 없으면 돌아가겠지. 꼼짝 안 한다. 이젠 비너스가 다시는 찾아오지 않기를 바란다. 비너스가 슬그머니 일어선다. 그가 빨리 밖으로 나가길 기다린다. 비너스는 곧바로 나가지 않고 상담실 안을 서성인다. 제발 빨리 좀 나가라. 비너스가 대나무 숲 앞에 선다.

"어디로 사라진 거냐?"

"너의 집으로 쳐들어간다!"

"꼼짝 말고 기다려!"

숨 가쁘게 외치더니 고개를 돌린다. 세라는 의도적으로 눈길도 안 주고 반응하지 않는다. 혼자 뭐라고 중얼거리는 것 같더니 밖으로 나간다. 집으로 쳐들어온다고. 꼼짝 말고 기다리라고, 그렇게는 안 되지. 분명 온다면 비번 날일 거다. 다음 비번 날이 되면 일찌감치 집을 나서야겠다. 주인 아주머니에게 이사했다고 말해 달래야겠다. 그가 다시는 찾지 않도록.

18

아르바이트

일찍 깼다. 출근할 때는 걷잡을 수 없이 쏟아지던 잠이 어디로 달아난 것인가. 정신은 더 또렷해진다. 신기하리 만큼 누운 채 빈둥거려지지 않는다. 벌떡 일어났다. 아마 지금부터 서서히 준비하고 나서도 제일 먼저 레스토랑에 도착할 정도다. 천천히 샤워를 한다. 여유를 부리며 샤워를 한 적이 없던 것 같다. 좁은 화장실에는 변기가 덜렁 있고 세면대는 없다. 세면대가 없어 불편할 때가 많다. 퇴근하고 돌아와 세수라도 하려면 바닥에 있는 빨간 플라스틱 대야에 물을 받아서 해야 한다. 허리를 90도 이상 굽혀야 한다. 그렇지 않으면 옷소매 속으로 물이 스며들기 일쑤다. 발 씻는 일은 그래도 수월하다. 샤워기를 들고 발을 닦으면 되니까. 그래도 원하는 시간에 샤워할 수 있는 게 여간 다행한 일이 아니다.

처음 상경해서는 보증금이 없어 고시원에 머물렀었다. 고시원에는 주방시설과 샤워실, 화장실이 공용이다. 어쩌다 운이 좋으면 한번 나가 곧바로 볼일을 본다. 두 번 들러 샤워를 해도 다행이다. 어떤 날은 그만 샤워를 포기하고 집을 나서고 싶을 만큼 수시로 드나들며 빈 시간에 올인해야 한다. 단독으로 샤워를 할 수 있는 원룸에 이사한 날, 샤워 시간이 자유롭다는 것이 얼마나 좋았던지, 이사 와서 처음 샤워를 한 행복했던 순간을 되짚는다. 벽에 샤워기를 걸 수 있는 고리가 있다. 샤워기를 들고 수도꼭지를 돌린다. 처음 얼마간 물이 흘려보내야 따뜻한 물이 나오기 시작한다. 더운 물이 나올 때까지 화장실 바닥에 수돗물을 뿌리며 간이 바닥청소를 한다. 물을 그냥 흘려버리기 아까워 시작한 것이 습관이 되있다.

예전에는 샤워를 한 다음 머리를 감았다. 시골에 살 때는 일주일에 한 번씩 목욕탕에 갔다. 몸의 때를 닦고 나서 머리를 감았던 그 순서를 그대로 했다. 그래야 머리의 때가 불어 잘 감길 것 같아서다. 물론 엄마의 습관을 그대로 따라했다. 어쨌든 이제 샤워가 일상의 일이 되니 때를 씻어낸다기보다 그냥 매일 통과의례처럼 머리를 감고 샤워를 한다. 샤워를 하는 사이 머리의 물기가 잘 빠져서 말리기 쉽다. 선 채로 머리를 약간 숙이고 샴푸를 한다. 여유를 갖고 머리를 감아서인지 머릿결의 부드러움이 한결 새롭다. 샴푸 광고에 나오는 탤런트처럼 포즈를 취해본다. 샤워타월에 비누거품을 낸 뒤 몸을 부드럽게 마사지하듯 문지른다. 뭔가 모를 것에 기분이 붕 뜨는 느낌이다. 순간 나갈 곳이 없다는 사실이 떠올라 마음이 움츠려든다. 막연하다. 어디로 가봐야 하나. 온갖 잡념들이 머리를 헤집고 다닌다. 생각들은 온갖 생각들로 가득하고 손은 기계적으로 움직여 샤워가 끝났다. 어쩌면 하루 종일 밖에서 찬바람을 맞고 다녀야 할지 모른다. 올해는 몇 십 년 만의 한파라고 방송마다 떠든다.

단단히 차려입고 나가야 한다. 내복을 입고 터틀넥 풀오버, 기모청바지, 패딩점퍼를 입는다. 엄마가 짜 보낸 니트 머플러를 목에 두른다.

삐거덕거리는 철 계단을 내려온다. 내린 눈이 가장자리에 켜를 달리해 쌓여 있다. 발자국이 찍힌 가운데는 얼다 녹다를 반복해 미끄럽다. 자주 내린 눈이 낮에도 이어지는 영하의 날씨에 얼어붙었다. 노인처럼 난간을 잡고 조심스레 한 계단씩 내려온다. 한 걸음만 잘못 디뎌도 크게 다칠 만큼 위태롭다. 얼마나 조심조심 내려왔는지 날씨가 매서운 것도 느끼지 못했다. 계단을 다 내려오니 칼바람이 목을 휘감는다. 느슨하게 두른 머플러를 갑갑할 정도로 목이 조이듯 두른다. 한결 목이 따뜻하다. 목만 따뜻해도 추위는 반으로 줄어든 것 같다. 언덕길은 여간 미끄러운 게 아니다. 곳곳이 유리처럼 번들거린다. 빙판을 피하느라 땅만 보고 걷는다. 평평한 길이라면 스케이트 타듯이 미끄럼이라도 타고 싶지만 너무 가팔라서 모험을 할 수 없다. 다행이 미끄러지지 않고 언덕을 다 내려왔다. 계단 내려오는 것보다 더 긴장하고 내려왔나보다. 머플러 덕분인지, 미끄러지지 않으려고 안간힘을 써서인지 잠시 추위를 잊었다.

안도감에 고개를 들어 하늘을 본다. 언제나처럼 희뿌연 스모그가 안개처럼 드리워져 있다. 둘러싸고 있는 공기도 마음처럼 무겁다. 딱히 갈 곳도 없는데 종종걸음으로 걷는다. 잠시 비슬거렸다. 평평한 길이라 마음놓고 걷다가 빙판을 디뎠나보다. 하마터면 여러 사람이 보는 앞에서 넘어질 뻔했다. 외줄 타듯이 두 팔을 움직여 가까스로 균형을 잡았다. 비탈길이든 평평한 길이든 주의를 얼마나 하느냐에 따라 위험할 수도 안 할 수도 있다. 지금 나가던 레스토랑을 그만두게 되었지만 이 위기를 어떻게 헤쳐 나가느냐에 따라 상황이 달라질 수 있다. 새로운 멋진 앞날이 펼쳐질지 모른다. 버릇처럼 2호선 전철을 탔다. 애써 근무하던 강남역을 지나친다. 음식점이 밀집되어 있는 신촌 대학가를 가볼 참이다.

그녀는 명물거리를 걷는다. 이곳은 젊은이들로 넘실거린다. 방학일 텐데 말이다. 낮에 이 거리를 걷는 건 기억에 없을 정도로 오랜만이다. 취직하고 첫 번째 비번인 날 걸어보고 처음인 것 같다. 그날도 오늘처럼 눈에 들어오는 건 또래의 여대생들이었다. 왠지 모르게 주눅이 들었다. 그들은 활기차보였다. 거리가 자신들 것인 양 친구와 웃고 떠들며 지나가고 있었다. 그들처럼 당당하려고 어깨를 펴고 두 팔을 휘저으며 걸어도 마음은 점점 움츠러들었다. 그날 이후 비번인 날은 늦잠을 자고 빨래하고 밑반찬을 만들었다. 게다가 컴퓨터 게임에 빠져들면서 외출은 잊었다. 여전히 그들은 추위에 아랑곳 않고 거리를 메우고 있다. 그들에게서 눈길을 거둔다. 어차피 일자리를 찾으러 나선 길이다. 레스토랑 입구를 눈여겨본다. 직원 모집이라는 광고가 붙어 있는 집은 아직 없다. 아르바이트 모집이라는 것은 몇 군데 붙어 있다. 혹시나 하는 마음으로 아르바이트 광고가 붙은 곳을 기억해둔다. 먼저 아르바이트가 아닌 일자리를 알아봐야 한다.

다리가 후들거린다. 벌써 몇 시간째 걷는지 모른다. 어깨도 뻐근하다. 상가 앞길은 눈이 잘 치워져 있는데 상가와 상가 사이의 길은 눈이 쌓인 채다. 자연스레 반은 가볍게 반은 어깨에 잔뜩 힘을 주고 걸었다. 혹시 모를 면접에 대비해서 정장 옷이 있다면 입었을 거다. 정장은 못 입었지만 대신 구두를 신었다. 합성피혁으로 만들었지만 보기에는 진짜 가죽 구두처럼 보인다. 식당 종업원 일인데 신발까지 단정할 필요가 있을까 생각하기도 했다. 그래도 면접이라 신경이 쓰였다. 빨간 운동화는 께름

칙했다. 운동화 말고는 약간 굽이 있는 이 구두밖에 없어서 신기로 했다. 운동화대신 구두를 신고 나선 게 잘못이다. 오래 걷는데 구두는 여간 불편한 게 아니다. 아침도 걸렀고 많이 걸어서인지 배가 고프다. 아침 겸 점심을 먹어야 한다. 대학 주변이라서인지 이곳 음식점은 값이 비교적 싸고 양은 많다고 들었다. 그 중 상당히 저렴할 것 같은 후드 카페로 들어간다. 메뉴판에는 떡볶이, 만두, 국수 등 분식과 중국식, 양식, 한식을 대표하는 요리들, 여러 가지 김밥 등 다양하다. 언뜻 보아도 50가지는 될 듯하다. 가격도 메뉴만큼 다양하다. 안이 환히 들여다보이는 주방에는 아주머니 3명이 요리를 하고 있다. 단 3명의 아주머니들이 저 많은 요리를 해낸다는 것에 놀란다. 메뉴판을 자세히 들여다본다. 돈가스 정식이 4천 원이다. 4천 원이 부담스럽지만 두 끼를 대신해 먹는 거니 돈가스를 먹기로 한다. 주문한 지 10분도 안 되어 음식이 나왔다. 빠른 요리 솜씨에 한번 더 놀랐다. 접시는 근무했던 레스토랑에서 사용하는 것만큼 크다. 접시 위에 커다란 돈가스가 중앙에 김을 모락모락 풍기며 놓여 있다. 밥, 감자와 야채의 두 가지 샐러드, 데친 시금치와 당근, 감자 으깬 것, 소시지가 그릇을 꽉 채우고 있다. 평소 같으면 두 끼 분이 될 만큼 양이 많다. 스프와 김치도 곁들여 나왔다. 저녁을 못 먹을지 모른다. 천천히 다 먹어두어야겠다.

양식은 처음 먹어본다. 레스토랑에 근무할 때 스파게티와 피자 소스 냄새는 질리도록 맡았다. 주문하면서 걱정을 했는데 소스 향이 거북하지 않다. 먼저 스프를 먹는다. 아이스크림을 먹는 것처럼 부드럽게 넘어간다. 모임에서 스테이크를 먹던 분위기를 상상하며 먹는다. 나이프로 스테이크 자르듯이 돈가스를 자른다. 입안에 들어가기 알맞은 정도로 잘게 자른다. 입에 침이 고인다. 시금치와 샐러드도 곁들여 먹는다. 아마 스테이크도 같은 고기니까 이 맛과 비슷할 거다. 다음에 모임에서 레스토랑에 간 대도 주눅들지 않고 갈 수 있을 것 같다. 이젠 그 모임에도 안 가게 되니 상황은 바뀌어 있다. 음악이라도 흘러나오면 좋은데 티브이 소리만 요란하다. 손님의 뜻과 상관없이 하루 종일 틀어 놓는 것 같다. 서빙하는 사람들은 대부분 중년 아주머니들이다. 간간이 티브이에서 방영되는 드라마를 흘긋흘긋 본다. 그녀는 드라마를 본 적이 없어 내용을 짐작할 수 없다. 뉴스라면 그나마 귀에 들어올 텐데 말이다. 자연스레 이런저런 생각을 하며 밥을 먹게 되었다. 돈가스의 맛이 차츰 떨어진다. 취직할 걱정을 하다보니 맛을 음미할 여유가 없다. 섬겸 먹는 게 일이 되었다. 기계적으로 입에 넣는다. 샐러드, 시금치는 물론 소스도 혀로 핥아먹은 것처럼 깨끗하게 먹었다.

먹기 전 돌아다녔던 반대쪽으로 가보자. 두 시간여 남짓 걸었지만 종업원을 구하는 광고는 못 봤다. 이번에는 아르바이트를 구한다는 전단도 없다. 힘없이 걸었는데 어느새 2호선 지하철을 탔고 강남역에 내려 있다. 그뿐만이 아니다. 근무하던 레스토랑을 향하여 가고 있다. 레스토랑 입구까지 왔다. 유리로 되어 있는 매장 안을 기웃거린다. 언니라도 눈이 마주치면 잡아끌어줄지도 모른다. 막연히 기대를 하고 있는가. 부지배인을 어떻게 보려고, 입구를 향한 발걸음에도 선뜻 레스토랑 안으로 한 발자국도 들여놓지 못한다. 도저히 안으로 들어갈 수 없다. 누가 팔을 끌고 강제로 데려간다면 모를까. 내심 그 상황을 만들고 싶어 여기까지 왔는가. '이건, 아니야.' 고개를 세차게 흔든다. 누군가에게 들킨 듯 급히 발길을 돌린다. 레스토랑을 뒤로 하고 빠른 걸음으로 앞으로 간다.

각양각색의 레스토랑이 즐비하다. 유리 너머로 열심히 일하는 젊은이들의 모습은 활기차 보인다. 순간 부럽다는 생각을 한다. 이대로 영영 취식이 안 될지도 모른다는 생각만 든다. 답답하다.

어디선가 요란한 댄스곡이 흐른다. 음악이 흐르는 곳으로 향한다. 전자제품대리점 개업을 알리는 이벤트가 열리고 있다. 여자 둘이 음악에 맞추어 춤을 추고 있다. 아니 춤이라기보다 치어리더들이 응원하는 것과 닮았다. 방방 뛰며 팔을 번쩍번쩍 들었다 흔들었다 한다. 영하 10도를 웃도는 추운 겨울에 빨간 핫팬티와 타이트한 흰색 티 하나를 입고 있다. 계속 뛰고 있어 추위를 못 느낄까. 아무리 뛴다고 해도 몹시 추울 것 같아 안쓰럽다. 영업하는 내내 계속 개업 이벤트를 하는 건 아닐 테니 분명 아르바이트로 일하는 걸 거다. 바로 옆에는 곰과 토끼 탈을 쓴 사람이 역시 율동을 하고 있다. 전신 탈을 써서 추위는 덜하겠지만 동작이 굼뜨다. 그저 양손을 리듬에 맞추어서 앙증맞은 포즈를 취한다. 행인 대부분은 젊은이들이고 중장년층도 가끔 눈에 뜨이지만 아직 어린이는 없다. 그래도 한결같이 동물 탈을 쓴 사람들을 훑고 지나간다. 모두 어린 시절에 대한 막연한 향수는 갖고 있어서일 거다. 한동안 그들을 보고 있다.

탈을 쓴 사람 옆 간이탁자에 잼을 발라놓은 샌드위치, 차가 담겨 있을 법한 커다란 스텐 보온통과 종이컵이 놓여 있다. 율동하는 사이사이 토끼탈을 쓴 사람이 행인들에게 샌드위치와 차를 권한다. 한 사람이라도 샌드위치를 가지러 가면 뒤따라 갈 참이다. 아직 배가 부르지만 샌드위치를 받아두면 가볍게 저녁을 대신할 수 있다. 날씨가 추워서 따뜻한 차를 마시고 싶다. 마침 한 명이 토끼탈 앞으로 간다. 그녀는 잠시 틈을 두고 간이 테이블 앞으로 간다. 토끼탈이 샌드위치를 건넨다. 종이컵을 스텐 통에 달린 꼭지 밑에 넣고 레버를 누른다. 커피향이 코를 찌른다. 빵과 컵을 받자마자 그 곳을 뜬다. 가방에 있는 비닐 봉투에 샌드위치를 넣는다. 차 마실 적당한 곳을 찾으려고 주변을 두리번거린다. 조그만 더 가면 S전자 사옥이 있다. 그곳에는 앉을 수 있는 공간이 있다. 그곳에 가자.

대리석 벽으로 되어 있는 한 무리의 건물들이 모여 있다. 강남거리의 빌딩들은 다른 곳에 비해 디자인이 독특한 건물들이 많다. 맞은편 주상복합 건물들은 층간마다 작은 정원이 있다. 건물 벽에 커다란 원을 구멍처럼 뚫어놓은 건물, 도무지 창이 없는 것처럼 보이는 대형 서점이 있는 건물 등, 그 중에서 이 무리들은 명품 양복을 입은 신사들처럼 서 있다. 외국 유명한 건축가가 디자인했다는 말도 있다. 건물과 건물 샛길에는 초롱불 모양의 가로등이 서 있다. 한국적인 것을 가미한 가장 현대적인 건물들이 위용을 뽐내고 있다. 건물 입구에 조형물들이 있고 광장에는 대리석 벤치들이 놓여 있다. 그녀는 벤치에 앉는다. 엉덩이로 싸늘한 기운이 스민다. 여름에는 뜨겁겠지. 체온으로 벤치가 데워질 터다. 커피를 한 모금 마신다. 양손으로 잡고 와서인지 커피는 식지 않았다. 원두 커피향이 일품이다. 판촉행사로 준 커피, 그녀는 카페에서 마시는 커피인 양 향을 음미한다. 하지만 그것도 잠시 걷든 앉든 커피를 마셔도 머릿속은 온통 일자리 구해야 한다는 생각밖에 없다. 다니던 레스토랑만한 직장을 구하기도 힘들어 보인다. 눈 딱 감고 다시 가봐, 아니다. 하루만이라면 모를까. 아무리 마음을 돌려보려 해도 레스토랑에는 돌아갈 수 없다. 당장 직장을 못 구한다면, 생각이 거기에 미쳐도 도저히 갈 수 없다. 우선 아르바이트라도 한다면 그럭저럭 견딜 수 있을지 모른다. 새 직장을 구할 때까지 아르바이트 자리라도 알아보아야겠다. 아르바이트 모집 광고 중, 빨간 매직으로 '급'이라는 말을 덧붙인 곳이 떠오른다. 급하다고 했으니 일할 수 있을 거다. 명물거리로 다시 발길을 돌렸다.

식당 입구는 다른 곳처럼 자동문이다. 고개를 약간 숙이고 카운터 앞으로 갔다.

"아르바이트 구하신다고 해서 왔는데요."

카운터에 있던 중년 여자는 그녀를 한번 훑는다. 부지배인의 눈길이 떠올라 그녀는 움찔했다.

"내일부터 일할 수 있겠어요?"

바로 답하는 것으로 보아 이 여자가 사장인가보다. 반가워서 얼른 그러겠다고 대답한다. 12시에서 오후 3시까지 하루 3시간 서빙하는 일이라 했다. 짧은 시간이지만 무척 바쁘니 각오 단단히 하라고 덧붙인다. 얼마를 받을 수 있는지 궁금했지만 선뜻 묻지 못하고 머뭇거렸다. 사장은 눈치를 챈 듯 3시간에 이만오천 원이고 3시쯤 종업원들에게 식사는 제공한단다. 식사 제공이라는 말이 끝나자마자 그녀는 고맙습니다. 내일 뵙겠습니다, 라고 크게 외치고 나왔다. 교통비 빼면 이만이천 원 정도 버는 거다. 하루 한 끼 식사는 해결되고 일만 계속할 수 있다면 월세도 낼 수 있다. 집으로 돌아오는 전동차 안에서 이 일도 오랫동안 할 수 있으면 했다.

출근하는 전동차 안은 출근 시간대를 빗겨서인지 비교적 한산했다. 게다가 운 좋게 자리에 앉게 되었다. 무조건 눈을 감았다. 노인이나 임산부가 눈감은 사람 앞으로 오진 않겠지. 사장이 바쁘다 했으니 최대한 에너지를 아껴야 한다. 긴장해서인지 눈을 감고 있어도 잠에 빠지지 않았다.

늘 하던 대로 반수면 상태로 들어가고 싶었지만 정신만 더 또렷했다. 눈까풀이 자꾸 흔들리는 것이 느껴진다. 하는 수 없이 눈 감고 뜨기를 반복하게 되었다. 이상하리 만치 떠오르는 생각이 없다. 서둘러 출근해서인지 식당 앞에 도착하니 11시 반 정도 되었다. 20여 분간 주변에 돌아다니다 들어갈까 망설였다. 식당 분위기도 파악할 겸 그냥 식당 안으로 들어갔다. 문 안으로 들어서면서 딱히 어느 누구를 향하는 것이 아니라 그냥 상냥하게 인사했다. 사장이 초록색 앞치마를 내밀며 두르란다.

"참 이름이 뭐지?"

"세라, 아니 세나예요."

사장이 세라라고 한 말은 못 들은 것 같다. 세나, 라고 부르며 따라오라는 시늉을 한다. 주방 앞이다. 아주머니 두 명과 남자 한 명이 분주하게 움직이고 있다. 커다란 스텐 통에서 김이 모락모락 오르고 있다. 설렁탕 전문이니 아마도 저 속에는 설렁탕이 끓고 있을 터이다. 사장이 가리키는 곳에는 뚜껑이 유리로 된 아이스크림을 넣어두는 것 같은 커다란 냉장고가 있다. 사장이 냉장고 문을 들어서 연다. 그 안에 커다란 사각 스텐 통이 두 개 있다. 사장이 하나를 연다. 먹음직스런 알이 큰 깍두기가 가득이다. 다른 통에는 겉절이가 들어 있단다. 일을 쉽게 하려면 미리 깍두기와 김치를 담아두란다. 사장이 시범을 보인다. 하얀 플라스틱 종지에 깍두기를 조금씩 담아 커다란 쟁반에 올려놓는다. 집게를 주며 한번 담아보란다. 그녀는 사장이 담은 깍두기를 흘깃흘깃 보며 담는다. 담은 양이 너무 적다. 더 담고 싶어 한번 더 가려던 손을 거둔다. 손님상에 놓았던 반찬은 아무리 많이 남아도 모두 버리니 조금씩 담으란다. 그런 이유가 있구나. 겉절이도 똑같이 담았다. 이번에는 테이블로 다가오란다. 테이블 위에는 양념통이 세 개 있다. 소금, 후추, 가늘게 썰어놓은 파다. 한쪽에 냅킨과 수저통, 술병, 스텐 컵이 있다. 참이슬이라고 쓰인 큰 병은 다름 아닌 물병이란다. 테이블마다 냅킨과 양념이 떨어지지 않았는지 살피란다. 바쁠 때 그런 것까지 챙기려면 정신없단다.

테이블 세팅을 살피다보니 손님이 들어오기 시작한다. 첫 손님은 남자 네 명이다. 손을 배꼽에 대고 어서 오세요, 라고 말했다. 레스토랑처럼 손님 앞서 안내를 하려고 했다. 그들은 성큼성큼 그녀를 앞질러 한 테이블로 간다. 마치 지정석인 것처럼. 레스토랑에서 밴 습관으로 무릎을 살짝 굽히고 주문을 받으려 했다. 그러고 보니 메뉴판이 없다. 설렁탕만 파는 식당이란 걸 깜빡했다. 손님은 그녀가 물을 사이도 없이 넷이요, 한다. 주방 앞까지 가서 설렁탕 넷이요, 했다. 주방 아주머니가 웃는다. 왜 웃는 걸까. 주문하고 5분도 채 지나지 않아 주방 아주머니가 설렁탕을 뚝배기에 담아 내놓는다. 쟁반에 깍두기와 김치를 더 올리고 쟁반을 들었다. 팔이 휘청한다. 레스토랑 접시 무게보다 더 무거운 것 같다. 테이블로 가져간다. 사람들이 계속 들어온다. 순식간에 식당 안은 만원이다. 주방에 주문 넣으랴 여기저기서 울리는 벨에 정신없다. 대부분 깍두기나 김치 더 달라. 파가 모자란다 등이다. 그러고 보니 서빙하는 사람이 없다. 설거지 담당인 듯한 아주머니와 사장이 도와주기는 하지만 아주머니는 설거지로 사장은 음식값 받는 일로 더 바쁘다.

손님들은 썰물처럼 다 빠져나가고 식당 안은 한산했다. 두 테이블에서만 늦은 점심을 먹는 손님이 다다. 그들도 식사를 거의 마쳤다. 그들이 나가고 식당 안은 언제 손님이 있었느냐는 듯이 아무도 없다. 시계를 보았다. 3시가 다 되어간다. 3시간이 8시간처럼 길게 느껴졌다. 처음 주문 받은 기억만 있고 모든 게 다 까맣게 지워져 있다. 분명 주문을 받고 음식을 나르고 부족한 반찬을 달라는 시중을 들었을 텐데 아무 기억이 없다. 손님이 아무도 없으니 다리에 힘이 쭉 빠진다. 옆에 있는 의자에 털썩 앉았다. 주방 아주머니가 쟁반에 설렁탕 다섯 그릇을 담아오더니 주방 바로 앞 테이블에 놓는다. 다른 한 명은 깍두기와 겉절이를 준비한다. 두 아주머니는 얼핏 보아도 오십은 넘어 보인다. 어머니가 생각난다. 3시간 동안, 아니 그 이전 언제부터 계속 서서 일을 했을 텐데 얼굴에는 지친 흔적이 전혀 없다. 저 에너지는 어디에서 나오는 것일까.

"세나, 힘들었지. 어서 와."

사장이 점심 먹으러 오란다.

"주문 받은 것 그냥 외치기만 하면 돼. 9번 3개. 이런 식으로."

그녀는 외칠 수 있을지 걱정되었다. 외치면 오가는 수고를 덜 수 있을지 모른다. 지금 같아선 못할 것 같다. 모르겠다. 급하면 하게 될지도. 아주머니들은 밥 먹는 내내 큰소리로 떠들고 웃었다. 웃고 떠드는 소리가 에너지로 비축되는가보다. 고향이 어디냐. 가족은 몇 명이냐. 대학생이냐 등등 그녀에 대한 신상을 조사하듯이 물었다. 그리고 금방 물은 것을 잊어버리는 것 같았다. 사장도 아주머니와 같이 50대로 보였다. 사장답게 왜 점심때만 알바를 고용하는지에 대해 말했다. 다른 설렁탕집보다. 적게는 천 원에서 이천 원까지 싸서 사람들이 많이 찾는다고 했다. 물론 점심 특가란다. 싼 음식값을 미끼로 손님을 끌려고 한 것인데 사람들이 점심때만 우르르 몰린다고 한다. 인건비 문제도 있어서 점심때만 알바를 쓴다고 했다. 저녁에는 사장과 설거지 담당 주방 아주머니가 서로 눈치껏 서빙을 해도 충분하단다. 그녀는 깍두기를 조금 버릴 생각을 하고 듬뿍 담아내면 일이 반으로 준다는 말을 채 못했다. 첫날이라 참았지만 친해지면 그 말을 할 수 있을까.

나갈 곳이 있어 며칠 행복했다. 식당 앞에 도착했는데 식당 문이 잠겨 있다. 유리문에 휴업이라는 글씨가 눈에 들어온다. 어제까지 사장은 아무 말이 없었다. 어찌된 영문일까. 사장에게 전화했다. 설렁탕을 우려내는 뼈의 원산지를 속여서 영업이 정지되었단다. 장사도 안 되고 이 기회에 가게를 그만둘 생각을 하고 있다고 덧붙인다. 사장이 문 닫는 게 걱정이 돼서가 아니라 당장 일할 곳이 사라져서 그녀도 모르게 주저앉았다. 다시 일할 곳을 찾아야 한다. 억지라도 용기를 내려고 속으로 '아자!'라고 외치며 일어섰다.

알바로 할 수 있는 일은 닥치는 대로 밤낮 가리지 않고 했다. 햄버거 가게, 주유소, 학원 청소, 편의점에서 밤샘하기 등등 햄버거 가게는 먹는 것이 해결된다. 편의점 근무의 좋은 점은 아침에 유통기간이 지난 빵이며 김밥, 우유 등을 덤으로 챙길 수 있어서 좋았다. 그래도 그 중 제일 나은 것은 게임방에 근무할 때이다. 근무하면서 세컨드 라이프 세상에 마음껏 들어가 있을 수 있어서다. 계속하고 싶지만 주인은 밤샘 근무라며 많아야 3일 건너 하루씩 일을 하게 한다. 그것도 경쟁자가 많아서 계속 일한 적은 없다. 어느 것 하나 쉬운 일은 없다. 그때마다 그녀는 세컨드 라이프 세상을 떠올렸다. 지금 하고 있는 힘든 일이 가상의 세상이고 자신은 세컨드 라이프 세상에서 살고 있다고 주문처럼 외웠다. 주문은 신기하게도 정말 그런 것처럼 최면 걸어준다. 시급은 한 끼 식사비밖에 받지 못했다. 고향에 돈을 부치지는 못해도 겨우겨우 지낼 만하다. 이제는 세컨드 라이프가 주생활이 되고 알바가 세컨드 라이프 세상의 일이 되었다. 몇 날 며칠을 알바하고 세컨드 라이프 세상에서 살고 그렇게 지냈다. 얼마만큼의 날들을 살아냈는지 기억이 가물가물하다. 긴 시간이 흐른 것 같기도 하고 어제의 일 같기도 하다. 세컨드 라이프 세상에 폭 빠져 지냈다. 오늘은 이상하게 몸이 무겁고 뼈가 없는 것처럼 다리에 힘이 없다. 가장 힘이 남아 있는 곳은 마우스를 잡은 오른손이다. 모든 게 하얗게 지워진 것 같은 증세가 가끔 나타나기도 한다. 세컨드 라이프에서 생활하는 게 황홀해서일까. 어떨 때는 무지개와 오로라 같은 것이 보인다. 점점 횟수가 잦아진다. 어떻든 출근에 얽매이지 않고 마음껏 세컨드 라이프 세상에 들어가 있어서 좋다.

평소처럼 산책을 마치고 상담실 안으로 돌아왔다. 뜻밖에 마돈나가 문 앞에 서 있다.

"오버클래스 모임에도 안 나오고 사업에 푹 빠졌나봐."

그제가 오버클래스 모임이 있는 날이었다. 출근할 때는 비번 날짜를 손꼽아 기다렸다. 당연히 클럽 가는 날을 지나칠 수 없었다. 이젠 오버클래스 모임도 가야 할지 말아야 할지 난감하다. 비너스를 대하기 껄끄러워서다. 이 세계에서 바깥세상과 연관 짓지 않으려 해도 딱 끊어지지 않는다. 레스토랑은 세컨드 세계에서 알았던 일 때문에 출근하기 싫고, 오버클래스는 바깥세상의 일로 참여하기 싫으니 말이다. 완전히 벗어나는 방법은 없을까. 어느 한쪽 세상의 기준으로만 살아가면 안 될 것도 없다. 한쪽을 선택하려면 아무래도 세컨드 라이프 세상이다.

"낮에는 문을 열지 않는다는 걸 알면서 몇 번을 왔었어."

아마 산책하거나 드라이브를 즐기던 시간에 온 모양이다.

"매일 출근했는데 서로 어긋났나 봐요."

"병원도 고정 환자를 갖기 위해 개원 초에는 주말에도 진료를 한다고. 세라야앙!"

마돈나의 말이 맞다. 운영을 잘하려면 당분간 모든 것을 포기하고 상담소 일에만 전념해야 할 것 같다. 마돈나가 뭔가 또 털어놓고 싶은 이야기가 있는 거다. 매일 올 정도로. 문을 열고 마돈나를 안내했다. 마돈나는 대나무 숲 앞에 서지 않고 곧바로 소파에 와서 앉아 이야기를 털어놓는다.

이 생활을 한 지 5년이 넘었다. 별별 놈 다 만났다. 날이 갈수록 이상한 놈들이 늘어난다. 이젠 이 짓도 그만두어야 할까보다. 사실 돈을 꽤 모았다. 한 달 수입이 천만 원 훌쩍 넘었으니까. 가끔 다정한 사람을 만나는 날은 같이 즐기기도 했고. 무엇보다 돈 모으는 재미가 제일 좋았는데. 집에 송금하고도 저축을 많이 해 충분히 학비도 마련해두었다. 돈 때문에 미련이 남긴 하지만 이상한 놈 만날까 겁이 나. 미친놈들 때문에 정작 미칠 것 같은 것은 자신이라고 했다. 마돈나의 이야기들은 지구가 아닌 어떤 다른 세계의 일 같은 이야기들이었다. 대부분 처음 듣는 이야기가 대부분이다. 이야기는 너무 현실과 떨어져 있어서 마돈나가 마치 상상의 이야기를 만들어 전해주는 느낌이었다. 말을 마친 마돈나의 목소리는 한층 밝아지고 차분해졌다. 목소리만 들으면 마돈나인 줄 모를 정도이다.

비너스가 수진이 아닌 것은 분명해졌고 오히려 마돈나가 수진이처럼 느껴질 때가 많다. 마돈나가 수진일 거라는 기대를 하면서 마돈나에게 어릴 적 수진이에 대한 이야기를 털어놓았다. 마돈나의 반응을 눈여겨 보았다.

"그런 친구가 있었어? 아마 그 친구는 소설가가 되겠는데."

수진이를 만나고 싶다고 했다. 마돈나의 표정은 흐트러짐이 없다. 마돈나 역시 수진이는 아닌 모양이다. 상담소 하나 덜렁 차려놓고 겨우 두 명 상담을 받고 수진이를 엮으려 한 것이 말도 안 되는 일이었다. 그래도 소득은 있다. 마돈나의 말대로 어쩌면 수진이는 소설가의 꿈을 키우고 있을지 모른다. 수진이가 글로 세상에 나온다면 쉽게 수진이를 찾을 수 있을 거다. 꼭 그렇게 되길 바란다.

마돈나가 나간 뒤 아무도 상담소를 찾는 사람이 없다. 세컨드 라이프가 활성화되면 상담소도 활기를 띨 것이다. 부동산중개인의 말대로 상가 가격도 대폭 오를 테고. 그때가 언제가 될지 모르지만 그날은 꼭 돌아올 것이다. 그때까지 참고 견뎌야 한다. 어떻든 그날이 빨리 오기를 기대한다.

휴대폰을 켰다. 며칠 만에 열어보는 휴대폰인지 모른다. 부재중 전화가 여러 통이다. 레스토랑 번호가 20번도 넘는다. 시골집에서 걸려온 전화도 여러 통이다. 항상 전화 거는 쪽은 그녀였다. 며칠간 전화가 없으니 엄마가 건 모양이다. 또 다른 번호 하나는 언니의 휴대폰 전화번호다. 언니에게만은 알렸어야 했다. 무슨 말을 먼저 해야 하나. 하는 말이 모두 거짓말이 될 터인데. 사실대로 말할 수도 없고. 사실을 말하지 않더라도 언니와는 애기해야 한다. 교대로 식사를 하는 시간까지 기다렸다가 하자. 우선 엄마에게 안부 전화를 해야 하는데 지금의 처지를 눈치

챌까 걱정이다. 엄마는 전화선을 타고 들리는 목소리로 모든 것을 짐작하는 능력이 있다. 눈치가 백단이다. 사실 그래서 엄마에게 전화를 안 했는데 너무 오래 소식이 없으면 무척 걱정할 거다. 최대한 숨기며 말을 해야 한다. 침을 여러 번 삼키고 자세를 고쳐 앉았다.

"엄마, 나야. 별일 없지요? 아버지도 건강하시고."

"그래. 근데 왜 그렇게 전화를 안 받았냐?"

"응, 전화기가 고장이라. 병원에 좀 갔다왔어."

"그랬구나, 난 또…. 김치는 아직 있지?"

엄마는 통화할 때마다 김치 안부는 꼭 묻는다. 하긴 엄마가 해주는 유일한 것이니까. 동생 안부도 묻는다. 공부는 잘하는지. 통화 내용은 늘 똑같다. 이제 떨어져 산 지 3년여밖에 안 되는데 공통된 경험이 없어졌다. 고생스럽던 지난 이야기를 들출 수도 없다. 하긴 같이 산다고 해도 마찬가지일지 모르지만. 서로 할 얘기가 없으니까 그냥 잘 있냐. 잘 지내라. 뭐 그러다 만다. 엄마 나이에 허드렛일이 만만한 일은 아닐 거다. 엄마가 지나가는 말로 딱 한번 얘기한 적이 있다. 석쇠에 달라붙어 있는 고기와 기름찌꺼기 닦는 일이 여간 힘들지 않다고. 상상이 간다. 철수세미로 석쇠를 문지르다보면 손이 불어터지고 손끝이 갈라지기 일쑤일 거다. 젊은 여자들은 아무리 일자리가 없어도 손이 거칠어지는 일을 안 한다. 같이 일하는 사람도 나이가 엇비슷해서 수다떨 수 있어 다행이란다. 객지에서 고생하는 딸에게 하소연할 수도 없고 그냥 잘 지낸다고만 한다. 엄마 생각하면 무조건 참고 지냈어야 하는데. 아무리 고쳐 생각해도 발걸음이 떼어지지 않았다. 무소식이 희소식이니까 전화 안 해도 걱정 말라며 전화를 끊었다.

언니에게 전화했다. 언니의 첫마디는 어디 아팠냐. 집에 무슨 일이 있느냐, 이었다. 사실 더 좋은 곳에 취직되었다고 거짓말로 시작했다. 언니의 목소리가 밝아지며 축하한단다. 한 턱 쏘라고도 했다. 그 직장 어디냐. 어떤 종류의 일을 하느냐. 질문은 끝이 날 것 같지 않았다. 일일이 거짓말을 하느라 진땀이 났다. 아마도 언니가 들은 말을 곱씹어보면 거짓말이라는 것이 들통날지도 몰랐다. 그녀는 어엿한 회사원이 되어 있다. 쾌적한 사무실에서 사무를 보는, 언니가 부러워한다. 자기도 그런 직장으로 끌어줄 수 없냐고. 언니에게 말하고 싶다. 다른 레스토랑 아는 곳 없냐고. 소개시켜달라고. 유쾌하게 통화는 끝났다. 언제 꼭 만나 한 턱 내겠다고 약속까지 했다. 지킬 가능성은 거의 없다.

19

안개 속 드라이브

매일 책상에서 토막잠을 자서일까. 몸의 무게를 의자에 다 맡기고 앉아 있어도 자꾸 아래로 가라앉는 것 같다. 손가락 마디도 뻣뻣해서 움직이기 힘들다. 오늘도 상담소에 가야 한다. 간신히 마우스를 더블클릭해서 세컨드 라이프 세계로 들어간다. 요즈음에는 걷지 않고 푸조를 타고 상담소로 간다. 차에 올라 편하게 가려고 자동운전을 선택한다. 가는 동안 눈을 감는다. 장이 도착했다고 알린다. 상담소 안으로 들어가서 한번 휘둘러보고 이내 상담소를 나선다. 언제나처럼 산책을 한바탕 한 후 상담소 일을 본다. 이번에는 오른쪽 길을 따라 가봐야겠다. 산책하다보면 늘 왼쪽 길로 갔다. 왼손잡이여서는 아니겠지. 의식적으로 발을 오른쪽으로 돌린다. 길이 나 있는 대로 걷는다.

이 세계의 거리는 항상 정갈하다. 이 길도 역시 물걸레질을 한 것처럼 깨끗하다. 길가의 가로수는 어느 대저택의 정원수처럼 장 정지되어 있다. 가로수도 흔한 플라타너스가 아니다. 아름드리 소나무가 웅장한 자태로 서 있다. 한결같이 정2품 소나무와 모양새나 크기가 비슷하다. 소나무 길을 따라 걷는다. 솔향이 풍겨온다. 팔을 휘저으며 걷는다. 걷는 것도 행복하다. 소나무 길은 상가와 점점 멀어지며 뻗어 있다. 배가 몹시 고프다. 좋은 레스토랑에 가서 음식을 먹어야겠다. 잠시 먹는 것도 잊고 걸었었다. 식사를 하려면 오던 길과 반대방향으로 가야 한다. 발걸음을 되돌린다. 다시 상담소다. 길을 꺾지 않고 곧장 가면 식당이 몇 군데 있다. 식당의 종류는 한식, 일식, 양식, 중식 등 종류별로 한 점포씩만 있다.

언젠가 오버클래스 모임에서 맛도 없는 스테이크를 먹었다. 한식집으로 들어간다. 한식집 이름은 경희궁이다. 이름에 걸맞게 통나무로 기둥을 세웠다. 천정 대들보도 통나무다. 통나무들을 다듬지 않고 그대로 살렸다. 서까래는 궁궐처럼 층을 두고 여러 겹이다. 그 자태가 웅장해서 마치 궁궐에 들어가는 기분이다. 식사할 수 있는 곳은 모두 좌식이다. 좌식 의자에 등받이가 있어 등을 기대어 앉는다. 보라색 개량한복을 입은 종업원이 메뉴판을 내민다. 메뉴판은 한지로 되어 있다. 메뉴판 첫 장부터 셋째 장까지는 정식 메뉴가 쓰여 있다. 정승차림, 황후차림, 황제차림 세 가지다. 나오는 음식 종류로 보아 황제차림이 이 식당에서 으뜸인 차림인가보다. 뒤로 넘기니 다행히 일반 식사 메뉴도 있다. 레스토랑에서 먹었던 동태찌개가 먹고 싶다. 언젠가 레스토랑에서 꿀꿀한 마음을 확 뚫어주었던 찌개다. 그녀는 동태찌개를 주문한다. 맛있게 먹었다. 배가 부르다.

식사를 마치고 상담소에 들어온다. 제일 먼저 테이블에 놓여 있는 컴퓨터를 켠다. 바탕화면에 저장해놓은 상담일지를 클릭한다. 일지에는 그동안 들었던 마돈나와 비너스의 상담 내용이 상세하게 입력되어 있다. 컴퓨터의 좋은 점은 그녀가 신경쓰지 않아도 날짜별 개인별로 저장된다는 점이다. 상담일지 첫 페이지에는 마돈나, 둘째 페이지에는 비너스 이름이 적혀 있다. 다른 고객은 없다. 클래스 모임에서 온 사람 외에 다른 고객이 한 명이라도 와야 상담소라 할 수 있을 터다. 그날이 빨리 오길 소망한다. 온다면 세 번째 고객이 될 거고 진정한 고객이 될 거다. 일지를 본 다음 부화면으로 텔레비전을 세트해놓고 습관적으로 컴퓨터 게임을 하기 시작한다. 하트 금캐기 게임이다. 붉은 바탕화면에 크고 작은 하트가 공기방울처럼 위로 올라간다. 스타트라는 곳을 클릭한다. '누가 당신의 가슴을 녹이겠습니까?'라는 물음에 두 사람 중 하나를 선택해야 한다. 한 명은 마르코라는 남자고 여자는 수잔이다. 그녀는 대개 수잔을 선택했다. 수잔을 선택하고 계속 점수가 잘 나오지 않을 때에는 마르코를 선택하기도 했다. 모처럼 마르코를 선택한다. 파란 화면에 천사가 하늘을 오르고 게임은 시작된다. 황금과 달러와 행운의 클로버를 캐어 올린다. 제한 시간은 1분이다. 10단계까지 가도 10여 분밖에 걸리지 않는다. 10분만 더 하다가 몇 번씩 게임을 했었다. 힘을 다 쏟은 것처럼 손목에 힘이 남아 있지 않다. 화면을 너무 응시해서일까. 눈이 피곤하다. 아니다. 하트 금캐기 게임은 쥬키퍼 게임처럼 스피드 게임이 아니라 눈이 피곤한 적이 없다. 눈만 문제가 아니다. 모든 게 하얗게 지워진 것 같은 증세가 요즈음 들어 번번이 나타난다. 세컨드 라이프에서 생활하는 게 황홀해서일까. 어떨 때는 무지개와 오로라 같은 것이 보인다. 점점 횟수가 잦아진다. 눈까풀이 점점 무거워진다. 눈이 자꾸 감긴다. 게임은 그만두고 잠시 쉬자. 소파에 기대어 눈을 감는다.

상담소로 향하는 거리를 부지런히 걷는다. 가슴은 기쁨으로 충만하다. 사람들이 그녀를 알아보고 가볍게 인사한다.

"누구야?"

"저분이 그 유명한 상담치료사 세라라는 분이야."

"치료받으려면 몇 달 전에 예약을 해야 한대."

세라를 알아보지 못하는 사람은 드물다. 이 세계에서 유명인사가 되었다. 사람들이 존경하는 마음으로 쳐다보는 것을 감지한다. '행복하다.' 잠시 서서 되뇐다. 이 행복이 오래 갔으면 한다. 이것이 꿈인 것도 같고 아닌 것도 같다. 아니다. 꿈이다. 그것도 매번 같은 꿈을 꾼다. 깨면 늘 상담소 소파에 앉아 있다. 꿈이면 어때. 꿈을 꾸면 그렇게 된다고 하잖아. 언젠가 세컨드 라이프 세계가 널리 알려지고 시민이 늘어나면 꼭 그렇게 될 거야. 반드시. 세컨드 라이프 세계에 폭 파묻혀 사느라 시간이 얼마나 훌쩍 지났는지 몰랐다. 이제 바깥세상은 잊은 지 오래다. 되돌아가려면 몸에 힘이 남아 있어야 하는데, 하나도 남아 있지 않은 것 같다. 돌아갈 수 없다. 아니 되돌아가기 싫다. 이곳에서만 살고 싶다. 차라리 돌아갈 수 없으면 좋겠다. 이게 꿈이라면 빨리 깨야 해. 책도 읽어야 하고, 할 일이 많아. 잠자는 시간을 아껴야 해. 왜 자꾸 잠이 몰려올까. 깨야 하는데. 억지로 눈을 비비고 일어난다. 잠을 깨우기 위해 드라이브를 해야겠다. 안개의 땅에 다시 가보자. 이번에 가보고 마음이 끌리면 투자를 할 수도 있다.

차를 타고 내비게이션에 '안개의 땅'을 입력한다. 장의 목소리를 들으며 운전하려고 운전대를 잡는다. 운전대에서 손이 자꾸 미끄러진다. 하는 수없이 자동운전을 선택한다. 안개의 땅으로 접어드는 링크를 돌았나. 졸리기는 했지만 다행히 여기까지 왔다. 곧 안개의 땅으로 가는 길에 접어들 거다. 안개가 가로수처럼 드리워진 길을 달리고 있다. 저 멀리 성이 보인다. 장애물이 없으니 차는 거리낌 없이 속도를 낸다. 성이 가까워지는 것 같다. 안개는 점점 더 짙어진다. 성이 보이다 안 보이다 한다. 녹회색빛 안개가 짙은 청회색으로 변한다. 달릴수록 검은색에 가까워진다. 성이 안개에 가려 보이지 않는다. 언제부터인가 안개가 아닌 깜깜한 터널 속을 달린다. 헤드라이트 빛이 비춰지지 않는다. 빨리 이 암무暗霧에서 벗어나야 한다. 사위가 적막하다. 왜 이렇게 어두운 거지. 두렵다. 어두움이 검은 장막처럼 눈을 뒤덮는다. 막 잠드는 순간도 이랬지. 불길한 예감이 전광석화처럼 뇌리를 스친다. 이러다 너무 오랫동안 잠자는 것은 아닐까. 깊은 블랙홀로 빨려드는 것 같다.

잠시 후 모니터 화면에 절전 모드로 들어간다는 안내 메시지가 뜬다. 화면이 사라진다. 모니터 화면은 죽은 듯 컴컴하다. 그녀가 곧 마우스를 더블클릭할 것 같다. 그러면 화면은 언제 그랬냐는 듯 밝아지고 세컨드 라이프 세상은 곧바로 열릴 것이다. 그러면 또 그렇게 세라로 살아갈 것인데 말이다. 모니터는 어두운 빛을 세상을 향해 보이지만 밝은 세컨드 라이프 세계 안에서 세라는 아직 그대로 있을 것이다. ●

작가의 말

동화 같은 소설을 쓰는 소망을 이루고 싶다

한 아이가 있다.
아이가 어렸을 때는 그저 나이에 맞게 아이였다.
몸은 자라 어른이 되었지만 여전히 아이였다.
장년을 지나 노인의 입구에 들었지만
여전히 매사에 미숙하고 부족한 아이다.
삶이 아이의 순진한 경건으로 이루어지는 게 꿈이었다.

피카소는 아이들처럼 생각하고
아이들처럼 꿈 꿀 수 있다면, 하고 말하였다.
15세에 이미 거장에 버금가는 그림을 그렸다.
하지만 아이처럼 그림을 그리는 데 평생이 걸렸다고 했다.

늘 아이인
한 아이가 있다.

아이의 눈으로 보고 아이의 마음으로
모든 세대가 읽는 동화 같은 소설을
쓰는,
나는 그 소망을 이루고 싶다.

'세컨드 라이프'라는 게임을 우연히 발견했다.
세컨드 라이프라는 게임에서는 현실을 옮겨놓은 듯, 또 다른 하나의 세계가 펼쳐진다.
마치 다른 우주 공간 어디인 것처럼, 또 하나의 세계라면 세계다.
또 하나의 세계인 세컨드 라이프 세계에서 삶을 느끼며 살아간다면
또 다른 라이프가 아닐까 하는 출발점에서 이야기를 시작했다.
가상의 세계는 가상일 따름임에도 불구하고
그 가상 속 세계에 머물며 행복하게 살아간다면
그 세계에 있을 때만큼은 행복한 삶이 아닐까하는 질문을 던지고 싶었다.

태어남만으로 인생의 반 이상이 좌우되는 것을 보아왔다.
우리가 하늘나라에서 내려다보고 부모를 고를 수 없는데도

사랑의 전화 상담사로 봉사하는 지인에게서 여러 상담 사례들을 들었다.
아들과 어머니의 기막힌 관계, 여대생의 처절한 아르바이트 등
글을 쓰는데 많은 도움이 되었다.
단편은 가끔 썼지만 장편으론 처음이다.
장편의 문법이나 작법에 맞는지는 모르겠다.

너무 서툴지도 모른다.

서툴러서 많이 망설였다.
부끄럼을 무릅쓰고 책으로 엮었다.
장편소설을 내는 데 도움을 준 도서출판 북인,
표지 디자이너, 가족 모두 감사합니다.

2019년 가을

한정배 장편소설
세컨드 라이프

지은이_ 한정배
펴낸이_ 조현석
펴낸곳_ 북인
디자인_ 푸른영토

1판 1쇄_ 2019년 11월 11일
출판등록번호_ 313 - 2004 - 000111
주소_ 121 - 842 서울 마포구 서교동 467 - 4, 301호
전화_ 02 - 323 - 7767
팩스_ 02 - 323 - 7845

ISBN 979-11-87413-66-0 03810

이 도서의 국립중앙도서관 출판예정도서목록(CIP)은 서지정보유통지원시스템 홈페이지(http://seoji.nl.go.kr)와 국가자료종합목록시스템(http://www.nl.go.kr/kolisnet)에서 이용하실 수 있습니다. (CIP제어번호 : CIP2019042068)

책값은 뒤표지에 있습니다.
저자와 협의 아래 인지를 생략합니다.